Anne Kuhlmeyer

Die Spur der Zugvögel

Anne Kuhlmeyer, Jahrgang '61, Medizinstudium in Leipzig, lebt heute mit ihrer Familie in Coesfeld. Nach zwanzig Jahren Tätigkeit als Anästhesistin, arbeitet sie ausschließlich als ärztliche Psychotherapeutin mit dem Schwerpunkt Psychotraumatologie im münsterländischen Reken. In ihrer schriftstellerischen Arbeit widmet sie sich den ganz normalen menschlichen Katastrophen. „Freitags Tod", ihr Debütroman, erschien 2010 im Prolibris-Verlag.

Anne Kuhlmeyer

Die Spur der Zugvögel

Kriminalroman

Prolibris Verlag

Handlung und Figuren sind frei erfunden. Darum sind eventuelle Übereinstimmungen mit lebenden oder verstorbenen Personen zufällig und nicht beabsichtigt.

Originalausgabe 2011

Tel.: 0561/766 449 0, Fax: 0561/766 449 29

Lektorat: Anette Kleszcz-Wagner
Korrektorat: Christiane Helms
Titelfoto: Bernhard Brügging, Velen
Druck: CPI – Clausen & Bosse, Leck
ISBN: 978-3-935263-91-7

www.prolibris-verlag.de

Für einen,

der auf Nicht-Pfaden achtsam durch die Fülle wandelt

und die Sehnsucht mit Nein-Steinen befriedet,

damit er leben kann mit ihr

und nicht gegen sie.

Draußen

Hinter der Gardine in dem Fenster da oben hatte sich etwas bewegt, nur kurz. Lukas wäre das entgangen, wenn er nicht zum wiederholten Mal in den regentriefenden Himmel geschaut, den letzten Schluck aus der Bierflasche gekippt und den Sonntag und seinen Erfinder verflucht hätte. Einen Moment spürte er beinahe seine Knie auf dem Holz der Kirchenbänke und das Messdienergewand, das komisch gerochen hatte, auf den Schultern. Solche Sonntage waren vorbei, längst und ein für alle Mal. Robin und Pascal trotteten vor ihm her und kickten abwechselnd eine Bierdose über den Gehweg. Scheißtag, sagte Pascal, und Robin brummte Zustimmung. Der Kumpel von Pascal, der angeblich noch was im Kühlschrank hatte, war nicht dagewesen. Also mussten sie wieder zurück. Der dämliche Kiosk hatte auch zu. Scheißtag, schloss sich Lukas an.

Pascal blickte sich zu ihm um. »Hast du auch schon was zu motzen?«

Die beiden machten immer ihr eigenes Ding. Lukas zog die Kapuze über den Kopf - Scheißtag und Scheißregen; sollten sie doch - und stellte die leere Flasche auf einen Zaunpfeiler.

»He, Penner.« Pascal taumelte zur Seite, spreizte die Arme, als ob er gleich stürzen würde, fing sich und nahm breitbeinig den Gehweg in Beschlag. Erst da entdeckte Lukas den Winzling, der Pascal angerempelt haben musste.

»Ich hab doch gar nichts gemacht.« Keine Fünfzehn und schon die große Fresse.

Aber Pascal hatte ihn. »Pass mal gut auf.« Er hielt ihn am Sweatshirt.

»Lass den doch«, sagte Robin.

»Soweit kommt's noch.« Pascal ließ nicht locker und der andere ruderte mit den Armen. »Was hast'n hier überhaupt zu suchen? Auf meiner Straße?«

»Deine Straße, klar doch, Blödmann. Ich warte auf'n Bus.«

Pascal sah sich um. »Findste immer noch, dass ich den lassen ...« Kurz und hart schlug er zu. Der Kopf vom Hänfling flog nach hinten. Pascal ließ ihn los und der Typ krachte auf die Bank vom Wartehäuschen. Aber rasch war er wieder auf den Beinen.

»Sag mal deinem Kumpel, dass der 'ne Vollmacke hat«, sagte der Junge zu Robin.

»Pass ma auf, dass du nicht ...« Robin schlug mit dem Handrücken nach ihm, ohne sein Bier loszulassen, das dem Typen auf Gesicht und Kleidung spritzte, während der Robins Hand abfing.

»Habt ihr se noch alle, ihr Arschlöcher?«

Ganz schön mutig. Pascal holte aus und langte richtig hin. Der Junge ging zu Boden.

»Der hat genug«, sagte Lukas und beobachtete, wie sich der Kleine allmählich aufrappelte.

»Längst nich.« Pascal trat ihm die Beine weg, ein Blitzen in den Augen. Das kannte Lukas. Das ging nicht gut aus. Er wollte weg. Robin schlug dem Knirps seine Faust in den Magen, er krümmte sich, landete auf den Knien.

»Lasst uns abhauen.« Lukas sah um sich. Die Straße war leer.

»Ich werde euch anzeigen«, brabbelte der Junge.

»Ha!« Das fehlte noch. Lukas trat ihn zwischen die Schulterblätter, wurde zurückgerissen, weggezerrt. Ein fremdes Gesicht, aus den Augenwinkeln. Schreie der Kumpels. Dann plötzlich frei, Lukas stolperte. Das Gesicht war verschwunden.

Pascal hielt Robins Bierflasche in der Hand. »Weg hier!«

1

Der Tag begann mit Kopfschmerzen und am falschen Platz im Leben. Julia erhob sich, ohne den Körper neben sich zu berühren, trat ans Fenster. Über der Stadt das Dämmern wie Blei, eine Straße, die sie nicht kannte. Die Erinnerung, wie sie in dieses Zimmer geraten war, im Nebel.

»Kaffee?«

Julia drehte sich um und stöhnte innerlich. Hübscher Typ. Eigentlich. Nur zu jung, zu groß mit viel zu vielen Muskeln. Wie hatte das passieren können?

»Ohne Frühstück«, sagte sie in Erinnerung an einen Film, den sie einmal gesehen hatte. Da war es umgekehrt gewesen. Sie schlüpfte in ihre Kleider und suchte den Autoschlüssel. Restalkohol.

»Deine Handynummer«, kam es vom Bett.

»Klar«, sagte sie und zog die Tür hinter sich zu.

Ihr Golf stand ein paar Straßen stadtauswärts. Die Seitenscheibe war eingeschlagen und das Radio herausgerissen, unprofessionell. Münster-Kinderhaus. Sozialer Wohnungsbau. Hoher Ausländeranteil. Kriminalität. Gewalt. Armut. Es würde wenig Zweck haben, eine Anzeige gegen unbekannt bei den Kollegen aufnehmen zu lassen. Nieselregen setzte wieder ein. Sie wischte die Splitter vom feuchten Fahrersitz. Zwei Halbwüchsige schlenderten vorbei und kickten eine Coladose gegen die hintere Felge.

Aus dem Rückspiegel starrte sie ihr Montagmorgengesicht an. Keine Anzeige. Nach Hause. Duschen, Kaffee, zum Polizeiarzt. Der bestellte sie alle zwei Wochen zu sich, um ihr mitzuteilen, dass er sie immer noch für nicht diensttauglich hielt. So, wie sie heute aussah, würde er es kaum anders halten.

Irgendetwas musste passieren. So konnte sie nicht weitermachen. Nach dem letzten Mord hatte sie sich ein paar

Monate durch die Arbeit geschleppt. Einbrüche in Einfamilienhäuser, zwei Unfälle mit Fahrerflucht, Fahrraddiebstähle. Nur die Bilder wurde sie nicht los. Immer wieder diese Bilder, die sich hineingefressen hatten in ihr Gedächtnis und aufblitzten, wenn sie nicht achtgab.

Schon in Düsseldorf, noch vor ihrer Versetzung, hatten sich die Kollegen lustig gemacht über ihre Empfindlichkeit, und Julia hatte gehofft, dass ihr der neue Arbeitsplatz zu Abstand verhelfen würde. In einem Städtchen wie Coesfeld würde es beschaulicher zugehen. Aber dann kam der Mord an Gottfried Freitag, wenig später hatte es ein Familiendrama auf einem Campingplatz gegeben, mit drei Toten. Da hörte sie auf zu schlafen. Der Dienststellenleiter äußerte zwar Verständnis, teilte sie aber dennoch für den Fall ein. Wir kriegen keine zusätzlichen Leute, sagte Stefan Fels. Andere Dienststellen waren bereits zusammengelegt oder ganz geschlossen worden.

Der Arzt verschrieb ein Schlafmittel. Als das nicht half, schickte er sie zu einem Therapeuten. Einmal ging sie hin. Der Mann mit Halbglatze und Cordhose, er musste weit in den Sechzigern sein, ließ sich ihre Biographie erzählen, quittierte alles mit unzähligen »Hms« und schloss auf eine unerfüllte Sexualität. Julia kicherte.

Die haben doch selbst alle einen an der Klatsche, hatte sie gedacht, und der Doktor hatte das Schlafmittel gewechselt. Ab da schlief sie. Nur erwachte sie jeden Morgen so zerschlagen und erschöpft, wie sie zu Bett gegangen war. Als sie das fünfte Mal in Folge zu spät zur Arbeit erschien, sah sogar Fels ein, dass es keinen Zweck hatte, und empfahl ihr zähneknirschend, sich erst einmal krankschreiben zu lassen. Das war jetzt gut drei Monate her.

Sie wollte das Radio anstellen und fasste ins Leere. »Verflucht.« Ein Saab überholte sie und sprühte Feuchtigkeit durchs Fenster. Bis sie zu Hause ankäme, wäre sie klatschnass. Ihre Hände am Lenkrad zitterten. Der Spätsommer hatte nichts als Regen und Kälte mitgebracht und würde übergangslos in einen feuchten Herbst münden. Julia sehnte sich nach ihrer Wohnung, einer Dusche und einem Kaffee.

Als sie die A 43 verließ, sagte jemand »Bentrup, eins, Strich, eins«, und wiederholte das Ganze zweimal, bevor sie begriff. In der letzten Woche hatte sie sich eines von diesen Teilen geleistet, die einem sagten, wo die nächste Tanke war oder was die Leute auf Facebook quasselten, und war noch nicht ganz vertraut damit, dass sich die Telefongespräche auf diese Weise ankündigten.

»Was gibt's?«

»Scher dich her. Es brennt.«

Der spinnt. Oder war es wieder einer seiner für niemanden außer ihm selbst verständlichen Witze? Sven-Bentrup-Pferdegesicht hatte sie in den letzten Monaten nur einmal getroffen, auf dem Markt. Blass hatte er gewirkt und gehetzt und war weitergehastet wie ein Flüchtiger. Nicht einmal sein gigantisches Grinsen hatte er hinbekommen. Aber vielleicht hatte er nur die Nacht zuvor an seinem geliebten Computer verbracht.

»Guten Morgen, liebe Julia. Soviel Zeit muss sein. Was ist denn los?«

»Conrad liegt im Koma.«

»Was?«

»Conrad liegt im Koma.«

»Das habe ich verstanden.«

»Warum fragst du dann?«

Julia schwieg und hielt an der Ampel am Ende der Autobahnabfahrt.

»Bist du noch dran?«

»Ja. Sicher.« Gedanken schwirrten durch ihren Kopf, die Ampel sprang auf grün. »Was ist passiert?« Hinter ihr hupte es.

»Irgendwer hat ihn niedergeschlagen. Erst soll gar nichts gewesen sein, hat deine Nachbarin gesagt. Ein paar Stunden später ist er umgefallen und nun liegt er auf der Intensivstation.«

»Meine Nachbarin?«

»Mann, komm erst mal her. Dann sag ich dir, worum es geht.«

»Ich muss zum Arzt.« So etwas Blödes fiel ihr jetzt ein. Das und der Umstand, dass sie noch immer nicht ganz nüchtern war. Und der Wagen, der in die Werkstatt musste.

»Komm, verdammt noch, mal einfach her«, brüllte Bentrup ins Telefon und legte auf.

Hey, spinnst du, sagte Julia zum iPhone, das aber schwieg. Kurz darauf tönte es wieder »Bentrup, eins, Strich, eins«.

»Was?«

»Fels sagt, du sollst eine Vermisstensache übernehmen. Conrad kann ja jetzt gerade nicht. Das wirst du doch wohl hinkriegen.«

Freizeichen.

»Arschloch.«

Sie fuhr an dem Ei vorbei, das für die Produkte eines Hofes warb. Die Gänse hinterm Maschendraht weideten Weihnachten entgegen.

2

Ich erwachte, weil etwas fehlte. Ein einzelner Tropfen fiel auf die Fensterbank, hoffentlich der letzte oder vorletzte vom endlosen Regen. Neben mir der Schlaf in leisen Zügen. Ich stand auf und tappte zum Fenster. Das Morgengrauen kroch übers Meer heran. Es musste gegen fünf sein. Ich zündete mir eine Zigarette an und hielt Ausschau nach dem Tag. Höchste Zeit abzuhauen. Ich schaute zu ihr hinüber. Sie drehte sich im Traum, und das Haar fiel ihr übers Gesicht.

Nach Hause. Heute. Endlich.

Dort stapelte sich die Arbeit, warteten Berge von Post und überquellende E-Mail-Fächer. Natürlich hatte ich die Mails gecheckt. Der Verlag hatte mir den Plot von »Castorus und Polluxus« mit der Bemerkung zurückgeschickt, dass er allenfalls brauchbar sei, wenn die Handlung vereinfacht würde, Wochen zuvor war die Handlung angeblich zu simpel gewesen. Ich hatte jede Menge Zeit in das Projekt gesteckt, um bei einem der größten Computerspieleverlage einen Fuß in die Tür zu kriegen. Sie hatten mir Hoffnungen gemacht und meine Arbeit jedes Mal mit neuen Wünschen zurückgegeben. Und dann sollte ich unbedingt einen Urlaub einschieben. Sie hatte darauf bestanden. Ich warf meine Kippe aus dem Fenster und ging pinkeln. Als ich zurück war, hatte der Tag eine Handvoll Grau an den Himmel geworfen. Irgendwo bellte ein Hund. Mich fröstelte.

Und einmal hier, hatte sie verlängert. Unsere Zimmer würden erst in drei Tagen wieder belegt. »Bitte! Das Wetter soll jetzt besser werden.« Wir müssen reden, war auf einmal kein Thema mehr. Wenigstens das. »Was ist mit deiner Arbeit?«, versuchte ich ein neues Argument. Das sei ihre Sache. Dann hatten die neuen Gäste abgesagt, ich verstand sie. »Nur einen Tag noch.« Es regnete weiter. Sie störte es nicht. Und ich wollte nicht allein zurückfahren, konnte nicht.

Die Zeit hätte ich besser nutzen können. Sie wollte auf keinen Fall meinen Laptop dabei haben, nicht einmal mein iPhone, also hatte ich beides unbemerkt in den Wagen geschmuggelt.

Wir müssen einen Weg finden, hatte sie gesagt, war auf den Balkon hinausgegangen und mit einer Schale voller Grünzeug wiedergekommen. Was für einen Weg, fragte ich. Sie hielt inne, legte das Küchenmesser beiseite, mit dem sie Kräuter und Knoblauch hackte, und sah mich lange an. Einen gemeinsamen, sagte sie, oder eben jeder den seinen, irgendeinen. Eine Spur Verzweiflung in der Stimme. Ich nickte. Das war im Juli.

Dann war ich an meinen Schreibtisch zurückgekehrt und hatte an dem aktuellen Auftrag gearbeitet, dessen Abgabetermin so knapp bemessen war, dass die Nächte zu kurz und die Kaffeekanne ständig leer waren. Plötzlich August, ein neuer Auftrag und die Buchungsbestätigung von einem Hotel auf dem Küchentisch. Den Ort kannte ich nicht. Ich kann nicht, sagte ich, während sie Zitronen und Salat in den Kühlschrank räumte. Du kannst nie, gab sie zurück und, lass uns trotzdem fahren. Wir müssen einen Weg finden. Sie sah mich nicht an, nur ihre Schultern verrieten ihre Entschlossenheit.

Ein paar Tage, mal schauen, räumte ich ein. Ein paar Tage konnte ich mir leisten, musste es wohl. Vielleicht hatte sie sogar Recht, wochenlang hatten wir uns kaum gesehen. Nachts, wenn sie aus dem Restaurant nach Hause gekommen war, hatte sie meinen Nacken im Vorübergehen geküsst und war im Bett verschwunden. Manchmal. Wenn sie überhaupt zurückkam. Ich hatte den Monitor gegen zwei oder drei ausgeschaltet und noch geschlafen, wenn sie fortgegangen war am Morgen.

Der Wetterbericht hatte nichts Gutes für unsere Urlaubswoche vorhergesagt: kalt und regnerisch. Er hatte sich nicht geirrt. Schon die Fahrt bei Dauerregen war zermürbend, zuletzt dümpelte ich hinter einem Trecker her, Alleen und Kurven und Überholverbot, und fühlte mich ausgelaugt, als wir ankamen. Die Wolken hingen tief überm Stettiner Haff, der Horizont lag im Dunst. Sie aber war aus dem Wagen gesprungen, hatte die Seeluft eingeatmet und ein Gesicht wie Sonnenschein gemacht.

Der Streifen Licht am Horizont wurde breiter. Ein Vogel sang. Ich fragte mich, was die Vögel dazu bewegte, zu so früher Stunde, fast Herbst, Lieder zu singen. Dann legte ich mich neben sie, hörte ihrem Atem zu und sah an die Decke. Heute war es vorbei.

3

Die Nachbarin hing schon wieder hinter der Gardine. Am liebsten hätte Julia eine unanständige Geste gemacht. Nichts zu tun hatte die, als diese grellbunten Dinger, die aussahen wie Schießbudenblumen, in den Kübeln vor dem Haus zu gießen, und das war ja nicht nötig bei dem Sauwetter. Ohnehin fühlte sich Julia schon schlecht genug. Sie hasste es, nach Tagesanbruch heimzukommen. Die Dunkelheit gewährte ihr Schutz vor den Blicken und die Vortäuschung bürgerlicher Anständigkeit. Gott, was hatte sie sich überhaupt gedacht? Mit diesem Typen.

Kurz vor ihrer Haustür sah Julia nach oben und blickte der Krause direkt ins Gesicht. Die schien sich ertappt zu fühlen und huschte davon. Wahrscheinlich hatte sie behauptet, die Schlägerei, in die Conrad verwickelt worden war, gesehen zu haben. Die sah immer alles. Angeblich.

In der Wohnung roch es nach Äpfeln und Staub. Julia ging einmal durch die Räume, um sich zu versichern, dass alles seinen Platz hatte, dann stellte sie die Kaffeemaschine an und ging duschen. Sie ließ so lange heißes Wasser über ihre Haut laufen, bis die Nacht fortgespült war, nur ihre Schatten nisteten noch im Erinnern.

»Bentrup, eins, Strich, eins.«

»Herrgott!« Julia griff nach dem Handtuch, tappte mit nassen Füßen ins Wohnzimmer und riss das iPhone aus der Jacke.

»Wo bleibst du?«

»Wenn du mich nicht daran hindern würdest, wäre ich schon da.«

»Am besten, du kommst gleich ins Vincenz.«

»Ins Krankenhaus?«

»Wenn es Ihnen nichts ausmacht, Gnädigste.«

Es macht mir aber etwas aus, du Idiot. Ich hasse Krankenhäuser. »Komme.«

»Wann?«

»Wenn ich meinen Urlaub gebucht, die Katze zur Nachbarin geschafft und meinen Kosmetiktermin absolviert habe.«

Sie drückte kräftiger als nötig aufs Display. Dann rief sie Robert wegen der kaputten Scheibe an. Sie hörte, wie er ins Telefon lächelte, er versprach ihr, sich darum zu kümmern. Wenn sie den Wagen gleich brachte, konnte sie ihn am Nachmittag wiederhaben. Wunderbar. Für dich doch immer, sagte Robert, bis bald. Julias Mutter hätte ihn gern als Schwiegersohn gesehen, aber die Liebe hatte nur von dem einen bis zum nächsten Frühjahr gereicht. Es wird Zeit, dass du jemanden findest, mit dem du Kinder haben kannst, hatte ihre Mutter gesagt. Ich war damals doch schon viel zu alt und Oma auch. Tatsächlich waren die Frauen in ihrer Familie spät dran mit der Familiengründung. Mutter war Mitte dreißig, Großmutter fast vierzig gewesen. Die Männer allerdings, jünger als ihre Frauen, waren früh und keines natürlichen Todes gestorben.

Eilig zog Julia einen Pullover über und eine Jeans, die ihr etwas zu weit war. Alle Kleider waren ihr etwas zu weit geworden, und sie konnte sich nicht aufraffen, etwas Neues zu kaufen. Julia griff nach ihrem Becher. Der Kaffee war kalt. Sie trank ihn trotzdem. Dann schwang sie sich auf ihr Rad. Der Tag konnte nur besser werden.

Vor dem Eingang der Intensivstation wanderte Sven auf und ab. Seine hagere Gestalt spiegelte sich in der Glastür. Er setzte ein Lächeln auf, keines, das Julia kannte, und nickte einen Gruß.

»Nun erzähl schon«, sagte sie.

Er fuhr sich durchs Haar, löste das Gummiband und zog es wieder fest um den rotblonden Zopf. »Ich weiß nicht, wie das alles werden soll. Dann müssen sie eben Coesfeld dichtmachen und uns nach Münster versetzen, wenn wir keine Leute kriegen oder einstellen können, wollen.« Schon wieder fummelte er in seinem Haar. Julia legte ihm die Hand auf den Arm.

»Was ist denn nun mit Conrad?«

Sven starrte ihr auf die Stirn, bevor er antwortete. »Gestern Abend. Die Nachbarin ...«

»Frau Krause?«

»Ja, die. Sie sagt, drei Typen hätten auf einen Jungen eingeschlagen. An der Bushaltestelle vor deinem Haus.«

»An der Bus ... Was wollte Conrad denn da?«

»Was weiß denn ich?«, brauste Sven auf. »Dich auf 'n Bier einladen? Dir 'n Heiratsantrag machen? Keine Ahnung. Jedenfalls war er da, hat eins auf die Fresse gekriegt, und die drei sind weg. Die Krause hat dann den Notarzt angerufen. Ganz wirr war die noch, als wir dort waren.«

»Wir?«

»Fels war mit.«

»Ach. Ich dachte ...«

Stefan Fels war nach seiner Herzerkrankung Dienststellenleiter geworden. Schreibtisch, keine Außentermine. Doch auch seine Akten regten den untersetzten Kollegen, der ihr gerade bis zur Schulter reichte, so auf, dass Julia Sorge um seinen Blutdruck hatte. Zu Recht, wie sie wusste.

»Was ist mit dem Jungen«, fragte sie.

»War auch bewusstlos, ist nur nicht so schnell wieder da gewesen wie Conrad. Der ist mit dem Rad nach Hause, kaum konnte er wieder einigermaßen auf seinen Beinen stehen. Kennst ihn ja. Irgendwie muss er es sich doch überlegt haben und ist in die Ambulanz, um die Platzwunde nähen zu lassen. Sie wollten ihn natürlich dabehalten. Aber er wollte nicht. Unten in der Halle ist er umgekippt. Muss so um Mitternacht gewesen sein.« Sven setzte sich in einen der Besucherstühle, stand wieder auf und setzte sich wieder. Er schwieg mit mahlenden Kiefern und betrachtete den gepunkteten Bodenbelag.

»Und? Weiter?« Conrad war manchmal echt ein Idiot. Musste er den Harten raushängen lassen, statt sich einmal etwas sagen zu lassen, wenigstens von den Docs? Aber das machten sie alle. Taten so, als prallte der ganze Scheiß an ihnen ab. Die Schutzpolizei war noch schlimmer. Bei denen konnte sich keiner etwas erlauben, was die anderen als Schwäche verstanden hätten. Wir sind eine große, glückliche Familie. Und: Wir sind die Guten. Einer von ihnen hatte sich im letzten Jahr erschossen, vier Wochen später noch einer. Die Anzahl der Suizide läge nicht höher als in der Gesamtbevölkerung, sagte der Polizeiarzt. Julia mochte ihn nicht.

»Die Eltern von dem Jungen haben wir noch nicht erreicht. Wir wissen nicht einmal, wie er heißt. Fünfzehn vielleicht. So ein Kind müssen die doch vermissen.« Ruckartig hob Sven den Kopf. Seine Augen lagen tief in den Höhlen und die Nase stach spitz aus dem Gesicht. »Komm, lass uns reingehen.«

Julia drückte die Klingel. Es dauerte einige Minuten, bis eine Schwester, die die blaue Arbeitskleidung zu sprengen drohte, den Gang entlanggestapft kam. Sie öffnete die Glastür und sah sie fragend an.

Sven hielt ihr seinen Dienstausweis unter die Nase und stellte sie vor. »Wir wollen zu Conrad Böse.«

Die Schwester zog die Brauen zusammen. »Mit ihm können Sie im Moment nicht sprechen.«

»Ja«, sagte Sven. »Ich weiß. Wir wollen trotzdem zu ihm. Und zu dem Jungen, der gestern niedergeschlagen worden ist.«

»Name?« Zerberus blockierte die Tür.

»Wie lange sind Sie schon im Dienst? Seit eben? Ansonsten müssten Sie wissen, dass er noch nicht identifiziert werden konnte.«

»Was wollen Sie von ihm?«

Julia ging die Dicke gehörig auf die Nerven. »Wir wollen sie sehen. Beide.«

Immer noch wich die Schwester keinen Zentimeter. »Nur Verwandte«, sagte sie.

»Hören Sie.« Julia holte Luft. So einen Mist hatte sie noch nie erlebt. Die Polizei bekam immer Zutritt. »Der Junge wird seine Verwandten kaum sehen, wenn wir sie nicht ermitteln. Und Herrn Böses Mutter ist noch nicht informiert.« Sie warf einen Seitenblick auf Sven. Der nickte. Bisher hatten sie es der alten Dame erspart, um sich zunächst selbst einen Eindruck zu verschaffen. Julia war froh, dass Ostendarp zu Conrads Mutter auf den Kotten gezogen war. Sie mochte die unverblümte, von einem prinzipiellen Wohlwollen getragene Art des pensionierten Kollegen. Er würde die richtigen Worte finden, um Maria Böse mitzuteilen, was ihrem Kind widerfahren war.

»Helga. Los, wir müssen die Drei betten. Den Fetten krieg ich alleine nicht«, rief eine kleine Drahtige und kam mit einem Wäschestapel bepackt auf sie zu. »Oh.« Sie fing sich schnell wieder und fragte:»Was gibt's, Helga?« Dabei sah sie von einem zum anderen, und Helga zischte eine Erklärung.

»Dann lass sie halt rein. Der Doc kommt eh gleich. Dann kann der sich mit denen auseinandersetzen.«

Mit unbewegtem Gesicht öffnete Helga eine Seitentür und führte sie in die Schleuse, in der sie Schutzkleidung anlegen konnten. Sven musterte Julia. »Du hast schon hübschere Kleider getragen.«

Julia ließ ihren Blick an ihm hinabwandern. »Du auch.«

Sie folgten Helgas störrischem Rücken. Ohne ein Wort öffnete sie die Tür und entließ sie in ein neonhelles Zimmer, das vom leisen Schnaufen einer Beatmungsmaschine erfüllt war. Ein dunkler Schopf ragte aus den Laken, darunter ein junges, fahles Gesicht, die Lippen von der Halterung des Beatmungsschlauchs verdeckt. Im Bett daneben lag Conrad mit geschlossenen Augen, ein Pflaster auf der Stirn, darunter breitete sich ein tiefviolettes Hämatom aus. Sein Brustkorb hob und senkte sich gleichmäßig. Ein Infusionsschlauch führte zu seiner Ellenbeuge, an seinem Finger saß ein Clip mit rötlichem Licht, an seinem Oberarm pumpte sich gerade eine Blutdruckmanschette auf. Julia ließ sich auf einen der beiden Stühle an einem kleinen Tisch sinken und sah weg. Vor dem Fenster regnete es. Die Tür öffnete sich, ein Weißbekittelter mit grauem Kurzhaarschnitt wehte herein. Er lächelte schief und aufmunternd und reichte Julia die Hand.

»Doktor Von dem Berge«, sagte er.

Julia ergriff die Hand, trocken und schlaff. »Morgenstern, Kriminalpolizei.«

Die Schuhe des Arztes quietschten auf dem Boden, als er sich zu Sven umwandte, um auch ihn zu begrüßen. »Haben Sie schon den Namen des Jungen herausfinden können?«, fragte er und zog eine Braue hoch. Die gesamte linke Gesichtshälfte verrutschte bei dieser winzigen Bewegung, nur der Mund lächelte weiter.

Julia erhob sich und vermied es, Conrad anzusehen. »Bisher haben wir keinen Hinweis auf seine Identität«, sagte Sven. »Wir hatten gehofft, dass sich die Eltern inzwischen gemeldet hätten.«

»Nein. Leider nicht.«

Julia dachte, dass man die Schulen abklappern müsste, zuerst die in Coesfeld, dann die Dülmener. Sie betrachtete das junge Gesicht, die dunklen Strähnen auf der glatten Stirn. Wer weiß, in welchem Teil der Welt er geboren worden war, er oder seine Eltern oder die Großeltern.

»Wie steht es um Herrn Böse«, ergriff Sven das Wort.

Von dem Berge stellte sich ans Fußende von Conrads Bett und sprach ihn an: »Herr Böse?«

Keine Reaktion.

»So schlecht, wie es aussieht, sieht es nicht aus. Das MRT zeigte eine mäßige und lokale Hirnschwellung, kurzzeitig war er beatmet, vorsichtshalber, aber in den frühen Morgenstunden konnten wir ihn extubieren. Das ist erst einmal ein gutes Zeichen. Wie sich alles weiterentwickelt, muss man abwarten.«

»Wann wird er wach?«

»Sicher bald. Die Narkotika, die wir ihm gegeben haben, müssen noch eliminiert werden.«

»Dann können wir mit ihm reden?«, fragte Julia und sah immer noch nicht zu Conrad hinüber. So konnte sie ihn einfach nicht anschauen. Nicht Conrad.

»Selbstverständlich.« Wieder dieses schiefe Lächeln, das kein rechtes Lächeln war, eher der Ausdruck von geübtem Mitgefühl.

»Wenn uns Schwester Helga reinlässt«, wandte Sven ein.

»Sie ist ein wenig schroff, aber eine qualifizierte Kraft. Ich werde sie anweisen, das zu tun.« Er trat ans Nachbarbett und drückte ein paar Knöpfe am Beatmungsgerät, nickte zufrieden. »Auch für uns ist wichtig, wer er ist. Die Verwaltung hat heute Morgen schon angerufen. Es ist keineswegs sicher, wer die Kosten übernimmt.« Damit wandte er sich ab. »Sie können bleiben, solange Sie wollen.« Hob die Hand und verließ den Raum.

»Ja, klar, die Kosten. Die sind auch das Wichtigste.« Sven starrte auf die geschlossene Tür. Der Arzt hob erneut die Hand, als er am Fenster vorbeiging, das den Blick auf den Gang freigab. Er lächelte wieder mit diesem schiefen Gesicht, diesmal etwas befreiter, wollte Julia meinen. »Was für ein wichtigtuerischer Pinsel«, unterbrach Sven ihre Gedanken.

»Was hast du gegen ihn?«

»Nichts. Eigentlich gar nichts. Ich mag nur so ein gescheites Gerede nicht.«

»Empfindlich, Bentrup?«

»Wen wundert's.« Er hob den Kopf. »Lass uns abhauen. Bringt ja doch nichts hier.«

Sie knüllten die Schutzmäntel in den dafür vorgesehenen Behälter und atmeten auf, als sie die Intensivstation hinter sich ließen. Auf der Treppe stieß Julia beinahe mit einer Frau zusammen, die einen Blumenstrauß trug, und wich einem Paar in mittleren Jahren aus. Die Frau trug ein Kopftuch und schlurfte gebeugt hinter ihrem Mann her.

4

Hier hatte ich nichts mehr verloren. Kurz vor neun und die Sonne war untergegangen überm Haff. Was für ein lächerliches Meer oder Beinahe-Meer. Das Land dahinter nur ein schmaler Streifen, der die See abschirmte, die Ostsee. Aber auch sie eher ein großer Tümpel, gemessen an den Weiten der Ozeane.

Es dunkelte längst. Die Taschen und Koffer hatte ich schon am Nachmittag verstaut, und sie wartete auf die Abfahrt.

Nach Hause, endlich.

Es war eine bescheuerte Idee gewesen, im nordöstlichsten Zipfel Deutschlands Urlaub machen zu wollen, als hätte man nicht ebenso gut, und um vieles bequemer, an die Costa del Sol reisen können, oder auf die Kanaren, mit dem Flieger in die Sonne. Stattdessen hatte ich mich überreden lassen, und ein Regentag hatte erwartungsgemäß den anderen abgelöst, bis eben die Wolkendecke aufriss. Am Morgen hatte der Regen entgegen meiner Hoffnung nur eine kurze Pause eingelegt.

Die Kiefern tropften noch und nickten mir zu, während ich den Sandweg hinab zum Parkplatz ging. Kiefern, nichts als Kiefern und Sand. Kiefernmeer, Sandmeer, nichts mehr!, hatte der Koch von der *Fischerkate,* einem zum Hotel umgebauten Bauernhof, gelacht. Eine Beschreibung entstanden zu DDR-Zeiten mit den ausgedehnten Truppenübungsplätzen und der mangelnden Infrastruktur in der Region. Viel geändert hatte sich nicht, denn Altwarp besaß neben einem Tante-Emma-Laden nur noch eine Art Kiosk, an dem Fisch verkauft wurde, und eben die *Fischerkate,* in der wir gewohnt hatten. Die Winter mussten trostlos sein, wenn schon die Sommer öde waren.

Ich verstand nicht, was sie hergezogen hatte. Ganz begeistert war sie von den Wäldern und Wachholderhainen, von den Heideflächen und Binnendünen. Und von der Küche. Oder dem Koch. Ihre Augen strahlten, wenn sie mit ihm über die Herkunft von Vanille und die Konsistenz von Avocado plauderte. Was sie nur an diesem Typen fand, einem Männlein in den Dreißigern mit Kugelbauch und abstehenden Ohren? Ich sollte sie wirklich danach fragen, vielleicht nachher, auf der Fahrt.

Zwischen den Kiefernstämmen hing die Dämmerung, der Lack meines Wagens glänzte matt. Ich hatte ihn am äußersten Ende des Parkplatzes in einer Nische zwischen niedrigem Gestrüpp abgestellt. In der *Fischerkate* hockten ein paar Männer um den Stammtisch herum, wenig Betrieb, kein Wunder in dem gottverlassenen Nest und bei dem Wetter. Aus dem Nebengelass, in dem der Wirt Kühe, Ziegen und anderes Viehzeug hielt, schlug mir der Gestank von warmem Mist entgegen, Hausschlachtung, hatte der Koch gesagt und uns zwei Rinderhälften in der Kühlkammer gezeigt. Mir war übel geworden.

Mein Benz gab das vertraute elektronische Geräusch von sich, als ich ihn aufsperrte. Ich stieg ein und gab ihr eine Decke, sie fror leicht. Zart sah sie aus im schwindenden Licht, Haar floss über ihre Schultern, ihre Stirn hoch und klar, darunter wölbten sich die Brauen in ständiger Überraschung.

»Wir nehmen den Weg über Szczecin«, flüsterte ich. »Und dann die Oder hinauf.« Sicher war das ein Umweg. Waren nicht die Umwege das Faszinierende am Leben? Die Umwege und die Wasserwege. Ich lächelte ihr zu. Für einen Moment begegnete ich meinem Gesicht im Rückspiegel – gerade Brauen über Augen eher grau als blau, der Nasenrücken leicht von der Mittellinie abweichend. Was sie wohl mochte daran? Meine Hand fuhr übers Kinn und verursachte ein raschelndes Geräusch. Ich musste mich rasieren. Dann ließ ich den Motor an. Langsam setzte sich der Wagen in Bewegung, die Auffahrt hinunter, holpernd über die

Betonschwellen der Panzerstraße, bis wir die Landstraße erreichten. Ich atmete auf.

Ein Straßenschild zeigte die Allee entlang in Richtung Eggesin. Die Lichtkegel meiner Scheinwerfer fraßen sich in das Dunkel unter den mächtigen Baumkronen, selten kam mir ein Fahrzeug entgegen. Beidseits der Straße Kiefernwälder. Im Internet hatte gestanden, dass ein Rudel Wölfe das weite Areal durchstreifte. Wölfe! Ich schob den Gedanken beiseite, wollte mich aufs Fahren konzentrieren. Sprühregen benetzte die Scheiben. Seit mein Wagen einmal gegen eine Leitplanke geschlingert war, raste mein Herz, wenn ich bei Regen in der Nacht unterwegs war. Das ein oder andere Mal hatte ich sogar anhalten und einen Schluck aus der Brandyflasche nehmen müssen, um das Zittern zu beherrschen und weiterfahren zu können.

Die Straße vor mir zerschnitt den Wald, ohne in eine Parkbucht oder wenigstens einen Seitenweg abzuzweigen, nicht einmal ein Seitenstreifen. Wenn ich eine Pause bräuchte, müsste ich im Gras halten und ein paar Schritte in den Wald gehen. Und dann - Wölfe. Der Gedanke ließ mich nicht los, und ich spürte einen Druck in der Brust, einen wohlbekannten. Die Brandyflasche lag im Handschuhfach. Sie mochte es nicht, wenn ich mir ein wenig Beruhigung genehmigte, dabei hatte ich es ihr erklärt. Manches verstand sie einfach nicht.

Das erste Mal hatten wir uns bei einer Flasche Wein getroffen, zugegeben einer zerbrochenen. Mir kam es vor, als sei eine endlose lange Zeit seit dem Sommer vergangen, in dem ich sie kennengelernt hatte, obwohl er keine drei Jahre zurücklag. Wenn ich heute an diesen ersten Abend dachte, war ich mir nicht mehr sicher, was ich überhaupt am Bahnhof Lutum, einem abgelegenen Haltepunkt zwischen Coesfeld und Billerbeck, gewollt hatte. Wahrscheinlich war ich mit meinem nagelneuen Cabrio, das ich später gegen diesen Benz getauscht habe, ein paar Kilometer über Land gefahren, um mir den heißen Wind um die Nase wehen zu lassen. Klar, so musste es gewesen sein.

Seit Tagen hatte die Sonne auf die Felder niedergebrannt, kein Wölkchen, geschweige ein Regentröpfchen. Isabell hatte einige Wochen zuvor ihre Sachen aus meiner Wohnung getragen und war mit zusammengepressten Lippen davongegangen, nur einen Brief voller Bitterkeit hatte sie dagelassen. Alles zerstörte sie, und in den Tagen danach fand ich keine Ruhe und keinen Schlaf. Wir hatten über Jahre unsere Leben geteilt. Bis sie fortging. Ich verstand sie nicht. Wochenlang verließ ich das Haus nur, um das Nötigste einzukaufen. Einmal sah ich sie mit einem Mann im Supermarkt. Sie lachten. Ein anderer also. Ich hätte ihm eins in sein glattes Babyface geben sollen, stattdessen bog ich in den Gang mit den Spirituosen ein. Sie entdeckten mich nicht.

Meine Mutter rief täglich an und berichtete mir, wie es Vater ging. Er muss in ein Pflegeheim, sagte sie, allein schaffe ich die Pflege zu Hause nicht, und im Krankenhaus wollten sie ihn loswerden. Eines Morgens weckte mich ihr Anruf, aber ich ließ das Telefon klingeln. Ich hörte ihre Stimme, klein und verzagt, auf dem Anrufbeantworter. Im Schrank fand ich kein einziges sauberes T-Shirt, und der Kaffee war alle. Eine Weile setzte ich mich aufs Sofa und überlegte.

Plötzlich war es Mittag und ich verspürte überraschenderweise Hunger. Eine Pizza Kalte wäre gut. Ich grinste bei dem Gedanken. Pizza Kalte war in meiner Lieblingspizzeria mit Schinken und Artischocken belegt, hier trugen alle Gerichte die Namen der umliegenden Bauernschaften und Gebietsbezeichnungen. So gab es Pizza Welte, Pizza Goxel und Pizza Letter Berg.

Ich sah zur Uhr, die Pizzeria Paradiso öffnete jetzt gerade. Zwar musste ich dahin immer ein paar Kilometer fahren, aber das tat ich gern, schon wegen Toni, einem alten Klassenkameraden, dessen Großeltern in den frühen Siebzigern aus Italien eingewandert waren, nicht ahnend, dass ihre Enkel unter der deutschen statt der italienischen Sonne das Licht der Welt erblicken sollten. Neben den ausgefallenen Namen für ihre Gerichte führte die Pizzeria einen Rotwein von einer Qualität, die man dem kleinen Laden nicht zugetraut hätte.

In meinem Kopf pochte ein Schmerz. Ich nahm zwei Aspirin und trank ein Glas Wasser an der Spüle, in der sich die Teller von gestern und vorgestern stapelten. Sie würden auf mich warten. Bevor ich aufbrach, sammelte ich die Weinflaschen der letzten Tage in einen Karton, die Altglascontainer lagen auf dem Weg.

Toni hob die Hand zum Gruß, als ich eintrat, und bediente die Frau in dem hellblauen Jogginganzug weiter. Hinter dem mit dunklem Holz verkleideten Tresen drehte sich der Gyrosspieß und auf dem Grill brutzelten Würstchen. Im Paradiso gab es keine nationalen Grenzen. Ich setzte mich an einen der Tische mit hellgelben Plastiktischdecken und immergrünen Seidenblumengestecken.

»Eine Kalte?«, rief Toni, als er fertig war, und wirbelte bereits den Teig auf der Hand. Ich nickte nur. Nachdem er die Pizza in den Ofen geschoben hatte, stellte er ein Glas Wein auf den Tisch und setzte sich zu mir.

»Du siehst orribile aus«, sagte er und blickte mir ins Gesicht wie ein Arzt. Im Gegensatz zu ihm sah ich nie besonders gut aus, groß und schlank wie er war, mit den klassischen Zügen einer römischen Statue. Ich winkte ab und nahm einen Schluck, der Wein war wirklich köstlich. Ich wollte nicht darüber reden. Eigentlich.

Dann sagte ich: »Isabell ist weg«, und spürte die Worte auf meiner Zunge brennen. Toni wiegte den Kopf, als wisse er Bescheid.

»Ein Mann braucht eine Frau«, sagte er. Pause. »Du hättest sie nicht schlagen sollen.«

»Ich habe sie um Verzeihung gebeten.«

»Manche vertragen das nicht.« Dann wechselte er das Thema. »Und die Arbeit? Alles gut?«

»Mehr als genug. Liegt da und wartet.«

Er lief um die Theke herum, schaute in den Ofen und schloss die Tür wieder. Es war noch nicht soweit. Er brachte die Flasche mit und schenkte nach.

»Mein Vater ist krank.«

Toni wiegte wieder den Kopf. Was gab es darauf schon zu sagen?

»Du musst dir mal was gönnen. Du arbeitest zu viel. Frische Luft, sagt meine Mutter immer, und ein gutes Essen.«

»Ich habe keine Zeit für frische Luft.«

Erneut öffnete er die Ofentür und ließ dann geschickt die Pizza auf einen Teller gleiten.

»Wie bist du hergekommen?«, fragte er.

»Mit dem Auto. Wie sonst?« Was für eine seltsame Frage? Ein Bus fuhr nicht regelmäßig von Coesfeld hierher. Ich würde wohl kaum zu Fuß die sieben Kilometer bis nach Lette marschieren.

»Hast du immer noch den Audi 80 von deinem Vater?«

»Klar«, antwortete ich zwischen zwei Bissen.

»Dann brauchst du ein neues Auto. Ein neues Auto hilft gegen alles. Ein Mann braucht ein gutes Auto.«

Die Pizza war knackig und schmeckte wahrscheinlich besser, als mein Appetit mir zu würdigen erlaubte. Ich kaute langsam und legte das Besteck nach kaum der Hälfte zur Seite. Toni nahm am Telefon eine Bestellung entgegen.

In der Schule waren wir eher Konkurrenten als Freunde gewesen. Einmal hatte Toni die trendigsten Jeans, einmal ich die angesagtesten Turnschuhe. Wir trafen uns eine Zeitlang am Kriegerdenkmal, bis sie uns wegjagten und wir uns an der Sporthalle am *Pius* versammelten. Scheiße im Winter. Doch in Tonis Heim war zu wenig Platz für die Leute, die darin wohnten, und in meinem war es so eisig wie draußen angesichts der Vorurteile meines Vaters und der scheelen Blicke meiner Mutter. Vater hatte mich rausgeboxt, als sie uns beim Klauen im Fahrradgeschäft erwischten. Itaker,

Polen, das ganze Gesocks, hatte er gesagt, und Mutter hatte gejammert, was soll denn nur aus dem Jungen werden. Toni musste Sozialstunden leisten.

»Was fährst du denn jetzt?« Das interessierte mich schon.

»Einen A 4, Jahreswagen.« Er grinste breit: »Cabrio«, dann noch breiter.

»Farbe?«

»Silber.«

»Geil.« Ein alter Neid verschaffte sich Raum. Vielleicht sollte ich mir wirklich ein neues Auto leisten. Ich träumte in der Nacht davon.

Am nächsten Morgen duschte und rasierte ich mich, räumte die Wohnung auf, steckte Wäsche in die Waschmaschine, öffnete die Post, beantwortete E-Mails, brachte den Müll hinaus, goss die Reste der Pflanzen auf der Fensterbank und zerriss schließlich Isabells Brief.

Der Autohändler in Billerbeck war ein hochgewachsener, hagerer Mann Mitte sechzig. Er begrüßte mich mit der Frage nach dem Wohlergehen meines Vaters, die ich einsilbig beantwortete, und er gab sich damit zufrieden. Als ich den Parkplatz des Autohauses verließ, hatte ich einen Kaufvertrag in der Tasche. Am Abend zogen schwere Gewitter heran und entluden sich über der Stadt, dann sengte wieder die Sonne vom Himmel.

Zwei Tage später ließ ich mich in den Ledersitz meines neuen Audi Cabrio fallen. Schwarzer Lack und helles Leder. Er roch neu, obwohl er schon einige Kilometer gelaufen war. Wie die das wohl hinkriegen, fragte ich mich und startete den Motor. Der Fahrtwind kühlte kaum, trotzdem stellte sich ein Gefühl von Freiheit ein, während ich über Wirtschaftswege durch die Bauernschaften gondelte. Blutrot ging die Sonne unter. Der Wagen holperte über den Gleisübergang am Bahnhof Lutum, und ich hielt an einem Gasthof mit einer mächtigen Kastanie vor der Tür. Als ich ausstieg, war es still bis auf das Gemurmel der wenigen Gäste und das Gurren der Tauben. Ein Sommerabend wie aus dem Bilderbuch.

Das erste Mal seit Tagen verspürte ich Appetit. An einem vom Laub der Kastanie beschatteten Tisch nahm ich Platz. Ein schlaksiger Junge, nur durch seine bodenlange Schürze als Bedienung zu erkennen, stakste heran, fragte, ob ich etwas wünschte, und zischte ab, bevor ich den Mund aufmachen konnte. Mit einem entschuldigenden Lächeln und einem Block kam er zurück. Ich bestellte einen halben Liter Weizen, nachdem er eine Reihe von Biermarken heruntergerattert hatte. Augenblicklich huschte er davon, ohne auf mein Hallo zu achten, drehte sich aber an der Tür zum Fachwerkhäuschen um und schlackerte zu meinem Tisch zurück.

»Wenn Sie etwas essen wollen, müssen Sie sich gedulden.« Er hob die Schultern. »Eine neue Karte und eine Aushilfe in der Küche.« Er verdrehte vielsagend die Augen. Das konnte ja heiter werden. Am Nebentisch servierte eine Dralle zwei Teller mit Steak und Salat. Der Duft von Gebratenem und Knoblauch wehte herüber. Sie drehte sich um und lächelte mich an. Augen groß und honigfarben, darüber dichte dunkle Wimpern, ein fröhliches Grübchen in der Wange. Fülle und Strahlen, ganz anders als Isabell. Und ganz anders als Isabells Freundin, mit der ich nach der Trennung beinahe eine Nacht verbracht hätte. Nur war sie nicht wiedergekommen nach einem langen Abend, an dem wir durch die Kneipen von Münsters Hafenviertel gezogen waren. Stattdessen hatte sie eine SMS geschickt. Sie müsse arbeiten. An einem Samstag. An dem Samstag darauf auch. Wir schickten ein paar Nachrichten hin und her, bis sie schwieg. Meine Wohnung blieb leer, nur die Lüftung des Rechners summte, und Mutter klagte auf den Anrufbeantworter.

»Sie wünschen?« Sie schlug die Hand vor den Mund. »Oh. Sie haben ja noch gar keine Karte.«

Bevor sie forteilen konnte, fragte ich: »Sie sind die Aushilfe?«

Ihr Lächeln kühlte ein, zwei Grad ab. »Urlaubszeit.«

Ich lehnte mich zurück und betrachtete sie. Makelloser Teint, ein ebenmäßiges Gesicht, nur die gebogene Nase wich vom Schönheitsideal der Hochglanzmagazine ab. Und sie brachte gut fünfzehn Kilo zu viel auf die Waage.

»Können Sie mir etwas empfehlen?«

»Konventionell oder raffiniert?«, fragte sie zurück.

Auf Experimente hatte ich keine Lust. Ohnehin war ich eher der konservative Typ, nicht nur, was meine Kost betraf, die im Normalfall aus Brötchen mit Marmelade und dem Angebot der Pommesbude bestand oder ausnahmsweise Tonis Pizza beinhaltete. Sie nahm die Bestellung auf und ging mit meinem Blick im Rücken. Ein dunkler Zopf reichte ihr fast bis zum Hintern. Trotz ihrer Fülle hatte sie einen anmutigen Gang.

Ja, Isabell war anders gewesen. Schlank, fast drahtig, ihr Gang so effektiv, wie alles in ihrem Leben. Die blonden Locken, die ihr Gesicht einrahmten wie Schäfchenwölkchen, hatten etwas Verschwenderisches, dem sie mit dem Glätteisen Einhalt gebot, seit sie die neue Stelle in der Geschäftsleitung ihrer Firma angetreten hatte. Dann war sie fort. Wahrscheinlich hatte sie den Typen, mit dem ich sie im Supermarkt gesehen hatte, auf dem Coaching-Seminar getroffen, von dem sie so verändert zurückgekehrt war.

Das Bier kam und ich nahm einen tiefen Zug, schluckte die Wut hinunter, die sich bei dem Gedanken an Isabell wie ein kleiner Schmerz in meiner Brust einzunisten drohte. Der vertrottelte Junge brachte das Essen, nur das Besteck vergaß er und musste wieder laufen. Lieber hätte ich mir den Zopf noch einmal angesehen und die üppigen Hüften, die von einer roten Schürze umgeben, den Kiesweg zum Haus hinaufgewogt waren.

Das T-Bone-Steak sah einladend aus und war frei von der obligatorischen Kräuterbutter, die ich sonst jedes Mal und gegen meinen ausdrücklichen Wunsch auf meinem

Steak vorfand. Dazu grüne Böhnchen, selbst gebackenes Brot mit Olivenöl und frischer Salat, dessen Dressing mit Kräutern angemacht war, die ich geschmacklich nicht identifizieren konnte. Vielleicht sollte ich die Köchin danach fragen. Nach dem Bier bestellte ich ein Glas Rotwein, das in überraschender Geschwindigkeit und ohne Zwischenfälle serviert wurde.

Die Gäste am Nebentisch brachen auf, dafür trudelten neue ein. Sie stiegen aus dem Wagen neben meinem Cabrio. Ich betrachtete meine Neuanschaffung. Ein schönes Auto. Es glänzte im Abendlicht. Der Zopf beugte sich über einen Tisch, um ihn abzuwischen und erlaubte mir eine hübsche Aussicht auf ein reizvolles Dekolleté. Toni hatte in jeder Hinsicht Recht gehabt. Ein Mann brauchte einen guten Wagen. Er hob die Stimmung und der Wein tat sein Übriges. Ich weiß nicht, wie lange ich dem Leben um mich herum zusah, irgendwann erstrahlten die Lichterketten in den Bäumen und eine Melodie klang durch die Dämmerung.

»Wünschen Sie noch etwas? Wir schließen bald.« Ich schreckte auf, hatte die Schöne nicht kommen sehen.

»Eine Flasche Wein zum Mitnehmen, wenn ich sie mit Ihnen trinken darf.« Ich spürte, wie die Worte auf meiner Zunge hafteten. Meine Zunge war betrunkener als ich. »Oder Ihre Telefonnummer«, schob ich nach.

»Vielleicht ein anderes Mal. Den Wein trotzdem?« Sie lächelte, ich nickte.

Ich war ein Idiot. Vielleicht sollte ich morgen wiederkommen, für heute hatte ich es vermasselt. Dennoch verdiente so ein Tag einen würdigen Abschluss. Der Schlaksige räumte Aschenbecher und Kerzen von den Tischen und brachte mir die Rechnung. Meine Frage nach dem Wein quittierte er mit einem »Verdammt« und machte eine wenig formvollendete Drehung. Die Schöne stand schon hinter ihm. Die Flasche entglitt ihr, zerschellte zwischen ihnen auf dem Kopfsteinpflaster und verteilte dunkelrote Punkte auf den hellroten Schürzen. Für einen Moment erstarrte die Szene, dann stürzte der Junge davon.

»Tut mir leid.« Der Zopf klaubte die Scherben vom Boden.

»Das muss es auch. Bekomme ich denn einen Ersatz dafür?«

Sie hob nicht den Blick. »Selbstverständlich.«

»Auch eine Wiedergutmachung?«

Jetzt sah sie mich an.

»Ich würde wirklich gern ein Glas mit Ihnen trinken. Glauben Sie nicht, dass das geht?« Ich legte den Kopf schief und verströmte allen Charme, dessen ich habhaft werden konnte. Endlich machte sie ein Grübchen in ihre Wange.

»Ein bisschen spät heute. Ehe ich hier fertig bin, ist es weit nach Mitternacht.«

»Morgen?« Ein Schimmer Hoffnung.

»Übermorgen«, sagte sie zu den Scherben. »Da hab ich frei.«

»Soll ich Sie irgendwo abholen?« Und mit dir eine Runde im Cabrio drehen, fügte ich für mich hinzu. Sie lief weg und kam mit Besen und Kehrblech wieder.

»Nein. Nein.« Sie machte eine Pause und kehrte den Rest der Scherben zusammen. »Nein.«

Wie schade, dachte ich und erhob mich. Ich schrieb meine Nummer an den Rand eines Bierdeckels, so leserlich, wie es mir möglich war, nickte ihr zu und ging. Als ich mich umsah, ließ sie den Deckel in ihre Schürzentasche gleiten.

Ich blickte auf die Uhr. Keine Stunde war vergangen, dabei kam es mir vor wie morgens um drei. »Kurze Pause, Honey«, sagte ich und steuerte den Wagen in den ersten Feldweg, den ich entdeckte. Der Regen rauschte gleichmäßig. Vorsichtig tastete ich nach der Flasche, ohne ihr Profil aus den Augen zu lassen. Sie sah mich nicht an.

5

Müde hatte sich der Montag dahingeschleppt, und Julias Gewissen war ihm gefolgt. Zuviel Alkohol, der falsche Kerl, hatte es gesagt. Als sie zum ersten Mal seit Monaten das Polizeipräsidium betreten hatte, war sie endlich hellwach. Ihr Herz hatte sich fast überschlagen. Anfangen. Sie würde wieder anfangen. Es ist Ihre Entscheidung, hatte der Polizeiarzt am Morgen gesagt und etwas in seine Akte gekritzelt. Es hatte geklungen wie: Ich kann es dir nicht verbieten, aber ich halte nichts davon. Julia meinte die Erinnerung an die beiden Polizisten, die sich umgebracht hatten, in seinen Augen zu entdecken.

Sven grinste breit, als sie das Büro betrat, und zeigte endlich sein riesiges, gelbliches Gebiss, dem er seinen Spitznamen verdankte. Nichts hatte sich verändert. Eine Spur von Zigarettenrauch, die dort nicht hätte sein dürfen, hing in der Luft. Auf der Fensterbank mickerte die obligatorische Topfpflanze, nur der Coesfelder Stadtplan zwischen den beiden Aktenschränken war ausgetauscht worden. Auf Julias Schreibtisch lagerte eine dünne Staubschicht.

Stefan Fels schneite herein. »Was machen Sie denn hier?«

Das fragte sich Julia auch. Schweigen. Ihr fiel einfach nicht ein, was sie hätte sagen können. Dass sie wieder einsteigen wollte, obwohl der Polizeiarzt das anders sah? Eigentlich. Aber *eigentlich* galt nicht. Und: Wollte sie wieder arbeiten?

»Gehen Sie nach Hause«, sagte Fels und knallte einen Hefter auf Svens Schreibtisch. Er musste mit dem Polizeiarzt gesprochen haben. Julia ärgerte sich.

»Ja, ja, ich weiß. Einwohnermeldeamt, Ordnungsamt, die Schulen. Ich lege gleich los.« Sven stand auf und goss sich einen Kaffee in seinen getupften Becher. Er nippte, verzog das Gesicht und nahm einen kräftigen Schluck. »Julia kann die Vermisstensache übernehmen.«

»Sie ist krankgeschrieben«, sagte Fels, ohne sich zu ihr umzusehen. Er hatte ganz sicher mit dem Polizeiarzt gesprochen.

»Ist sie nicht mehr«, gab Julia zurück.

Fels fuhr herum. »Seit wann?«

»Seit eben.« Alles wusste Fels aber nicht.

»Das geht nicht. Ich will Sie hier erst wieder sehen, wenn Sie voll einsatzfähig sind.« Fels wedelte mit seinen Händen wie Maulwurfsschaufeln in der Luft und war schon an der Tür, als Julia ein »Aber ...« hervorbrachte. Bis dahin hatte sie geglaubt, Fels liege etwas an ihrer Mitarbeit.

Er drehte sich um, hochrot im Gesicht. Kein gutes Zeichen.

»Was, aber?«

Julia straffte die Schultern. »Ich könnte die Vermisstensache übernehmen.« Kurz zuckte sie. Sie hatte gerade gesagt, sie könne die Vermisstensache übernehmen.

»Die kann warten. Wenn Sie nicht voll einsatzfähig sind, kann ich Sie nicht brauchen.«

Einfach im Umgang war Fels nie gewesen, doch hatte er sein Team unterstützt. Oder hatte er sie einfach machen lassen, solange Conrad da war?

»Ein Mann mehr, wäre nun wirklich nicht verkehrt«, meldete sich Sven zu Wort. »Eine Frau geht auch«, setzte er hinzu und griente entschuldigend in Julias Richtung.

»Dann übernehmen Sie die Körperverletzungssache an dem Jungen und Böse, Frau Morgenstern?« Herausfordernd schob Fels das Kinn nach vorn. Julia schluckte und warf Sven einen Blick zu.

»Das kann ich machen. Wir können die Vermisstenmeldung doch nicht einfach liegen lassen«, kam Sven zu Hilfe.

»Ich habe keine Leute. Wenn zwei im Krankenstand sind, kann ich Vertretungen anfordern, die effektiv arbeiten. Mit einer, die in den wichtigen Fällen nicht ermittelt, kann ich nichts anfangen.«

»Ich befinde mich nicht mehr im Krankenstand und bin im Besitz eines gültigen Dienstvertrages, Herr Fels.« Hatte der Alte völlig den Verstand verloren? Der starrte sie an, den Mund halb geöffnet, eine Ader schwoll an seiner Schläfe.

»Ich will zweimal täglich einen schriftlichen Bericht über Ihre Ergebnisse«, biss er zu, machte auf dem Absatz kehrt und knallte die Tür zu. Die Lüftung von Svens Rechner begann, leise zu rauschen. Unmittelbar darauf ging die Tür wieder auf.

»Sie kümmern sich um Böse und den Jungen, Bentrup. Und Sie«, er stach mit einem Finger nach Julia, »scheren sich zum Therapeuten. Heute.« Er riss ein Blatt von Svens post-it-Block und schrieb eine Telefonnummer darauf. Dann war er weg. Julia wusste nicht, ob sie lachen oder heulen sollte.

Sven pappte ihr den Zettel auf den Handrücken und sagte: »Tu's einfach. Ich will hier nicht das Licht ausmachen.« Er warf sich auf seinen Bürostuhl, schob die langen Beine unter den Tisch und widmete sich dem Rechner.

»Ja, aber ...«

»Hör auf. Mach einfach, was ich dir sage.«

»Hier scheint mir jeder was zu sagen zu haben.« Julia schmollte und das Gewissen klopfte wieder an. Svens graue Augen hafteten am Monitor.

»Also gut«, sagte sie schließlich und steckte den Zettel ein. Wortlos schob Sven ihr die Akte vom Vermisstenfall Rose Marie Lux zu.

Den Nachmittag verbrachte Julia mit Telefonaten und der Lektüre der Akte. Sie verabredete einen Termin mit Ute Volkert, die Rose Marie Lux vermisst gemeldet hatte, und einen mit dem Therapeuten, den Fels ihr aufs Auge gedrückt hatte. Es war fast sechs, als sie ihre Regenjacke anzog. Ein Schirm wäre nicht schlecht gewesen, nur hatte sie in diesem Sommer schon drei irgendwo stehen lassen. Sie hasste, wie sich ihre Locken in der feuchten Luft kräuselten, sie hatte noch kein Mittel dagegen gefunden.

Von der Dienststelle zum WBK waren es nur wenige Schritte die Osterwickerstraße entlang stadtauswärts. Das Gebäude hatte jahrzehntelang das Kreiswehrersatzamt des Wehrbereichskommandos beherbergt. Nachdem die Behörde nach Münster umgezogen war, stand die Abkürzung sinnhafterweise für Wissen, Bildung, Kultur. Julia war im *Casino* mit Ute Volkert verabredet. Einen Augenblick hielt sie vor der frischen, rötlichen Fassade inne. Der August tropfte von den Platanen.

Jahre vor Julias Geburt hatte ihr Vater hier gearbeitet, als Spieß, bis die Instandsetzungskompanie 1972 nach Flamschen umgezogen war. Die wenigen Erinnerungen an ihn waren heiter und leicht und liebevoll, Bilder in Pastell und Sonnenschein. Nichts als ein Zufall hatte allem die Farbe genommen. Eines Tages war er von einem Manöver nicht zurückgekehrt. Auf dem Heimweg war der Wagen eines Betrunkenen auf die Gegenfahrbahn geschlingert. Vater war sofort tot gewesen. Der Mann bezahlte mit beiden Beinen. In einem unbeobachteten Moment hatte Julia die Unfallfotos gesehen, da war sie acht.

Sie trat durch die sich automatisch öffnende Glastür. In die erste Etage führten Stufen, die von unzähligen Rekrutenstiefeln ausgetreten waren, links ging es zum *Casino*. Vom Gang gelangte man in einen großzügigen, modernen Raum, dem sich eine Veranda anschloss. Die Tische waren spärlich besetzt, Geschirr klapperte. Am Tresen polierte eine mollige Blonde in den Vierzigern Gläser. Julia fragte nach Ute Volkert. Das runde Gesicht der Frau hellte sich auf, als sei sie froh, gefunden worden zu sein. Julia stellte sich vor und das Strahlen erstarb. Ob sie die Verabredung vergessen hatte?

»Sie haben Rose Marie Lux vermisst gemeldet?«

»Na ja.« Sie hob die Schultern und polierte weiter. »Sie ist ein paar Mal nicht zur Arbeit gekommen.«

»Was hat der Chef dazu gesagt?«

»Die Chefin«, verbesserte Ute Volkert. »Sie hat eine Aushilfe kommen lassen.«

»Sonst nichts?«

»Nein. Oder doch. Sie hat sich aufgeregt, dass Rose keinen Krankenschein eingereicht hat, und wollte ihr kündigen.«

»Wann war das?«

»Gestern.«

»Und seit wann ist Frau Lux nicht mehr zur Arbeit gekommen?«

Die Kellnerin stellte ein Glas ab und hängte das Geschirrtuch auf. »Ab vorigen Donnerstag hätten wir die gleiche Schicht gehabt.«

»Sie hat nicht angerufen, keine Post geschickt, nehme ich an.«

Ute Volkert schüttelte den Kopf. »Oh, ich hab Sie gar nicht gefragt, ob Sie etwas trinken möchten.«

»Danke.« Julia hob abwährend die Hand. »Kann ich Ihre Chefin sprechen?«

»Warten Sie, ich frag mal nach.«

Bevor Julia die Frau zurückhalten konnte, war sie davongehuscht, kam aber kurz darauf wieder. »Montag. Nächste Woche. Da ist sie aus dem Urlaub zurück.« Wieder strahlte Ute Volkert, als bedeute diese Information eine Heldentat.

»Hatten Sie eine persönliche Beziehung zu Frau Lux?« Umständlich fummelte Julia ein Notizheft aus ihrer Tasche.

Die Volkert zog die Brauen hoch und legte den Kopf schräg. »Was meinen Sie mit Beziehung?«

»Ob Sie sich verabredet haben zum Beispiel.« Irgendwo musste doch auch noch ein Stift zu finden sein.

»Also nein, äh, das nicht. Ich bin doch nicht ...«

Endlich fand sie ihn und legte ihn neben das Heftchen auf den Tresen. »Sind Sie mal zusammen ins Kino oder tanzen gegangen. Sind Sie Freundinnen?«

»Ach, so.« Die Volkert entließ erleichtert die Luft aus ihren Lungen. »Nein, nein. Rose ist immer mehr für sich.« Sie hielt den Kopf gesenkt. »Ich mache mir wirklich Sorgen.«

»Wissen Sie noch von jemandem, der sich sorgen könnte? Familie, Freunde? Hat sie einen Freund?«

»Sie hat einmal einen Freund erwähnt.«

»In welchem Zusammenhang, und wissen Sie, wie ich ihn erreichen kann?«

»Moment.« Wieder huschte die Frau davon, diesmal in die andere Richtung, um einem Weißhaarigen mit Lederweste das Bier zu bringen, das sie während des Gespräches gezapft hatte. Wieder zurück, schüttelte sie den Kopf.

»Ich hab ihre Handynummer, wenn Ihnen das hilft. Aber die hab ich natürlich schon angerufen. Nix.«

»Außer der Chefin kommt niemand an die Personalakten ran?« Das konnte sich Julia bei einem so großen Restaurant nicht vorstellen.

»Ja, das weiß ich jetzt auch nicht.« Sie machte große Augen.

Julia atmete tief ein. Das war vielleicht ein Herzchen. Sie versenkte Stift und Heftchen in ihrer Tasche und verabschiedete sich. Draußen hatte der Regen einfach weitergeregnet. Als Julia ihren Wagen parkte, lief ihr der Schweiß über den Rücken. Robert von der Werkstatt war ein Schatz. Ohne viele Umstände hatte er ihr Auto abgeholt, die Scheibe ausgetauscht, sogar die Innenreinigung, die Julia hasste, vorgenommen und es hinter dem Präsidium geparkt. Vielleicht hatte Mutter doch Recht, und sie hätte ihn heiraten sollen. Sie schmunzelte bei dem Gedanken.

Deipe Stegge war eine Siedlung, in der sich alle Häuser glichen, heller Klinker, Flachdach. Die Hausnummern waren nach einem ihr unzugänglichen Prinzip angeordnet. So hatte sie eine halbe Stunde nach Leonhard Bayers Haus suchen müssen und kam eine Viertelstunde zu spät. An der Haustür fand sie den Namen, aber kein Praxisschild. Während sie darüber nachsann, ob sie anstatt zu klingeln lieber wieder in den Wagen steigen sollte, öffnete Bayer die Tür. Einen Moment zu früh. Er musste an die achtzig sein, war aber modisch gesehen in den Siebzigern stecken geblieben. Er schaute sie an, als erwarte er den Gerichtsvollzieher.

»Kommen Sie, kommen Sie.« Er trat zur Seite.

»Morgenstern. Guten Tag. Herr Fels ...«

»Nun kommen Sie schon!« Mit einem erstaunlich elastischen Gang lief er durch den Flur. Was blieb ihr anderes übrig, als ihm zu folgen. Er führte Julia in einen lichten Raum. Deckenhohe Bücherregale, ein offener Küchenbereich, ein Computerarbeitsplatz an der Fensterfront zum Garten. Beiläufig wies er sie auf ein Sofa und setzte sich selbst ihr gegenüber in den Sessel.

»Also?«

»Ja. Herr Fels ...«

»Ja, ja, ich weiß. Er hat mich angerufen. Was wollen Sie?«

Das war doch die Höhe. Der Alte tat, als wolle sie ihn zur Vernehmung abholen. Sie stand wieder auf.

»Nichts.«

»Setzen Sie sich.« Er griff nach einer Zigarillo-Schachtel, hielt sie ihr hin und, als sie ablehnte, legte er sie neben sich auf einem Tischchen ab, nachdem er sich selbst einen angezündet hatte. Sein wasserheller Blick hielt sie fest, und sie nahm wieder Platz.

»Was wollen Sie?«, fragte er wieder und ließ sie nicht aus den Augen, bis sie wegsah.

»Wenn ich das wüsste.« Das war die Wahrheit und sie fühlte sie in der Brust brennen.

»Wen könnten wir danach fragen?« Sein Mund verzog sich zu etwas, das einem Lächeln nahekam.

»Fels.«

»Und welche Antwort würde er geben?« Der Alte lehnte sich zurück, schlug die Beine übereinander und entließ Rauchwölkchen in die Luft.

»Dass er mich nicht haben will.« Wieso sagte sie das? Es war Unsinn.

»Unsinn«, sagte Bayer.

»Ach, ja? Und warum schickt er mich dann zu Ihnen, statt froh zu sein, dass ich wieder dabei bin?« Das Brennen kroch höher und erreichte ihre Kehle.

»Sie sind gekommen.«

»Weil ich musste.«

»So, so, weil Sie mussten.«

Darauf wusste Julia nichts zu sagen. Eine Uhr tickte irgendwo.

»Sie machen alles, was Sie müssen, hm?«

Längst nicht, hätte sie fast erwidert, dachte an den Mann von gestern Nacht, an ihre Mutter und an ihr schlechtes Gewissen. Ihre Gedanken schlugen sich durchs Dickicht. Zeit verging. Nach einer Weile hob sie den Blick, straffte sich und sagte: »Fels will mich nur arbeiten lassen, wenn ich eine Therapie mache. Andernfalls wird er sich an die Entscheidungen des Polizeiarztes halten, und der schreibt mich weiter dienstunfähig. Aber ich krieg 'ne Macke zu Hause. Und wer weiß, wie dann alles weitergeht.« Sie schwieg kurz und dachte an einen Kollegen, den man dauerhaft dienstunfähig geschrieben hatte. Anfang Vierzig, erst Security bei einem großen Pharmaunternehmen, dann arbeitslos, jetzt in der JVA in Münster. Als Insasse. »Deshalb bin ich hergekommen.« Und weil sie nicht außen vor sein wollte, nie draußen, nie mehr.

»Das hat er mir auch erzählt.« Ungeduldig streifte Bayer die Asche ab. »Was wollen Sie denn nun?«

Wieder das Gedankenchaos. Keine Silbe formte sich. Draußen.

»Ich hab meine Zeit nicht gestohlen. Üblicherweise rede ich mit Menschen, die irgendwas in ihrem Leben ändern wollen. Wenn Sie keiner von denen sind, gehen Sie wieder nach Hause.«

Was bildete sich der Alte ein? Unbedingt wollte sie etwas ändern in ihrem Leben. Nur wie?

»Dabei kann ich Sie unterstützen«, sagte er, als habe sie den Gedanken ausgesprochen. Er stand auf, wühlte in einer Schreibtischschublade und förderte ein paar bedruckte Seiten zu Tage. »Nehmen Sie sich Zeit.« Er reichte sie ihr.

»Was ist das?«

»Ein Fragebogen zu Ihrer Lebensgeschichte, Arbeitsgrundlage.«

»Aber ...«

»Wir sehen uns morgen wieder. Selbe Zeit, selber Ort. Jetzt muss ich lesen.«

Sie war entlassen.

6

Die Straße vor mir wurde schmaler. Mir kam es vor, als sei ich im Nirgendwo unterwegs, in Weißrussland oder in Sibirien vielleicht. Regen und Wald und Dunkelheit. Bevor wir zusammengezogen sind, hatte ich viele Tage, unendliche Nächte dahinziehen sehen in Dunkelheit und Regen.

Den Tag nach unserer Begegnung verbrachte ich vor dem Rechner, den übernächsten auch. Das Telefon schwieg. Am Mittwochmorgen rief der Verlag an und wollte wissen, ob ich meine Deadline einzuhalten gedächte. Ich sagte, selbstverständlich und sie sollten mich nicht von der Arbeit abhalten und sie könnten mich mal. Nein, das sagte ich natürlich nicht. Die Schöne ging mir nicht aus dem Sinn.

Nach unserer Begegnung war ich singend durch die Felder zurückgefahren, dann die Osterwickerstraße entlang, am Polizeipräsidium vorbei, hatte einem Bullen zugewunken, den ich von Zeit zu Zeit im *Stephanus* traf, zuletzt am 26. Dezember zum Stephanussteinigen. Dieses Junggesellengelage wurde alljährlich in dem Brauhaus abgehalten und hatte nur wenig mit den Leiden des Heiligen zu tun, außer dem Stein, den man in der Tasche zu tragen pflegte, allerdings nur um ein Freibier zu bekommen.

Die Weinflasche auf dem Beifahrersitz hatte ich zur Hälfte geleert, als ich heimkam und den Wagen in der Einfahrt neben dem Haus stehen ließ, in dem ich eine Wohnung gemietet hatte, nicht weit von meinen Eltern entfernt. Die Garage erschien mir plötzlich zu eng. Die neben meinem Elternhaus war jedenfalls größer. Kurz fand ich den Gedanken, zu Mutter zu ziehen, gar nicht mehr so abwegig. Ich könnte den Dachboden ausbauen und Mutter die Enkel betreuen, die ich ihr schenken würde, wenn ich die Schöne geehelicht hätte. Um meinen Mund zuckte es, aber mir war nicht nach lachen, ohne Isabell. Mein Abend war bei dem Rest des Weins und dem Plätschern der Berkel, des Flüsschens unterhalb des Grundstücks, auf dem Balkon zu Ende gegangen. Irgendwann in der Nacht war ich ins Bett gewankt.

Was hatte ich mir nur eingebildet? Wahrscheinlich hatte die Schöne einen Freund oder einen Mann und zwei Kinder. Das Telefon stellte sich tot auf seiner Ladestation. Sei's drum. Toni würde sich sicher über meinen Besuch freuen und glänzende Augen bekommen, wenn ich mit dem neuen A4 vorfuhr. In den letzten Tagen war ich mit meiner Arbeit gut vorangekommen, nur meine Fertigmahlzeiten gingen zur Neige, und es war still zwischen den Wänden, wenn ich den Lautsprecher vom Rechner ausschaltete. Manchmal machte ich den Fernseher an und hörte den *Sturm der Liebe* toben oder Frau Salesch reden. Die Uhr zeigte halb acht. Ich fuhr den

Rechner herunter und nahm die Autoschlüssel vom Schreibtisch, der auch einmal aufgeräumt gehörte, nur heute nicht. Das Telefon schellte. Ich zögerte, bevor ich abhob.

»Hallo.«

»Haben Sie die Flasche Wein schon ausgetrunken?« Das Timbre in der Stimme erinnerte mich, doch ich kam nicht gleich drauf.

»Sie wollten, dass ich Sie anrufe. Jetzt rufe ich Sie an.«

»Aha.« Es klingelte immer noch nicht. Dafür hörte ich ein Seufzen im Hörer.

»Hatten Sie am Montag nicht Lust auf einen Drink mit mir? Haben Sie immer noch Lust dazu?«

Die Schöne.

»Sind Sie noch dran?« Unsicherheit in ihrer Stimme.

»Ja, klar«, beeilte ich mich. »Warum sagen wir nicht du? Wir sind ja keine Siebzig.«

»Gut, ja. Und?«

»Was und?«

»Wir müssten schon einen Treffpunkt vereinbaren, wenn wir uns begegnen wollen.«

»Da ist was dran.« Langsam gewann ich meine Fassung wieder.

»Was hältst du vom *Flussfahrt*? Ist letzten Monat eröffnet worden. Es soll eine gute Küche haben. Die wollte ich sowieso mal kosten.« Ich konnte hören, wie sie lächelte.

»Ja, warum nicht?« Ich kannte das Restaurant nicht, aber ich hätte mich mit ihr auch an einem Kiosk getroffen. Ich wollte die Lüftung des Rechners nicht mehr, nicht die Fertiggerichte, den Staub und die Leere. Sie beschrieb mir den Weg. Weit war es nicht. Ich konnte das Rad nehmen, um nicht erneut eine Fahrt unter Alkohol zu riskieren. Wer wusste schon, ob ich mein Schutzengelbataillon nicht erschöpft hatte?

»In zwanzig Minuten auf der Terrasse?«

Ich nickte zuerst und sagte dann schnell ja, als mir einfiel, dass sie meine Geste nicht sehen konnte. In Windeseile machte ich mich frisch, zog ein neues Hemd an und fuhr mir übers Kinn. Die Rasur musste reichen. Oder doch nicht? Rasch ließ ich den Rasierer über meine Wangen gleiten. Ich kam zehn Minuten zu spät ins *Flussfahrt*, hatte mir auf dem Weg eine Entschuldigung zurechtgelegt. Nur wenige Plätze waren besetzt. Sie saß auf keinem von ihnen.

Der Regen hatte zugenommen. Die Scheibenwischer taten regelmäßig ihre Arbeit. Jenseits der Alleebäume lichtete sich das Schwarz und der Wald wich Feldern und Wiesen. Vorsichtig öffnete ich das Handschuhfach. Im Licht der spärlichen Beleuchtung sah ich sie an. Sie saß da wie ein schlafender Engel. Ich langte nach der Brandyflasche. Der Wagen schlingerte nach links. Scheinwerfer blendeten. Ein LKW, der einzige in der letzten halben Stunde. Blitzschnell lenkte ich gegen. Ich blickte rasch zu ihr, sie hatte nicht reagiert. Noch zitternd schraubte ich die Kappe ab und trank, dann noch einen Schluck, scharf und aromatisch der vertraute Geschmack. Allmählich beruhigte ich mich.

An der Oder würden wir eine Pause einlegen. Flüsse, hatte sie gesagt, als wir eines Morgens am Küchentisch saßen, sind die Adern der Erde, und hatte mir ein Glas Leitungswasser gereicht. Trink, sagte sie, das ist gut für den Kopf. Dabei hatte sie gelächelt. Sie sagte dauernd solche Sachen, die mich anfangs irritiert hatten. Sätze wie diesen hätte nicht einmal meine Spielstory vertragen, und von der konnte nun wirklich keiner sagen, dass sie hohen Ansprüchen genügen müsste. Es ist ein Job, hatte ich ihr erklärt, als sie fragte, warum ich eine Arbeit tat, die ich selbst so wenig schätzte. Es ist ein Job zum Geldverdienen, weil ich nichts anderes gelernt habe.

Ich klopfte eine Zigarette aus der Packung, steckte sie an und öffnete das Fenster einen Spaltbreit, Tropfen benetzten meinen Arm.

An ihr war alles echt. Das wusste ich sofort, als sie das *Flussfahrt* betrat. Sie trug das Haar offen und ein dunkelrotes Kleid, Blicke folgten ihr, was sie nicht zu bemerken schien. Als sie mich entdeckte, hob sie die Hand und schlängelte sich zwischen den Tischen hindurch. Sie hatte eine gute Wahl getroffen, wenngleich der Name des Restaurants mir reichlich übertrieben vorkam. Es lag an der Berkel, die überraschenderweise immer noch ausreichend Wasser führte. Ein Stück weiter flussabwärts mochte eine Kanufahrt möglich sein, doch jenseits der Berkelwiesen war das Wasser zu flach und der Fluss eher ein Bach. Die Terrasse endete kurz über dem Ufer, bequeme Korbstühle an Holztischen, getupfte Sonnenschirme, Oleander und Lavendel in Kübeln – wie am Mittelmeer. Das Azorenhoch »Sergej«, das seit Tagen über der Stadt lagerte, unterstrich dieses Flair.

»Es ist ein bisschen später geworden«, sagte sie und hängte ihre Handtasche über die Lehne. »Musste wieder ein paar Stunden aushelfen.« Sie wirkte atemlos, schenkte mir aber einen langen honigfarbenen Blick, dem ich nicht lange standzuhalten vermochte. Lindenhonig, Akazienhonig, Waldhonig. Honey. Ich heftete meine Augen auf die Tischplatte, auf der eine Fliege gelandet war. Ich scheuchte sie mit einer Handbewegung fort.

»Schön, dass du gekommen bist«, sagte ich steif und kam mir unendlich dämlich vor. Wieder ihre Augen. Honey.

»Ja«, sagte sie und schwieg. Der Kellner erlöste uns mit der Karte. Beim Lesen zog sie die Unterlippe ein und folgte den Zeilen mit dem Finger. Ich saß nur da und starrte einmal sie und einmal die Karte an. Ich wusste, dass ich etwas sagen musste, aber mein Kopf war leer. Das war mir noch nie passiert. Normalerweise war ich nicht verlegen, wenn es um eine schöne Frau ging, nur hatte ich dann meist schon ein paar Bier intus.

»Wie wär's mit einem Wein«, fragte ich deshalb, und um überhaupt etwas zu sagen.

Sie schwieg und las. Eine Ewigkeit verging. Plötzlich sah sie auf und strahlte mich an. »Weißt du schon, was du möchtest? Wollen wir uns ein Fläschchen Wein teilen?«

»Äh, ja. Doch.« Einen Augenblick sahen wir uns in die Augen, dann lachten wir. Meine Hand blätterte eine Seite um.

»Was nun? Soll ich dir helfen?«, fragte sie noch immer lachend.

»Klar. Hilf mir mal.«

»Konventionell mit Fleisch und einen roten, eher süffigen Wein, richtig?«

Ich lehnte mich zurück, sagte okay und winkte dem Kellner. Als wir bestellt hatten, fragte sie: »Und du? Was machst du so?«

»Ich sitze hier und unterhalte mich mit einer bezaubernden Frau.«

Sie zog die Brauen zusammen. Das war nicht das, was sie hören wollte.

Ich hätte am liebsten ihre Hand genommen und jeden einzelnen ihrer schmalen Finger geküsst, die so gar nicht zu den rundlichen Unterarmen zu passen schienen. »Du meinst, was ich beruflich tue?« Es war besser, sich auf sichereres Terrain zu begeben.

»Genau.«

»Computerspiele.«

Sie sah mich fragend an. »Aha.«

»Ja.«

»Und was machst du, wenn du nicht spielst?«

»Ich spiele nicht. Ich mache die Spiele, das heißt, ich entwickle die Storys, nach denen die Spiele ablaufen sollen. Die Spiele selbst werden von Softwareentwicklern produziert.« Von meinem neuen Projekt mochte ich nichts sagen, nicht jetzt. Während der Wein kam, hatte ich Zeit, das Misstrauen in ihrem Gesicht zu studieren.

»Du glaubst mir nicht?«

»Doch. Klar. Sicher. Ich wusste nur nicht, dass es so einen Beruf gibt.«

»Gibt's.« Ich grinste. Wahrscheinlich gab es eine Menge Menschen, die sich nie Gedanken darüber machten, wo Dinge herkamen, Freaks, die an ihren Spielen festhingen und nicht die geringste Ahnung hatten, welcher Aufwand hinter ihrem Zeitvertreib steckte. »Und du? Der verkleidete Junge, der mich neulich bedient hat, sagte, du bist Aushilfe im Bahnhof Lutum?«

»Der verkleidete Junge ...« Sie lauschte diesen Worten nach und lächelte mich an. »Das Restaurant heißt *Up de Tenne*. Und ja, ich helfe da seit ein paar Wochen aus.« Sie senkte den Blick, als sei ihr das peinlich.

»Und sonst? Was machst du sonst? Was studierst du denn?«, fragte ich.

»Wie kommst du darauf, dass ich studiere?«

Das wusste ich auch nicht. Irgendwie war ich der Annahme, dass sie einem Nebenjob nachging, um im Studium über die Runden zu kommen.

»Ich bin Köchin. Aber in der Gastronomie läuft es nicht so besonders, jedenfalls nicht, wenn man hier am Ort oder in der Nähe bleiben will. Da helfe ich eben da und dort aus.«

»Und das willst du? Hier in der Nähe bleiben, meine ich.«

Auf diese Frage erhielt ich nicht mehr als ein sprödes »Ja.« Keine Erklärung.

Ich hob mein Glas. »Na, dann auf einen guten, hoffentlich haltbaren Job für dich.« Wir prosteten uns zu.

»In der *Tenne* werde ich wohl nicht lange bleiben. Kevin, das ist der Junge, der dich bedient hat, hat den Laden nicht richtig im Griff. Zwar macht er das schon zwei Jahre, aber ...« Sie hielt inne. »Du hast ja selbst gesehen.«

Das hatte ich. Außer dem schmackhaften Essen gab es wenig, was die Wirtschaft auszeichnete.

»Und was hast du vor?« Ich wollte, dass sie mir mehr von sich erzählte, doch sie hob die Schultern.

»Ich weiß nicht. Ist schwierig. Mit der Lehre hat es ja am Ende doch nicht geklappt. Hab die Prüfung vergeigt.« Sie versteckte ihr errötendes Gesicht hinter dem Weinglas. »Lass uns über was anderes reden. Was machst du, wenn du nicht spielst, äh, entwickelst?«

»Nichts.«

»Wie nichts?«

»Nichts. Ich entwickele immer. Den ganzen Tag, den Abend bis zum Schlafengehen, sieben Tage die Woche.«

Sie starrte mich an. »Das geht nicht.«

»Sicher geht das. Mit irgendwas muss man ja seine Brötchen verdienen.« Und ich musste einiges verdienen. Es gab noch ein paar Sachen aus der Vergangenheit, die bezahlt werden wollten.

»Da hast du natürlich Recht.« Sie seufzte. Offenbar war das ein Thema, das sie nicht weiter verfolgen wollte, deshalb fragte ich: »Wo wohnst du eigentlich?«

Sofort strahlte sie, als hätte ich ihr ein Pfefferkuchenherz geschenkt. »Ich habe eine eigene Wohnung.«

Das schien ein Grund zur Freude zu sein, und ich fragte mich, warum. Sie sagte es mir.

»Ich wohne in dem neuen Baugebiet an der Loburger Straße. Was heißt neu? Das Haus steht schon ein paar Jahre. Ich wohne unterm Dach mit einer Dachterrasse. Nichts Besonderes eigentlich.« Dabei errötete sie erneut und hieß ihre Worte Lügen.

»Aber doch schön da, oder?«

»Ja. Ja, schon.«

Der Kellner, ein untersetzter Kerl mit einer Fliege, die so gar nicht zum Stil des Restaurants passte, servierte das Essen. Ihre Augen kontrollierten kritisch die Teller. Für sich hatte sie Nudeln mit Gemüse und Flusskrebsen bestellt, für mich Schweinelendchen mit geschmorter Zwiebel, Schoten und Salzkartoffeln.

»Darf ich?«

Ohne meine Antwort abzuwarten, prüfte sie mit ihrer Gabel die Konsistenz der Lendchen. Ich lehnte mich zurück.

»Wenn du probieren willst – nur zu.« Und fügte Honey für mich hinzu, wendete das Wort eine Weile. Es fühlte sich warm und richtig an.

»Gerne.« Sie teilte das Fleisch in der Mitte, schnitt eine Scheibe ab, besah sie genau, schob sie in den Mund und kaute prüfend. Dann nickte sie und wies mit der Gabel auf mein Gericht. »Ganz in Ordnung«, sagte sie sachverständig.

»Dann kann ich es jetzt ja essen.«

»Oh.« Sie hob die Hand vor den Mund. »Entschuldige. Das ist eine dumme Angewohnheit.«

»Schon in Ordnung, wenn ich auch bei dir mal probieren darf?«

»Sicher.« Sie schob mir den Teller hin. Ich angelte mir ein Stück Paprika. Eine Weile aßen wir schweigend, sie mit ihrer ganzen Aufmerksamkeit auf meiner Reaktion, als sei sie für die Küche verantwortlich. »Und? Wie findest du deines?«

»Prima«, nuschelte ich zwischen zwei Bissen und nahm einen Schluck Rotwein. Sie kostete hier und da, legte zwischendrin das Besteck ab, probierte die verschiedenen Gemüse, schälte geschickt das Krebsfleisch aus und wickelte die Nudeln auf die Gabel. Ich hätte ihr stundenlang zuschauen können. Lass dich nie mit einer Frau ein, die du nicht essen sehen kannst. Nun, sie hatte den Test bestanden. Als ich ihr Wein nachschenken wollte, legte sie die Hand auf ihr Glas und bestellte Mineralwasser.

»Und jetzt?«, fragte ich.

»Ich weiß es nicht.«

Das Restaurant hatte sich gefüllt, und das Summen von Gesprächen hing über der Terrasse. Sie schwieg und sah mich lange an.

»Ich hätte dich nicht anrufen sollen.« Sie senkte den Blick.

»Und warum nicht?« Ich griff über den Tisch und hielt ihre Hand fest, ganz fest. Ihr Atem wurde schneller.

»Es hat keinen Zweck. Wir leben auf verschiedenen Planeten.«

»Wie kommst du darauf? Es ist ein wundervoller Abend, und ich genieße deine Gegenwart.«

»Du täuschst dich.«

»Das würde ich gern selbst herausfinden. Der Abend ist noch jung. Wir könnten durch die Berkelwiesen spazieren und feststellen, ob du Recht hast. Oder ich. Was meinst du?«

»Es hat keinen Zweck. Glaub mir.« Zweifel in ihrem Blick. Sie holte ihr Portemonnaie aus der Tasche und winkte dem Kellner.

»Blödsinn«, sagte ich. »Du bist eingeladen.« Sie zierte sich noch eine Weile, überließ die Rechnung aber mir.

»Also was jetzt?«, fragte ich vor dem Restaurant.

»Ich muss …«

»Ja.« Ich legte ihr meinen Arm um die Schulter, weich war sie und roch gut, und zog sie mit mir. Es dauerte einen Moment, bis unsere Schritte ihren Rhythmus fanden. Plötzlich lachte sie und fasste mich um die Taille. Ihre Nähe trieb mir den Schweiß auf die Stirn.

Feuchtigkeit über den Wiesen kühlte den heißen Tag zum Abend ab. Ein erster Stern funkelte. Von weitem das Plätschern der Berkel. Wir sprachen nicht. Dabei hätte ich noch so vieles fragen können. Alles mögliche. Wer sie war, was sie mochte, was sie hasste, wie sie gelebt hatte bis zu dem Zeitpunkt, zu dem ich ihr begegnet war. Bis jetzt. Aber ich blieb stumm.

Weiß schimmerten Dolden am Ufer. Es roch nach Blüten und Sumpf, süß und schwer. Ihr Haar kitzelte meinen Arm. Unweit schnaubten Pferde, unsere Schritte knirschten im Kies. Je weiter wir gingen, je länger wir schwiegen, umso schwieriger erschien es mir, einen Anfang zu finden. Wörter wirbelten in meinem Kopf, die sich nicht zu Sätzen ordnen wollten, banales Zeug, ungeeignet für den Moment. Dabei hätte ich nur eine Handvoll gebraucht, um ein Gespräch zu beginnen, es wieder aufzunehmen und dem Augenblick die Leichtigkeit zu verleihen, die er verdiente. Meine Hände wurden feucht. Das Schweigen drückte.

Ich weiß nicht mehr, wie lange wir so nebeneinander hergingen, es kam mir lange vor, dann betraten wir einen Steg, der über die Berkel führte. Mitten darauf blieb sie stehen und wandte sich mir zu. Ihr Gesicht war kaum zu erkennen. Ein helles Oval, Augenschatten, die Vermutung ihres Mundes. Ich hätte sie küssen mögen.

7

Julia saß am Küchentisch und sah auf das Bild in der Akte von Rose Marie Lux, die sie mit nach Hause genommen hatte. Ohnehin interessierte sich im Polizeipräsidium niemand, fast niemand, für die junge Frau, die gewinnend vom Foto lachte, den Kopf zurückgeworfen, das Haar im Wind. Die Männer und Frauen um sie herum unterhielten sich, Biertische und Sonnenschein. Wann war es aufgenommen worden? Julia hatte nicht daran gedacht, Ute Volkert danach zu fragen. Die hatte es Bentrup gegeben, als sie Rose Lux vermisst gemeldet hatte, damit sie wussten, nach wem sie suchen sollten.

Julia nippte an ihrem Bier und schüttete es in den Ausguss. Es war Zeit, schlafen zu gehen. Eigentlich. Die »eigentlichs« nahmen überhand in ihrem Leben. Morgen musste sie … vieles. Unter anderem zu Bayer. Komischer Kauz. Aber er hatte ihr keine Fragen über ihre Geburt gestellt und keine vorschnellen Deutungen, so hieß das wohl, abgegeben. Dass er sie quasi rausgeschmissen hatte, um zu lesen, war eine andere Sache. Hatten alte Leute nicht den ganzen Tag Zeit, das zu machen, worauf sie Lust hatten? Wenn sie alt wäre, würde sie endlich tun, was sie schon immer hatte tun wollen. Sie dachte eine Weile darüber nach, was das war.

Plötzlich erschien Conrads Gesicht. Geschlossene Augen, bleich. Blau unterm Auge. Sie waren, weiß Gott, nicht immer einer Meinung gewesen. Anfangs, als sie aus Düsseldorf kam, hatte es einiges Gerangel gegeben. Um den Platz am Schreibtisch, um Fälle und Zuständigkeiten. Irgendwann hatte er sie auf ein Bier eingeladen, und sie hatten sich auf einen Burgfrieden geeinigt und sich mit einem Kuss vor ihrem Haus verabschiedet. Fast. Zu dir oder zu mir, hatte er gesagt. Das müsste verhandelt werden, hatte Julia geantwortet. Danach waren sie sich eine Weile aus dem Weg gegangen. Der Tod hatte sie wieder zusammengeführt, zwangsläufig. Und es war gut gegangen.

Sie hätte nicht mitkommen dürfen auf die Intensivstation. So hatte sie ihn nicht sehen wollen. Er war nicht der Typ für Ohnmacht. Jedenfalls wollte sie, dass es so war.

Irgendjemand musste seiner Mutter Bescheid geben. Ihre Mutter hätte auch wissen wollen, was mit ihrem Kind geschehen war. Sorgen würde sie sich, wie sie sich immer sorgte, mehr als nötig. Julia atmete tief ein. Um Rose Lux schien sich keine Mutter zu sorgen, oder weshalb hatte sich keine Verwandte gemeldet? Vielleicht mochten sie sich nicht. Vielleicht hatten sie miteinander gebrochen. Es gab schließlich kein Gesetz, dass man seine Verwandten mögen und Kontakt mit ihnen haben musste. Das Telefon quatschte wieder los. Sven.

»Wir haben die Eltern.«

»Und?«

»Rasid Chalid heißt der Junge. Libanon. Die Duldung ist vor drei Monaten abgelaufen. Sie sind illegal.«

Sie sind illegal, hallte es in Julias Kopf. Illegale Menschen. Noch vor drei Monaten waren sie legal.

»Wie?«

»Wie was?«

»Wie habt ihr sie gefunden?«

»Ein Nachbar hat angerufen wegen angeblicher Lärmbelästigung. Aber da war nichts. Der Lärm kam aus der Wohnung nebenan. Ein paar Typen haben Party gemacht.«

»Er hat sie verraten.«

»Was meinst du denn damit, Julia?«

»Wer war es?«

»Der alte Sack, der dauernd anruft. Die Hochhäuser, Indehell, Nummer weiß ich jetzt nicht. Werner Beck.«

Werner Beck war Frührentner, Kinderschreck und berüchtigt für seine Aufmerksamkeit gegenüber Falschparkern. Conrad hatte es auch schon erwischt. In und um die beiden Hochhäuser herum, die in den Siebzigern gebaut worden waren, um der Stadt eine inzwischen zweifelhafte Modernität zu verleihen, hatte Beck jede Menge Gelegenheiten, die Verfehlungen seiner Mitmenschen aufzuspüren und dem Gesetz zu seiner Anwendung zu verhelfen. Seine Nachbarn waren alleinerziehende Mütter, Arbeitslose, Migranten, junge Männer ohne Ausbildung und Perspektive, junge Frauen auf der Suche nach jungen Männern und der Illusion von Sicherheit.

»Und wieso habt ihr die Eltern gefunden, wenn der Krach aus einer anderen Wohnung kam?«

»Keine Ahnung, warum die Kollegen das nicht sofort gemerkt haben. Beck hatte ihnen ja diese Adresse angegeben. Also haben sie an der Tür von den Chalids geklingelt. Beck immer hinter ihnen. Es ist der Junge, der Junge, der macht den Lärm, hat Beck gequäkt, als der Vater die Tür zuschlagen wollte. Die Mutter hat losgeheult. Na ja, jedenfalls, haben die Kollegen rausgefunden, dass der Junge verschwunden ist und die Leute keine gültige Aufenthaltsgenehmigung haben. Jetzt sind sie hier. Willst du kommen?«

»Wozu?«

»Ich dachte, es interessiert dich vielleicht.«

»Was sagt Fels?«

»Der ist zu Hause und pflegt seinen Blutdruck. Morgen kommen zwei Neue. Hat er doch irgendwie hingekriegt, der Alte.«

»Was soll werden mit den beiden?« Julia nahm das Telefon an das andere Ohr.

»Sie müssen sich in den Fall einarbeiten, dann geht's weiter.«

»Nein. Mit den Chalids.«

»Sie bleiben im Präsidium. Was sonst? Sie haben einen Abschiebebescheid.«

»Aber ihr Sohn ist krank. Die können doch nicht ...«

»Ein paar Tage wird es ja noch dauern. Sie haben ihren Anwalt angerufen.« Sven berichtete, dass die Familie bereits seit acht Jahren in Deutschland lebte, seit sieben Jahren geduldet. Das hieß keine Arbeitserlaubnis, kein Anspruch auf Kindergeld, Betteln beim Sozialamt. Die Duldung war jedes halbe Jahr verlängert worden, weil der Mann ein ärztliches Attest beigebracht hatte, dass er unter verschiedenen Erkrankungen litt, Diabetes zum Beispiel und einer posttraumatischen Belastungsstörung, nachdem man ihn in seinem Heimatland des Terrorismus' verdächtigt und an seiner linken Großzehe aufgehängt hatte, die es nun nicht mehr gab. Der Leiter der Ausländerbehörde war in den Ruhestand getreten und die Duldung der Chalids war nicht verlängert worden.

Outlaws, dachte Julia kurz, Vogelfreie. Ihr Großvater, den sie nie kennengelernt hatte, war auch einer gewesen. Aber das waren andere Zeiten.

»Du kannst sie nicht dabehalten, Sven«, sagte sie und schloss endlich die Akte vor sich.

»Was heißt, ich kann nicht? Ich muss. Was glaubst du denn?«

»Ich glaube, dass es nicht in Ordnung ist, wenn man die Eltern eines schwer kranken Kindes einsperrt. Haben sie Rasid schon gesehen?«

»Nein.«

Julia schwieg. Im Telefon kein Laut bis auf Svens Atem.

»Es ist nicht unsere Aufgabe ...« Svens Stimme balancierte an den Klippen entlang.

»Ach, hör doch auf. Sie werden doch so oder so abgeschoben.«

»Fels reißt mir den Kopf ab.«

»Es ist auch nicht unsere Aufgabe, uns um die Belange der Ausländerbehörde zu kümmern. Oder gibt es einen Haftbefehl gegen sie.«

»Ja.«

Wieder langes Schweigen.

»Ich komme nicht«, sagte Julia schließlich. »Es ist nicht mein Fall.« Sie hörte noch ein »aber«, bevor sie auflegte.

Es war spät geworden. Windböen klatschten Regen gegen die Scheiben, schwarze Wasser. Julia brühte sich einen Kaffee und sah hinaus in die Sintflut. Das lachende Gesicht von Rose Lux fiel ihr ein. Wo mochte sie sein? Bei dem Wetter. »Es ist der gleiche Himmel, den wir teilen ...«, eine Gedichtzeile, wer weiß woher. Sie teilte ihn auch mit Rasid Chalid. Noch. Vogelfrei.

Wie hatte sie die Mauersegler beneidet, wenn sie die Steilküste hinabsegelten und sich vom Aufwind in die Höhe tragen ließen. Ob es in Binz auch regnete?

Nach der Wende war sie mit Mutter und Großmutter alle Jahre, manchmal zweimal, nach Rügen gereist. Sommerfrische hatte Großmutter es genannt. Sie sagte, sie bräuchte das Meer wegen der Luft, aber Julia hatte schon damals die Vermutung, dass es nur die halbe Wahrheit war. Ein Foto hatte es von ihnen gegeben, von ihr und Großvater, wie sie am Strand spazierten, beide in gestreiften Badeanzügen, die übers Knie reichten. Der von Großmutter hatte Rüschen. Julia hatte sich fast totgelacht, aber die Großmutter hatte das Bild schweigend in die Tasche ihres Strandkleides gesteckt und war fortgegangen, stundenlang war sie nicht zurückgekommen. Am Abend hatte sie Julia von Großvater erzählt.

»1930 konntest du nicht einfach mit einem Mann in den Urlaub fahren und am Strand posieren, Kind«, hatte sie gesagt. Während Mutter die Hand hob und »Ach, lass doch die alten Geschichten«, sagte und sich ein Eis mit Eierlikör zum Nachtisch bestellte. Sie hatten auf der Terrasse des Kurhauses gesessen, einem weißen Prachtbau aus der Gründerzeit, an dem der Putz bröckelte. Julia bekam auch ein Eis. Ihre Haut prickelte noch vom Meer und von der Sonne. In der Luft hing der Geruch von Zigarre und Sonnencreme und Bockwurst. Sie war dreizehn.

»Wieso nicht?«, fragte sie.

Mutter verdrehte die Augen. »Es ist lange her und hat nichts mehr zu bedeuten. Wir reden nicht davon.« Ihr Gesicht sagte etwas anderes, Schmerz war darin. Sie löffelte tapfer.

»Das war eben so«, sagte Johanna und tat es doch. Zum ersten Mal. Julia mochte Großmutters Vornamen und neckte sie manchmal damit, sie so zu rufen, was ihr gar nicht gefiel. Als sie ihr Eis verzehrt hatten und der Abendwind Kühle vom Meer heranwehte, sagte sie: »Isaaks Eltern waren dagegen und meine auch, verstehst du, Kleine?«

»Warum?« Natürlich verstand sie nicht und dachte einen Moment an Max aus ihrer Klasse, mit dem ihre Mutter auch nicht einverstanden wäre. Aber das war wohl etwas anderes.

»Das ging nicht. Er mit einer Goi und ich mit einem Juden, der gerade mal neunzehn war. Das ging überhaupt nicht.« Großmutter steckte eine Zigarette in ihre Zigarettenspitze und zündete sie an.

»Du sollst nicht rauchen, Mama«, sagte Ruth.

Großmutter sah ihre Tochter streng an. »Ich bin wohl alt genug, findest du nicht?«

Mutter war eine Gesundheitsfanatikerin. Wenn sie gewusst hätte, dass Julia auch schon einmal … Es hatte abscheulich geschmeckt.

»Was ist eine Goi?«

»Eine Bezeichnung jüdischer Leute für nichtjüdische, keine ganz nette. So wie die Christen Heide sagen.« Sie stieß den Rauch aus. »Es waren wunderbare Tage hier.« Ein verträumtes Lächeln huschte über ihr faltiges Gesicht, verfing sich und hielt.

»Wann habt ihr eigentlich geheiratet?« Julia wollte die ganze Geschichte. Das Lächeln im Gesicht der Großmutter starb.

»Kurz vorher«, sagte sie, drückte die Zigarette aus und ging.

Der Regen hatte nachgelassen. Es war schon wieder viel zu spät geworden und in der letzten Nacht hatte Julia nicht allzu viel Schlaf bekommen. Doch statt zu Bett zu gehen, legte sie sich darunter und angelte eine Kiste hervor. Das hellgrüne Papier, das sie darauf geklebt hatte, war an den Rändern abgestoßen, aber das machte nichts. Es war eine Schatzkiste. Julia holte ein Tuch und wischte den Staub ab, setzte sich im Schneidersitz auf den Boden und öffnete den Deckel.

Unter dem Seidenschal der Großmutter, der immer noch ihr Parfüm trug (oder meinte sie das nur?) fand sie einen Hefter mit losen Blättern. Mutter hatte noch mehr davon, aber sie verweigerte sie Julia, behauptete, sie habe ja wohl das erste Anrecht auf die Erinnerungen an ihren Vater. Nach Johannas Tod hatten sie sich tagelang gestritten. Julia wollte die Tagebucheintragungen ihres Großvaters wenigstens lesen. Aber Mutter hatte ihre Lippen zu einem Strich gepresst und ihr die Hefter aus der Hand gerissen. Nur wenige

Blätter hatte Julia an sich bringen können. Es waren auch ihre Erinnerungen, irgendwie.

Sie blätterte in dem blauen Hefter, in dem sie die Seiten versteckt hatte, zwischen Kaiser Nero und Bismarck. Da war es wieder, das Gefühl, als sie sie zum ersten Mal beinahe gelesen hätte. Aber sie hatte nicht. Diesem ersten Versuch waren unzählige weitere gefolgt. Sie hatte die Sätze und Halbsätze, Wörter und Kürzel angesehen und fortgelegt. Aber immer, wenn sie die Blätter in die Hand nahm, spürte sie die Würgeschlange um ihren Hals und das Gefühl, belogen worden zu sein. Und falsch, immer am falschen Platz im Leben. Das würde sie Bayer sagen, ihn fragen, warum das so war. Der musste so was schließlich wissen. Sie legte den Hefter wieder weg. Sollte Bayer doch lesen. Julia breitete die Decke über sich, legte den Hefter auf die Brust und wartete. Auf den nächsten Tag.

8

Der Motor stand still. Der Regen hatte aufgehört. Jenseits der Windschutzscheibe begann das Schwarz, in der Ferne winzige Lichter wie Bojen im Nichts. Leise öffnete ich die Tür, Honey rührte sich nicht. »Ich geh kurz raus«, flüsterte ich und stieg aus, spürte Gras unter den Füßen. Wie war ich hierhergekommen? Eine Lücke klaffte in der Zeit. Oder: Ich war in eine Falte, einen Abnäher, einen Umschlag geraten. Ich ließ das Feuerzeug aufflammen und sah auf die Uhr. Mitternacht vorbei. Die Stunde, die vergangen sein musste, hatte jemand zu Sekunden vernäht. Ich fand mich auf einem Parkplatz direkt am Ufer der Oder wieder, der rechts an eine

Mauer grenzte und links von Büschen umgeben war, die sich schemenhaft gegen den Nachthimmel abhoben.

Ich setzte mich auf die Kaimauer, unter mir wälzte sich das Oderwasser träge der Mündung entgegen. Am anderen Ufer fuhr ein Auto entlang, die Scheinwerfer blitzten auf und verschwanden. Ich rieb mir die Stirn. Mein Kopf schmerzte. In den letzten Monaten war mir das häufiger passiert. Plötzlich stand ich irgendwo und konnte mich an nichts erinnern, wohl wissend, dass die Zeit ohne mich weitergegangen war. Zuerst waren es kurze Momente gewesen, denen ich keine Bedeutung beigemessen hatte. Doch die Zeitlücken waren länger und die Abstände, in denen sie auftraten, kürzer geworden. Ich suchte in meiner Jacke nach Kopfschmerztabletten, schraubte die Brandyflasche auf und spülte zwei Stück hinunter. Wenn ich gewollt hätte, wäre die Erinnerung wiedergekommen, ganz sicher. Ich weiß noch, dass ich an einem maroden Ortsschild vorbeigekommen war, von einem Ort, der Hintersee hieß. Danach war ich auf eine Straße abgebogen, die eher ein Feldweg war, und hatte nach einer Weile die Oder passiert. Dann wieder ein Dorf, mit einem polnischen Namen. Ich fuhr mir über die Augen. Ich war einfach müde. Das war alles. Müde und unkonzentriert. Wie viele Stunden hatte ich in den letzten Nächten überhaupt geschlafen?

Abrupt setzte der Regen wieder ein, stärker als zuvor. Ich flüchtete ins Auto und innerhalb von Sekunden war der Wagen von einem Kokon aus Wasser umhüllt. Ich lehnte mich an und wartete auf das Ende des Dröhnens in meinem Kopf. Die Melodie im Radio brach ab, Nachrichten plätscherten weiter. »… dass die Deiche halten. Vorsorglich wurden Hunderte Bewohner aus angrenzenden Ortschaften evakuiert. Ein Krisenstab der Landesregierung ist zusammengetreten, um die Hilfsmaßnahmen zu koordinieren. In den nächsten Tagen ist allerdings weiterhin mit erheblichen Niederschlägen zu rechnen, sodass eine Entspannung der Lage noch nicht in Sicht ist.« Regen, Regen, Regen. Die Oder schwappt über. Ich stellte das Radio aus und lauschte dem Rauschen. Allmählich verschwand der Kopfschmerz, die Müdigkeit blieb. Nur ein paar Minuten, dachte ich und schloss die Augen.

Ich erwachte umgeben von Grau.

»Lass uns spazieren gehen«, sagte sie und lächelte.

»Es regnet.«

Sie hob die Schultern und ging voran auf den Wald zu.

»Warte«, rief ich ihr nach, doch sie kümmerte sich nicht darum. »Bleib! Die Wölfe!«

Im Gehen hob sie die Hand und winkte, plötzlich war sie weg. Wie konnte man nur so unvernünftig sein? Mein Herz schlug schneller. Ich lief ihr nach, zögerte am Waldrand, meine Kleider klebten am Körper und ich fror. Zwischen den Kiefernstämmen diffuses Licht. Honeys rotes Kleid blitzte auf und verschwand. Ich rannte, stolperte, fing mich und lief weiter. »So bleib doch stehen.« Nichts. Nur ein Fetzen Rot im Grau, dann Grau und Kiefernstämme. Sie schienen näher zu rücken. Neben mir ein Knacken, mein Atem in lauten Stößen, mein Herzschlag dröhnend. Unvermittelt ein Knurren. Ich fuhr herum. Nichts. In der Ferne Rot.

Plötzlich der Graue vor mir, den Kopf gesenkt, die Lefzen hochgezogen. Das Knurren ganz nah. Ich erstarrte. Wich zurück, langsam. Das Tier ließ mich nicht aus den Augen, folgte mir. Ich spürte einen Baum an meinem Rücken, die feuchte Borke. Neben mir noch einer und ein dritter rechts. Ich schob mich an dem Stamm vorbei. Lauf, dachte ich, lauf. Aber ich konnte nicht. Die Wölfe rückten näher. Noch einer kam hinzu und noch einer. Von allen Seiten liefen sie herbei, umrundeten mich, knurrten. Los, lauf weg. Der Erste setzte zum Sprung an. Gleich ist es vorbei. Ich stieß mich vom Baum ab.

Ich erwachte umgeben von Grau. Mein Herz raste, stolperte und raste weiter. Ich keuchte. Kalter Schweiß im Nacken. Regen vor der Windschutzscheibe, Trommeln auf dem Autodach. Zitternd tastete ich nach der Flasche. Sie war noch da. Über der Oder hingen Regenschleier, das andere Ufer verschwamm. Weiter, nichts wie weg hier! Ich steckte mir eine Zigarette an, drehte den Schlüssel im Zündschloss und stellte die Klimaanlage hoch. Warme Luft strömte aus den Düsen. Eigentlich könnte sie besser auf der Rückbank liegen, sie sagte aber nichts.

Eine Weile führte die Straße am Fluss entlang. Mir kam es so vor, als sei der Wasserpegel gestiegen. Kein Wunder bei dem Regen. Die Nachrichten brachten Katastrophenmeldungen von Überflutungen durch die Neiße, irgendwo in Polen sei eine Staumauer geborsten. Doch das spielte sich viel weiter südlich ab. Hier gab es nur den Regen und meinen Wunsch, nach Hause zu fahren. Nein, nicht nur, am Fluss entlang nach Hause. Flüsse hatten etwas Magisches. Und etwas Gefährliches. Ich hatte nicht mehr daran gedacht, bis ich sie getroffen habe.

Die ersten sechs Jahre meines Lebens hatte ich am Rhein verbracht, in einem großen, stillen Haus direkt am Fluss. Jeden Tag blickte ich auf die Containerschiffe, Ausflugsdampfer und Motorboote, die vorüberfuhren. Florian und ich winkten ihnen vom Fenster aus zu. An einem Wintermorgen umhüllt von Nebel, mein Bruder war gerade drei, verschwand er unterm Eis. Der Rhein hielt Florian fest und gab ihn nie wieder frei.

Danach zogen wir weg vom Rhein, und ich bekam ein neues Zimmer in einem anderen stillen Haus und die Berkel. Keine Schiffe mehr, nicht die letzten gut hundert Jahre. Jemand hatte behauptet, dass die Berkel bis zum Ende des 19. Jahrhunderts von Coesfeld bis hin zur Mündung in die holländische Ijssel schiffbar gewesen sein soll. Ich hatte nur meine Papierschiffchen auf das Wasser gesetzt und ihnen nachgeschaut. Mutter hatte mich nicht aus den Augen gelassen. Nie mehr.

Die ersten Jahre brachte sie mich zur Schule und holte mich wieder ab. Sogar zum Gymnasium begleitete sie mich, obwohl das *Heriburg* keine Viertelstunde Fußweg entfernt lag, und hörte erst damit auf, als Vater es ihr verbot. Der Junge muss selbständiger werden, sagte er und wandte sich ab angesichts ihrer Tränen. Von da an wartete sie jeden Mittag zitternd auf meine Rückkehr.

Irgendwann kam Isabell. Sie war nicht gewillt, mit meinen Eltern in einem Haus zu leben, und ich ergriff die Chance. Zwar zogen wir nur wenige Häuser weiter in eine Wohnung, die meine Eltern anfangs mitfinanzierten, nachdem ich mein Germanistik- und danach das Informatikstudium in Münster abgebrochen hatte und mich arbeitslos melden musste, dennoch fühlte ich mich besser. Isabell regte sich jedes Mal furchtbar auf, wenn sie von der Arbeit kam und meine Mutter wieder ein Mittagessen vorbeigebracht hatte. Wir brauchen deine Mutter nicht, sagte sie, ich kann selbst kochen. Sie meint es doch nur gut, wollte ich ihr erklären. Doch wenn ich es aussprach, blitzte sie mich an, stapfte in die Küche und begann Kartoffeln zu schälen und Möhren zu putzen. Isabell war eine unabhängige Frau und eine grauenhafte Köchin. Wenn ich es besser könne, solle ich mich doch um die Mahlzeiten kümmern, ich habe schließlich den ganzen Tag Zeit, warf sie mir vor.

Tatsächlich war es mir unangenehm, fast nichts zum gemeinsamen Haushalt beizutragen. Was sollte ich tun? Ich hatte verschiedene Bewerbungen geschrieben und sie mit Standardablehnungen zurückerhalten. Germanistik- und Informatikabsolventen gab es ohnehin schon zu viele, und mein fehlender Abschluss machte es auch nicht leichter. Ich schlug mich mit Jobs durch: nachts an der Tankstelle bei *von Bronk*, Ware packen im *Real*, Redakteur bei den *Streiflichtern*: Viele Abende verbrachte ich bei Veranstaltungen der Taubenzüchter- oder Schützenvereine. Manchmal wurde es spät. Danach machte ich kleine Abstecher in die Spielhallen und gewann. Oft. Das waren großartige Tage. Endlich Geld in der Tasche. Dann kaufte ich Isabell etwas Hübsches, einen Ring oder ein Parfüm. Anfangs freute sie sich über die Aufmerksamkeiten. Als sie herausfand, woher das Geld kam, mit dem ich sie bezahlte, gab sie mir die Dinge zurück. Ich will das nicht, sagte sie. Du musst einen richtigen Beruf haben. Doch ich fand keinen, und irgendwann gewann das Pech.

Die Landstraße lag schnurgerade vor mir. In der Ferne, wo sich die Straßenränder zu einem Nadelöhr verengten, blinkten orangefarbene Lichter und zuckten blaue Rundumleuchten. Ich hatte Hunger. Und Durst. Kein Haus und gleich gar kein Gasthaus weit und breit. Ich ließ das Seitenfenster herunter. Frische Luft strömte herein und Regentropfen fielen auf die Kunststoffverkleidung.

Mit ihr war alles anders gekommen, als ich mir erhofft hatte, damals, erst einmal. Sie wollte mir schreiben, hatte sie nach diesem ersten Abend gesagt. Ich weiß nicht, wie oft ich in den folgenden Tagen meinen E-Mail-Account öffnete, keine ungelesenen E-Mails, und wieder schloss. Manchmal fuhr ich die Lohburgerstraße entlang oder ziellos durch die Stadt, in der Hoffnung irgendwo ihren Zopf wippen zu sehen. Im Restaurant am Bahnhof Lutum sagte mir der Schlaksige, sie habe frei. Wie lange? Er versuchte, es auf seinem Kalender herauszufinden, blieb aber erfolglos. Der Kuss fiel mir ein, den ich nicht geküsst hatte. Verpasste Gelegenheiten. Tagelang starrte ich auf den Bildschirm und wartete.

Nach zwei Wochen verblasste ihr Bild. Es wäre natürlich ein Leichtes gewesen, ihre Anschrift herauszufinden. Ich hätte an einem Samstagabend bei ihr aufkreuzen können mit

Blumen und einer Flasche Wein oder Eintrittskarten fürs Theater. Aber ich tat es nicht. Ich wartete. An einem Septembermorgen, weit nach den Nebeln, traf ich sie bei *Wegs*, einem Gemüsehandel im Industriegebiet. Die Ratsherren hatten den kleinen Laden aus der Innenstadt verbannt. Normalerweise hätte ich dort nicht angehalten, wenn Toni mich nicht gebeten hätte, seine Bestellung mitzubringen. Die Gemüsefrau schleppte gerade eine Kiste mit Eisbergsalat, Gurken, Tomaten, Zwiebeln heran, als die Türschelle ging. Mein Herz blieb stehen.

Wider Erwarten schlug es weiter. »Du hast mir nicht geschrieben.«

»Zweiundzwanzigvierzig«, sagte die Gemüsefrau und legte mit Handschuhen, die nur die Finger frei ließen, die handgeschriebene Rechnung auf den Tisch.

»Mein Computer ist kaputt.« Sie hob die Schultern, neigte den Kopf und strahlte.

»Es gibt Telefone.«

»Ja.«

Wir sahen uns an, während die Gemüsefrau nach hinten ins Kühlhaus eilte.

Sie schleppte eine neue Kiste herbei: »Es sind noch zwei. Was Besonderes los bei Ihnen? Hochzeit?«, fragte sie.

»Beerdigung.«

»Ja, aber …« Die Frau musterte die drei Kisten. Nach Beerdigungen gab es Butterkuchen, Käsebrote und eine Suppe, kein Bankett.

»Es ist eine große Beerdigung. Und morgen ein Siebzigster.«

»Läuft ganz gut der Laden, was?« Die Gemüsefrau reichte ihr die Rechnung. »Kein Wunder, seit Sie kochen. Demnächst komme ich mit meinem Mann vorbei. Er hat mich eingeladen.« Kleine Fältchen um ihre Augen.

Sie bezahlte und nahm eine Kiste. »Danke. Das freut mich.«

»Moment. Ich helfe Ihnen.« Die Gemüsefrau war schon fast hinter dem Ladentisch hervor.

»Lassen Sie mal, ich mach das«, sagte ich und schnappte mir die beiden Kisten auf einmal. Wir beluden den Kofferraum eines Kleintransporters, auf dessen Seiten der Schriftzug *Up de Tenn*e klebte. Die Kisten waren verstaut, der Kofferraum klappte zu, erste Tropfen fielen aus dem Grau über der Stadt.

»Was jetzt?« Ich wusste nicht weiter. Die Gedanken in meinem Kopf verknäulten sich, zerfaserten, holperten unwägbare Pfade entlang. Die Worte, die ich mir zurechtgelegt hatte für genau diesen Fall, irrlichterten im Dschungel wechselnder Bilder, ohne dass ich sie hätte greifen, sinnvolle Sätze daraus machen können. Deshalb fragte ich noch einmal: »Was jetzt?«

Sie schwieg, schaute nur mit ihrem Honigbraun. Nach einer Unendlichkeit sagte sie: »Ich kann nicht.«

Zwischen uns regnete es.

»Du wirst nass.« Der Dschungel lichtete sich allmählich. »Einen Kaffee kannst du.« Ein Lächeln wäre angebracht, also lächelte ich. Es war nicht recht. Früher hatte ich gewusst, was recht war, heute tat ich so, als ob ich es wüsste. Und es half.

Sie lächelte zurück. »Ja, einen Kaffee kann ich.«

Wir gingen die paar Schritte durch den Regen zum Café neben dem Möbelhaus an der Umgehungsstraße.

»Ich hab dich gesucht«, sagte ich.

»Warum?«

»Du kochst gut.« Eigentlich hätte sie jetzt lachen müssen, aber sie tat es nicht. Das Café hatte den Charme eines Wartesaals. Sie bestellte Erdbeer-Sahne an der Kuchentheke. Bauarbeiter holten belegte Brötchen, Hausfrauen kamen und gingen, drei Omas sahen zu uns herüber und tuschelten. Ich brachte zwei Pötte Kaffee an einen Tisch am Fenster.

»Warum hast du dich nicht gemeldet«, fragte ich nach dem ersten Schluck.

»Du kennst mich nicht.«

»Genau das würde ich gern ändern.« Wie sehr, wurde mir immer klarer.

»Du kannst wen anders kennen. Das ist besser«, sagte sie.

»Ich kenne noch wen anders.« Jedenfalls den einen oder anderen, viele sogar. Die Jungs im *Brauhaus* zum Beispiel und Toni und Isabell. Nein, die hatte ich wohl nicht gekannt.

»Na, siehst du. Dann brauchst du mich ja nicht.«

»Warum hast du dann angerufen? Warum hast du dich mit mir verabredet?« Sie hatte keine Ahnung, wie sehr ich wen brauchte.

Sie rührte mit gesenktem Kopf in ihrem Kaffee. »Das hätte ich nicht tun sollen.«

Ich blickte auf die Linie ihres Scheitels. »Mensch, wir müssen ja nicht gleich heiraten. Wir können erstmal ins Kino gehen.«

Es dauerte eine Weile, bis sie aufsah, dann hellte ein Entschluss ihr Gesicht auf. »Also gut. Kino. Auf deine Verantwortung.«

Von da an gingen wir ins Kino, jeden Tag, meist in die Nachmittagsvorstellung. Oft waren wir die Einzigen im Zuschauerraum, und ich erinnerte mich weder an die Titel noch an den Inhalt der Filme, die wir sahen. Nur an ihren Duft und die weiche Haut an ihrem Hals erinnerte ich mich. Am Ende der zweiten Woche bot uns das *Cinema* ein Abo an, das wir drei Tage nutzten, dann zog sie bei mir ein.

Sie kaufte Kräuter für die Fensterbank, kochte Paella und Lammschulter und wartete neben meinem Rechner.

»Musst du nicht arbeiten, Honey?«, fragte ich irgendwann.

»Ich habe gekündigt.«

Immer saß sie neben mir am Schreibtisch und sah mir zu, wenn sie nicht gerade in der Küche rumorte. An einem Freitag rief einer von den Brauhausjungs an.

»Lebst du noch, Alter?«

Ich freute mich. »Klar. Wann?« Wir verabredeten uns für den Abend.

»Kann ich mitkommen?«, fragte sie. Nein, sie konnte nicht mitkommen, verdammt noch mal. Ich wollte mit den Jungs was unternehmen, allein. Und ich hasste es, dass sie Tag für Tag neben meinem PC saß und nichts tat. Nichts als einkaufen, schnipseln und kochen. Es machte mich wahnsinnig. Konnte sie sich nicht mit einer Freundin treffen oder zu einem Volkshochschulkurs anmelden?

»Du musst gehen«, sagte ich.

Sie ging. Und kam nicht mehr wieder. In den ersten Tagen tat ich alles, was über Wochen liegen geblieben war, arbeitete meine Schreibschulden ab und ging abends mit den Jungs aus oder zu Toni, der mit seinem Pizzaofen verwachsen war. Ich atmete auf bis Weihnachten. Die Feiertage sollte ich bei meiner Mutter verbringen und sie zu Vater ins Altenheim begleiten.

»Wann kommst du?«, fragte sie einen Tag vor Heiligabend. Der erste Schnee war gefallen, vor dem Fenster schwebten einzelne Flocken zur Erde, Lichterketten hingen in den nassglänzenden Zweigen der Linden. Ich hatte keine neuen Aufträge bekommen. Manchmal war ich in die Spielhalle gegangen, hatte gewonnen und mir einen guten Tropfen gegönnt. Eine andere Frau hatte ich nicht kennengelernt.

»Ich komme nicht«, sagte ich. Aber ich ging doch hin. Mutter hatte einen deckenhohen Weihnachtsbaum aufgestellt, Päckchen und Teller mit Süßigkeiten darunter gestellt und ein Weihnachtsgesicht gemacht. Der Tisch war feierlich gedeckt, für vier.

»Florian ist tot, Mutter, und Vater fast.«

»Willst du lieber ein Bruststück oder lieber Keule?« Sie trug einen Gänsebraten auf, der eine Großfamilie zufriedengestellt hätte. Ob sie auch bei einer Mutter am Tisch saß? Sie hatte nie von ihrer Familie erzählt, hatte behauptet, sie habe keine. Ich hatte eine. Mutter.

In der Nacht kamen die Träume zurück. Schweißnass stand ich auf, kippte zwei Brandy. Draußen stürmte es, Schneegraupel peitschte gegen die Scheiben. Die Temperaturen waren weiter gesunken. Ich zitterte. Das letzte Traumbild hielt. Weiße Weite, Eis unter meinen Füßen, Florians Augen, die mir durch die Eisdecke entgegenstarrten. Ich trank noch einen Brandy und fuhr den Rechner hoch. Ein kleines, gelbes Viereck blinkte: 1 ungelesene E-Mail. Von ihr. *Ich wünsche dir frohe Feiertage und ein gutes Neues Jahr.*

Ich fuhr einen von den Hügeln hinab, die die Gletscher der Eiszeit gestaltet hatten, und hielt vor einer Straßensperre, dahinter führte die Straße ins Wasser. Ein Abschleppwagen lud einen PKW auf, zwei Polizisten in einem Streifenwagen sahen zu. Einer stieg aus und klopfte an meine Scheibe.

»Hier ist Schluss. Überschwemmung. Nehmen Sie die Umleitung«, sagte er, nachdem ich die Scheibe heruntergelassen hatte und zeigte in die Richtung, aus der ich gekommen war. Ich schaute zurück, mein Blick streifte die Rückbank, nur ihr Haar und die Nasenspitze schauten unter der karierten Decke hervor.

»Alles klar«, sagte ich, legte eilig den Rückwärtsgang ein, damit er nicht auf die Idee käme, eine Alkoholprobe zu machen oder uns zu mahnen, weil sie nicht angeschnallt war. Aber er wandte sich schnell ab und schlüpfte wieder in seinen trockenen Streifenwagen. Nach etwa einem Kilometer fand ich einen Abzweig nach links, kein Umleitungsschild, stattdessen eines nach Eberswalde. Am Stadtrand wohnte Ilona, die Schwester meiner Mutter. Wenn ich mich nur an die Adresse erinnern könnte. Möglich, dass ich sie in meinem Handy gespeichert hatte. Bei ihr konnte ich eine Pause einlegen. Ich hatte Hunger. Und Durst.

9

Der Morgen brach mit zwei Überraschungen über Julia herein. Zum einen kitzelte ein Sonnenstrahl sie an der Nase, während sie Kaffee eingoss, und zum anderen rief Sven an, Conrad sei aus dem Koma erwacht. Draußen glänzte der Himmel und die Sommerblumen der Krause wetteiferten um das knalligste Rot. Die Nacht lauerte noch im Hinterzimmer. Sollte sie. Sorgfältig wählte Julia ihre Kleider aus. Ganz unten im Schrank fand sich eine Bluse in Türkis, von der sie nicht mehr wusste, wie sie dahingekommen war. Die Jeans ließ sich nicht vermeiden, es war eine der beiden Hosen, die noch halbwegs passten. Irgendwann müsste sie sich entschließen, ein paar Neuanschaffungen zu machen, nicht heute.

So viel Elan, wie die Morgensonne ihr schenkte, hatte sie seit Wochen nicht empfunden. Nur hatte sie keine Ahnung, was sie damit tun sollte. Rose Lux schien allein auf dieser Welt, jedenfalls wusste ihre Kollegin wenig von ihr, fast nichts, nur dass sie einen namenlosen Freund hatte, der mit ihr irgendwo wohnte. Also würde sie das Telefonbuch fragen, das Einwohnermeldeamt, das Finanzamt und das Internet. Ihr Elan wurde ein wenig gebremst. Ein paar Telefonate und wenige Tassen Kaffee später kehrte er zurück. Auf das Finanzamt war Verlass. Julia hatte sich mit einem liebenswürdigen Menschen unterhalten, der ihr in wenigen Minuten die gewünschte Information lieferte. Sie hatte sich recht höflich bedankt und insgeheim gehofft, dass niemals jemand auf die Idee kam, diesen liebenswürdigen Menschen nach ihrer Adresse zu fragen. Rose Lux wohnte also am Jacobiwall.

Julia sah aus dem Fenster. Hoch oben zerschnitten Schwalben das Blau, es würde ein warmer, vielleicht heißer

Tag werden. Sie nahm das Rad. Der Jacobiwall lag in der Innenstadt, eine schmale Allee direkt an der Berkel, und war nur für Fußgänger, Radfahrer und Anlieger frei. Sie fand das Haus sofort, allerdings nicht den Namen von Rose Lux auf den Schildern neben den Klingeln, sondern Ostermann und B. Achenbach. Einer von denen konnte der Freund sein. Wie kam Rose Lux zu ihrer Post, dachte Julia, während sie sich zunächst für Ostermann entschied. Wahrscheinlich wusste der Postbote Bescheid. Postboten wussten immer Bescheid, nur ihre Vertretungen nicht.

»Wer ist da?« Ein Stimme brüchig wie eine alte Kiefer, daneben WDR4-Musik. Julia sagte es ihr.

»Was?«

»Kriminalpolizei, Morgenstern. Ich würde gern …«

»Ich kaufe nichts.« Es klickte und die Stimme war fort.

Nicht schlimm, das konnte nicht der Freund der Vermissten sein. Also B. Achenbach. Die Wechselsprechanlage blieb still, egal, wie oft sie ihren Finger auf die Klingel drückte. Gerade wollte sie sich wieder auf ihr Bike schwingen, als erneut WDR4 ertönte, kurz darauf: »Hauen Sie ab, sonst rufe ich die Polizei.« Sympathischer Zeitgenosse.

»Die Polizei zieht sich zurück«, murmelte Julia. Sie radelte die Promenade entlang, musste Fußgängern und Kinderwagen ausweichen, überquerte die Kreuzung und bog links ab in Richtung Präsidium. Der funktionale Achtzigerjahrebau lag noch verregnet da.

Sie fand Sven, wie nicht anders zu erwarten, an seinem Rechner.

»Er kann sich an nichts erinnern«, sagte er statt eines Grußes und ohne den Blick vom Bildschirm zu lösen. Julia hängte ihre Tasche an den Stuhl, schüttete kalten Kaffee in das Waschbecken und brühte frischen. Wieso schaffte es nicht ein Kerl, Überbleibsel wegzuräumen?

»Wie geht es ihm?«

»Der Arzt sagt, er hätte Glück gehabt.«

»So was sagen die immer.« Glück. Was war schon Glück? »Hat man Glück, wenn man etwas Schreckliches nicht hat?«

»Heute 'n philosophisches Wörterbuch gefrühstückt? Er kann alles bewegen und verhältnismäßig normal sprechen. Und den Schwestern auf den Hintern glotzen kann er auch.«

»Das nenne ich Glück.« Julia dachte an die Ausladende mit der Figur eines Kühlschranks. Sie startete ihren Computer und blätterte in der Akte Lux. »Er hat überhaupt keine Erinnerung?«

»Nur bis zu dem Zeitpunkt, als er seine Wohnung verlassen hat. Sie nennen es retrograde Amnesie. So was käme meist vor bei so einer Hirnschwellung. Kann sein, dass die Erinnerung wiederkehrt, kann auch nicht sein. Man weiß es nicht.«

»Also habt ihr nichts.«

»Nichts«, bestätigte Sven.

»Und jetzt?«

»Die Rechtsmedizin arbeitet an den Spuren. Fasern an der Kleidung, der Junge hatte Hautzellen unter den Nägeln, ein paar Haare. Aber wo wir anfangen sollen zu suchen ...« Er zuckte die Schultern. »Wir können wohl kaum sämtliche Schüler der weiterführenden und Berufsschulen einem Gentest unterziehen.«

»Konnte die Krause keine Beschreibungen abgeben?«

»Drei junge Männer, mittelgroß, zwei von ihnen mit Kapuzenshirts, einer mit dunklem Haar. Kennst du sie?«

Julia seufzte. Wenn die Alte ein einziges Mal was Sinnvolles beisteuern könnte ...

»Immerhin wussten die Eltern von einem Kumpel, den Rasid mal besucht hat. Ein Deutscher. Felix Segbert. Geht in die gleiche Klasse an der *Theodor-Heuss-Schule*. Ich hab ihn mir vor Schulbeginn krallen wollen, aber er war nicht da. Zu Hause auch nicht. Die Mutter ist aus allen Wolken gefallen, rumgelaufen wie ein aufgescheuchtes Huhn und hat eine nach der anderen geraucht.« Während er das sagte, schielte er auf die Schublade, in der er die Zigarettenschachtel und den Aschenbecher versteckt hatte. »Eine Streife schaut sich mal in der Innenstadt und an den Gymnasien um. Und im Stadtpark. Am Bahnhofsplatz hängt niemand mehr rum.«

»Wie sieht es denn bei Rasid aus?«

Sven schüttelte den Kopf. »Nicht gut, sagt Von dem Berge. Aber weißt du, was ich nicht verstehe?«

»Na?«

»Warum sie ihn nicht nach Münster verlegen. Coesfeld ist doch gar nicht geeignet für so was. Oder haben die neuerdings eine neurologische Abteilung?«

Das hätten sie sofort tun sollen. »Hast du Von dem Berge gefragt?«

»Ja. Aber er hat ausweichend geantwortet. So was wie, das müssten wir schon ihm überlassen. Dann war er weg.«

Die Kaffeemaschine verkündete das Ende ihrer Produktion mit lautem Gurgeln, zischte und verstummte verschnupft. Julia füllte zwei Becher und gab für Sven reichlich Sahne und vier Stück Zucker hinein. Bei dem, was der Kerl an Zucker in sich hineinstopfte, müsste er der Kühlschrankschwester Konkurrenz machen, stattdessen schlotterten seine Hosen um Beine wie Slalomstangen.

»Wenn das mein Sohn wäre, würde ich ihn sofort in die Neurochirurgie bringen lassen«, sagte Julia. Aber die Eltern waren gerade unabkömmlich und sie machte Sven dafür verantwortlich. Sven öffnete den Mund, schloss ihn dann wieder, nahm einen Schluck Kaffee, wühlte in der Schreibtischschublade nach einem Schokoriegel, fand ihn, biss hinein und kaute gemächlich. »Ich werde bei der Verwaltung nachfragen, was das damit auf sich hat.«

»Jetzt?«

Er biss noch zweimal ab, kaute, stürzte den Kaffee hinunter. »Jetzt.«

Im Grunde war Sven kein schlechter Kerl.

»Und was macht deine Vermisste?«, fragte er, während er die Nummer der Krankenhausverwaltung wählte.

Julia winkte ab. »Nichts. Ich suche.« Sie hielt einen Moment inne. »Ich suche«, hallte nach und ballte sich zu einem Klumpen in ihrer Brust. »Ich habe die Adresse von ihrem Freund, B. Achenbach, der ist aber nicht zu Hause gewesen. Ich ...«

Sven legte den Hörer auf. »Achenbach? *Der* Achenbach?«

»Welcher *der* Achenbach?«

»Nee, natürlich nicht.« Sven kratzte sich am Kopf. »Vielleicht Verwandtschaft?«

»Geht's noch ein bisschen kryptischer?« Er nervte mit seinen Gedankensprüngen.

»Staatsanwalt Achenbach. Ach,« er griff sich an die Stirn, »kennst du vielleicht nicht mehr. Ist schon eine Weile pensioniert. So häufig ist der Name aber nicht. Warte.« Er bediente seinen Computer. »Ludger Achenbach, Jacobiwall. Willst du die Telefonnummer?«

»Jacobiwall? Da war ich doch. Aber bei B. Achenbach.«

Er suchte weiter im Rechner. »Benjamin M. Achenbach. Willst du die Nummer?«

»Beide. Danke, Sven. Und Ludger Achenbach war Staatsanwalt?«

»Einer von den ganz krassen. Er nannte es Gerechtigkeit. Ich war froh, wenn ich nichts mit ihm zu tun hatte. Hab sowieso nicht verstanden, wie ein Jurist von Gerechtigkeit sprechen kann. Komischer Typ. Hat überall Korruption gewittert und ein paar Prozesse angestoßen, die nichts gebracht haben außer Flurschaden für uns und in der eigenen Behörde. Bin froh, dass es den nicht mehr gibt.«

»Aber er lebt noch?«

Sven hob die Schultern, es hatte etwas Schildkrötenhaftes. »Ich lese nicht alle Todesanzeigen.«

Julia steckte den Zettel mit den Adressen und den Telefonnummern in ihre Tasche und hob die Hand. »Danke, noch mal.« Als sie rausging, drückte Sven die Wahlwiederholung.

Die Sonne war weitergewandert und entwickelte spätsommerliche Kraft. Julia radelte denselben Weg zurück, den sie gekommen war. Jacobiwall. Das weiße Haus lag nur wenige Meter von dem des unfreundlichen Herrn Ostermann entfernt. Mit einem kleinen Türmchen und der vermutlich teuren und einbruchsicheren Haustür war es ein wenig großzügiger und ein wenig nobler als die anderen Gebäude der Straße. Die Frau, die öffnete, wirkte halb. Halblanges Haar, halblanges Kleid, mit einem halben Lächeln und halb durchsichtig, wie Morgennebel. Wäre nicht die Verwunderung in ihrem Gesicht gewesen, würde man an ihrer Existenz zweifeln müssen.

»Ja?« Selbst die Stimme war halb, halblaut und mittelgrau. Der Ebenmäßigkeit ihrer Züge hatte das Alter wenig anhaben können.

»Ich möchte zu Benjamin Achenbach«, sagte Julia und stellte sich vor, indem sie ihren Ausweis hochhielt.

»Er ist nicht da.« Fast schloss sich die Tür wieder. Julia hätte davongehen können und hätte die Frau dahinter nicht länger erinnert als bis zum nächsten Pflasterstein. Aber die Tür schloss sich nicht ganz, sondern öffnete sich erneut.

»Was wollen Sie von ihm?« Die Farbe in ihrem Gesicht entschied sich für einen Ton heller. Die Frau lebte doch.

»Sie sind?«

»Seine Mutter.«

»Frau Achenbach.«

Sie nickte. »Was ist mit ihm? Geht es ihm gut?«

»Wissen Sie, wo er sich aufhält?«

Sie senkte den Kopf. »Ihm ist nichts passiert, ja?« Die Angst gab der Frau Kontur.

»Eigentlich suchen wir nicht nach Ihrem Sohn.« Ein Ehepaar mit Dackel schlenderte vorbei, blieb stehen und starrte

Julia an. »Wäre es nicht besser, wenn wir uns drinnen weiter unterhielten?« Frau Achenbach nickte dem Paar eilig einen Gruß zu und ließ Julia in eine Diele ein, winkte, ihr zu folgen und führte sie in ein Wohnzimmer mit alten, teuren Möbeln. Julia sah sich um. Der Raum hatte alles, was ein gutbürgerliches Wohnzimmer brauchte, Bücherschränke, eine Vitrine, großformatige Bilder, einen Flügel. Die helle Ledercouch, auf die Julia sich setzte, bildete dazu einen geschickten Kontrast. Die Vorhänge passten zu den Tapeten und Teppichen. Alles perfekt arrangiert. Kein Ort, an dem Julia hätte bleiben mögen. Ihre eigene Wohnung war weder besonders groß, noch besonders geschmackvoll, noch besonders sauber, dafür war sie bewohnt.

»Kann ich Ihnen etwas anbieten? Kaffee, Wasser, Orangensaft?« Nun fiel Julia auch der seltsame Zungenschlag der Frau auf, kein Dialekt, mehr eine Färbung, die nicht ins Westfälische passte.

»Sie leben schon lange hier?«

»Ich wüsste nicht, was das mit Ben zu tun hat. Wo ist er?« Sie nahm zwei Gläser aus der Vitrine und goss Wasser aus einer Karaffe ein, nippte an dem einen, nachdem sie sich auf die Kante eines Sessels gesetzt hatte.

»Wo vermuten Sie ihn?«

Die Achenbach rutsche circa drei Zentimeter nach hinten. »Ich vermute gar nichts.«

»Wir suchen nach Rose Marie Lux.«

Die Unscheinbare verzog das Gesicht und gab ein Geräusch von sich, das man als Lachen hätte deuten können. Oder als einen Laut tiefster Qual. Sie murmelte etwas vor sich hin, straffte sich und klemmte eine lose Strähne hinters Ohr.

»Sie ist die Freundin meines Sohnes, wenn man so will.« Die Worte schienen sich nur widerwillig zwischen ihren Zähnen hindurchzuquetschen.

»Sie wissen nicht, wo ich sie finden kann?«

»Warum sucht die Polizei nach ihr? Hat sie jemanden umgebracht?« Keine Regung, ein Gesicht wie Schnee im Februar.

Julia zog die Luft ein, als müsse sie für die nächsten Stunden reichen. »Wie kommen Sie denn darauf?«

Sie gab keine Antwort, presste nur die Lippen aufeinander. »Ich hab Ben immer gesagt, dass dieses Weib nicht gut für ihn ist.«

Eine Sekunde blitzte das Gesicht von Julias Mutter auf. Nicht gut genug. Niemand war gut genug. Keiner von den Jungs, die sie mit heimgebracht hatte. Nicht einmal sie selbst.

»Rose Marie Lux wurde als vermisst gemeldet.«

Wieder dieses Geräusch zwischen Lachen und Missbehagen. »Wer vermisst sie denn?«

»Sie mögen Frau Lux nicht?«

»Ich kenne sie nicht gut genug, um sie nicht zu mögen. Aber gut genug um zu wissen, dass sie nicht zu Ben passt. So eine …« Sie riss sich zusammen. »Sie ist nicht unser Stil. Wahrscheinlich hofft sie auf ein Erbe, wenn Ludger …« Plötzlich glänzten die hellen Augen von Feuchtigkeit. »Er hatte einen Schlaganfall.« Gemächlich löste sich eine Träne von den Wimpern.

»Das tut mir leid«, sagte Julia und wurde von dem Drang, fortzulaufen beinahe überwältigt. Die Träne schien am Kinn festzufrieren.

»Er kann nicht mehr sprechen«, formte ihr Mund. »Fast nicht. Nur schimpfen kann er noch. Oder wieder. – Was weiß diese Person schon von Familienbeziehungen. Sie ist allein.«

»Und das disqualifiziert sie als Partnerin für Ihren Sohn?« Julia war auch allein. Oft. Nur heute Abend hatte sie eine Verabredung, fiel ihr ein, vielleicht nicht gerade mit ihrem Traummann. Was sollte sie Bayer denn erzählen? Und diesen blöden Fragebogen hatte sie auch noch nicht ausgefüllt.

»Jeder normale Mensch hat eine Familie. Sie ist das Wichtigste.« Wieder eine Träne. Die Familie Achenbach war offensichtlich keine sehr fröhliche.

»Können Sie mir irgendwie helfen, Frau Lux zu finden.« Der Fluchtimpuls war kaum noch zu unterdrücken.

»Nein, Frau Morgenstern. Ich habe die beiden zuletzt gesehen, als sie in den Urlaub aufbrachen. Seitdem habe ich nichts von ihnen gehört. Nicht mal angerufen hat Ben. Nur eine E-Mail geschickt.«

»Ach?« Ein Fünkchen Hoffnung.

»Es gehe ihm gut, und ich solle mir keine Sorgen machen. Aber man macht sich doch immer Sorgen um die Kinder.« Die Augen flehten.

»Wann war das?«

»Vorgestern.«

»Und woher kam die Mail? Hat er geschrieben, wo sie sich aufhalten?«

»Nein, ich weiß nicht, wohin sie gefahren sind. Und ich weiß nicht, von welchem Computer er sie verschickt hat. Gibt es nicht solche Cafés? Internetcafés?«

Immerhin gab es ein Lebenszeichen von Rose Lux.

»Stand auch dabei, wann die beiden wiederkommen?«

»Nein.« Sie senkte den Kopf und rang ihre Hände.

»Könnten Sie mir die Mail zu Verfügung stellen?«

Bentrup eins, Strich, eins.

Die Achenbach zuckte. Julia sah nach draußen. Über dem Rasen und den Rhododendronbüschen lagen Schatten, die sich minütlich vertieften.

Sie drückte aufs Display. »Ja?«

»Conrad ist weg?« Sven.

»Weg.«

»Entlassen.«

»Aus dem Krankenhaus? Spinnen die denn?«

»Er hat sich selbst entlassen.«

»Wo ist er?«

»Weg.«

Noch ein Vermisster. »Hast du schon bei seiner Mutter angerufen und seiner Ex und …«

»Hab ich.« Sven schwieg.

»Entschuldigen Sie, Frau Achenbach, ich muss los.« Julia legte ihre Karte auf den Tisch und deutete darauf, ohne das Telefon vom Ohr zu nehmen. »Wenn du ihn triffst«, sagte es, » gib Bescheid, ja?«

»Wo sollte ich ihn denn …« Das Freizeichen verschluckte den Rest des Satzes.

Julia gab der Achenbach die Hand, ein Händedruck wie Papier, und verließ das Zimmer.

Im Flur drehte Julia sich zu der Frau um. Die stand da, als würde sie nie mehr irgendwo anders hinfinden. Nie mehr, hallte es in Julias Kopf. Nie mehr hatte einen tödlichen Geschmack. Es hatte schon zu viele *nie mehr* in ihrem Leben gegeben. Niemals mehr würde sie lernen, eines davon zu ertragen.

»Bringen Sie ihn mir wieder«, sagte sie an der Tür und ihr Gesicht bröckelte.

10

Ich sah erst nichts. Da war der Regenvorhang zwischen mir und dem Haus. Dann Umrisse, vielleicht. Meiner Erinnerung nach war es kleiner gewesen. Große Häuser mochte ich nicht und weiße schon gar nicht, überhaupt keine, die vorgaben, eine Festung zu sein und keine Heimatstatt boten. Ich überlegte, ob es lohnte, hineinzugehen. Dann stieg ich aus. Honey blieb.

In Sekunden klebte mir der Regen das Shirt auf die Haut. Das namenlose Rinnsal am Rande des Gartens war zu einem Bach angeschwollen, riss Äste und Unrat mit sich. Ohne Eile überquerte ich die Straße, den Steg zum Grundstück, schob das Pförtchen auf und war mit ein paar Schritten bei der Haustür. Sie öffnete sich unmittelbar, nachdem ich geklingelt hatte, als sei ich erwartet worden. Feuchtigkeit und der Geruch nach gekochten Schweineknochen hingen im Flur.

Tante Ilona, eine hagere Frau mit geradem Rücken und zu früh gealterten Zügen, sah an mir herab, wie ich dastand und ihre gepflegten Fliesen volltropfte. Nur ihre Augen lächelten ein Sommerregenlächeln. Das hatten sie immer getan, wenn sie mir begegnet war. Ilona hatte mit meiner Mutter so wenig gemein, dass ich stets daran gezweifelt hatte, dass die beiden Frauen Schwestern waren. Auch ihrer beiden Leben hätten unterschiedlicher nicht verlaufen können. Während meine Mutter im Kofferraum eines Mercedes am Stacheldraht zwischen den Welten strandete und für Jahre hinter Gefängnismauern verschwunden wäre, wenn ihr Vater nicht eine Persönlichkeit des öffentlichen Lebens und Mitglied der SED gewesen wäre mit einer Reihe von Verbindungen und Protegés, hatte Ilona sich eingerichtet, hatte Säuglinge gewickelt, Kleinkindern Lieder vorgesungen und war selbst kinderlos geblieben. Als man die Kinderkrippe am Stadtrand von Eberswalde schloss, war sie arbeitslos, aber nie mutlos geworden.

»Du?« Überraschung auf ihrem Gesicht.

»Kann ich bleiben?« Honey. Sie wartete. »Zum Trocknen?«

Das Grau ihrer Augen verdunkelte sich, ganz kurz. »Magst du einen Teller Linsensuppe?« Dann lächelte es wieder.

Linsen. Da gab es eine Geschichte, die ich im Kommunionsunterricht gehört hatte. Jakob und Esau. Zwei Brüder. Und Florian war im Rhein. Ich hatte gesehen, wie er unter dem Eis ... Das Katholische hatte sich in meinen Zellen verankert. Mutter war vor ihrer Hochzeit konvertiert.

»Danke.« Ich hatte Hunger oder doch zumindest ein Gefühl, das ich früher als Hunger gedeutet hätte. Mein Mund versuchte ein Lächeln. »Ein Handtuch wäre schön.« Um meine Schuhe herum hatte sich eine Pfütze gebildet.

»Komm rein, Junge«, sagte Ilona, fasste nach meiner Hand und zog mich in die Küche. Eine Zigarette verglühte im Aschenbecher, sonst Zitronenduft und Reinlichkeit. »Was verschlägt dich denn ...«

»Kann ich bleiben, bis der Regen aufhört?«

Sie lachte ein raues Lachen, das in einem Husten endete. »Hast du den Wetterbericht gehört? Wir werden nasse Füße bekommen.«

Natürlich hatte sie Recht. Auch wenn nicht die Gefahr bestand, fortgeschwemmt zu werden, ich konnte nicht bis zum Ende der Sintflut hier ausharren, dann würde ich erst nächste Woche nach Hause kommen. Das ging nicht, wegen Honey. Sie musste zurück.

Ilona holte ein Handtuch und wuschelte durch mein Haar, wie sie es beim ersten Besuch ihrer Schwester getan hatte, kurz nach der Wende, im Herbst 1989. Sie hatte mit Mutter geflüstert, über Florian. Mutter hatte geweint, sie weinte bis heute um ihn, und Ilona hatte Äpfel für mich geschnitten. Für einige Tage bestaunte sie die bunten Auslagen in den Schaufenstern, Mutter kaufte ihr zwei schlichte Kleider und einen Bananenlikör bei *Dieninghoff*. Der Weinhändler schüttelte leicht den Kopf, schenkte den Frauen ein Gläschen ein und alberte eine Weile mit ihnen, bis Mutter errötete und wir endlich auf die Straße hinaustraten. Ein paar Abende lachten Mutter und Tante Ilona miteinander, während Vater kaum den Kopf aus seinem Arbeitszimmer steckte. Doch das überraschte mich nicht. Meine gesamte Kindheit und Jugend hindurch hatte er sich in seinem Arbeitszimmer verschanzt, so erschien es mir wenigstens. Vor Ablauf einer Woche wurde Ilona unruhig. Ich muss zurück, sagte sie, Frieder.

Ihren Mann kannte sie von der Schulbank, hatte ihn mit Hausaufgaben, später mit Mittagessen versorgt. Als sie längst ein Paar waren, hatte Frieder ihr seinen alten Freund Horst vorgestellt. Die Männer hatten zusammen in einem Panzer gesessen und waren durch die Wälder der Uckermark gerattert. Bei einer Übung mussten sie durch die Oder. So was verbindet, sagte Frieder. Die Besatzung eines anderen Panzers fand in so einer Blechbüchse den Tod. Vier junge Männer. Mitten in Friedenszeiten.

Frieder studierte dann Wirtschaft in Berlin, kehrte zurück und fand seinen Platz in der Gemeindeverwaltung. Horst ging zur Polizei. Als Frieder ihn Jahre später wiederfand, hing er über dem Klo der Bahnhofskneipe und kotzte sich die Seele aus dem Leib. Nach der Wende hatte es keinen Platz mehr für ihn gegeben, in der Polizei nicht und nirgendwo. Eine Weile hatte er im Westen sein Glück versucht und es nicht gefunden. Frieder setzte ihn in Ilonas Küche ab. Sie gab ihm zu essen, wusch seine Kleider und bügelte seine Seele auf. Nach ein paar Wochen fand er Arbeit bei einer Sicherheitsfirma, die verschiedene Objekte bewachte, und seinen Humor wieder.

Ilona begann, den drahtigen Mann mit der schiefen Nase und dem wachen Blick zu mögen. Frieder hatte nichts dagegen. Im Ort wurde natürlich getuschelt. Aber die beiden Männer holten Holz aus dem Wald für die Öfen der Nachbarn, und Ilona nahm die Kleinen, wenn die Mütter zur Arbeit fuhren. So arrangierte man sich und entschied sich fürs Praktische. Nur Mutter sah das anders. Ein paar Mal hatten wir Tante Ilona besucht, doch seit Horst mit im Häuschen wohnte und von Zeit zu Zeit Ilonas Bett benutzte, endeten diese Besuche im Streit, mit Mutters Vorwürfen und zugeknallten Türen, die sich schließlich nicht mehr öffnen ließen. Du sollst nicht ehebrechen, waren Mutters letzte Worte an ihre Schwester gewesen. Und du sollst nicht lügen, hatte ich hinzugesetzt, während ich ihrem starrsinnigen Nacken gefolgt war.

»Wo ist Frieder?«, fragte ich, obwohl mich das bei Weitem nicht so interessierte, wie die Frage, wo Horst war.

»Im Krankenhaus.« Ilona stellte den Topf vom Herd und begann, das Fleisch von den Knochen zu zupfen, schnitt Sellerie und Möhren klein und goss die Brühe durch ein Sieb.

»Was hat er? Was Schlimmes?«

»Nein, nein. Er besucht nur eine Bekannte. Horst ist oben, er schläft, macht immer noch ein paar Nachtschichten. Unsere Renten sind nicht so üppig. Aber wenn du ihn sprechen willst? Er würde sich sicher freuen.«

Das wollte ich eigentlich nicht. An sich mochte ich seine gut gelaunte Art ganz gerne, es war nur einfach der falsche Zeitpunkt. Ich dachte an die Brandyflasche im Handschuhfach, die ersetzt werden musste, und daran, dass ich nicht gerade jetzt einen Ex-Bullen um mich haben wollte. Mit Frieder dagegen war ich nie richtig warm geworden, ein spröder, wortkarger Mann, der die hochgewachsene Ilona noch um einen Kopf überragte.

Ilona schüttete die gekochten Linsen und Kartoffelstückchen in die Brühe, ließ das Ganze aufkochen und stellte den

Topf auf einen hellgrünen, selbst gehäkelten Untersetzer in die Mitte des Tisches, holte Löffel und schöpfte den Eintopf auf zwei Teller. Das Gericht dampfte und mein Hunger kehrte zurück. Ein Bier hätte ganz gut dazu gepasst. Bevor Ilona sich setzte, stellte sie eine Flasche vor mir ab. Die ersten Löffel Suppe wärmten mein Inneres. Sie hätte auch Honey gutgetan, aber da sie nicht mit reingekommen war ... Ilona pustete auf ihren Löffel und beobachtete wohlwollend nickend meinen Appetit.

»Und bei euch? Geht's gut?«, fragte ich, um etwas zur Unterhaltung beizusteuern. Ilona wiegte den Kopf und legte den Löffel ab. Draußen rauschte der Regen.

»Horst schläft viel«, sagte sie. »Zu viel.«

»Was ist mit ihm?« Zu viel Schlaf schien mir kein Anlass zur Sorge.

»Vor zwei Wochen haben sie einen ehemaligen Kollegen beerdigt.«

»Das ist schlimm.« Andererseits starben Menschen irgendwann.

»Horst hat ihn gefunden.« Sie rührte in ihrer Suppe.

»Hm.«

»Im Keller.«

Ich sagte nichts. Ilona lehnte sich zurück und starrte an meinem linken Ohr vorbei.

»Horst hat mit ihnen Karten gespielt, also mit den Jungs von der Dienststelle, mit einigen jedenfalls. Alfred stand ein knappes Jahr vor seiner Pensionierung. Da schießt man sich doch keine Kugel in den Kopf, oder?« Sie sah mich an, wollte wohl aber keine Antwort. Ich hätte auch keine geben können.

»Der Keller war schalldicht. Sie haben ein Waffenarsenal gefunden, mit dem man die halbe Stadt hätte versorgen können. Alfred war Sportschütze und Waffennarr, wie sehr, erfuhr Horst erst von der Witwe und auch, dass er höchst seltsame Angewohnheiten hatte. Zum Beispiel fuhr er die zwölf Kilometer von zu Haus zur Dienststelle immer mit dem Rad, sommers wie winters. Wenn Schnee lag, wie im vergangenen Winter, ging er zu Fuß.«

»Warum?«, fragte ich zwischen zwei Löffeln Suppe.

»Die Witwe hat gesagt, er habe seinen Wagen nicht in die Nähe der Dienststelle parken und damit verhindern wollen, dass ihm jemand folgte. Er habe immer Angst gehabt, jemand könnte aus Rache seiner Familie etwas antun. – Sie konnte es nicht.« Ilona blickte auf die Tischdecke. »Sie wusste, dass etwas passiert war, aber sie konnte nicht in den Keller. Deshalb musste Horst kommen. Und nun …« Sie machte eine Pause. »Er sei ein netter Kollege gewesen, sagen alle, hilfsbereit, freundlich. Man habe ihm nichts angemerkt.«

»Hat nichts gesagt? Keinen Abschiedsbrief geschrieben?« Ich fragte, weil sie sich sehr über die Geschichte aufzuregen schien. Mich ging sie nichts an.

»Ja, einen Abschiedsbrief. Und noch etwas hat er getan. Damit niemand mit seiner entstellten Leiche konfrontiert würde, hat er sich ein spezielles Projektil angefertigt. Er konnte das, weil er früher bei der Armee irgend so einer Spezialtruppe angehört hat. Horst hat mir gesagt, wie sie hieß, aber ich hab es vergessen.« Wieder rührte sie in der Suppe, die inzwischen kalt sein musste, nahm einen Löffel und sprach weiter.

»Er hat sich die Pistole unters Kinn gehalten, und die Kugel ist in seinem Kopf stecken geblieben. Kein Blut. Nichts. Trotzdem war Horst geschockt, als er ihn fand.«

Ich nickte.

»Horst hat mir viel erzählt von früher und von den ehemaligen Kollegen, die immer noch mit ihm Karten spielen. Sie reden nie über die Sachen, die im Dienst passieren, über den Dreck, das Blut, den Gestank, darüber, dass sie froh sind, wenn sie den Dienst heil überstehen. Nie. Alles harte Burschen, sagt Horst. Und dann bringt sich einer um.« Langsam bewegte sie den Kopf hin und her, wie jemand, der das Geschehene nicht fassen konnte.

Ich hatte keine Idee, was ich sagen sollte, nahm einen Schluck Bier und schwieg.

»Seitdem schläft Horst viel.« Sie erhob sich und räumte das Geschirr weg. Ihre übriggebliebene Suppe schüttete sie in den Ausguss. Das Einzige, was mir einfiel, war aufzustehen und Tante Ilona in den Arm zu nehmen. Ich spürte ihre Schulterblätter, ein Schlucken, ihr Haar roch trocken, sie weinte nicht, sie weinte nie.

»Ich muss los«, sagte ich nach einer Weile.

»Du kannst bleiben, solange du willst, Junge.« Da war wieder ihr warmes Lächeln. Das nahm ich mit und ein paar Brote mit Leberwurst, einen Apfel und eine Flasche Wasser. Während sie alles in eine Plastiktüte packte, stand Horst in der Tür. Ich spürte, wie mein Gesicht weiß wurde, es fühlte sich kalt an. Nach einer Begrüßung, die ich später nicht mehr genau erinnerte, verließ ich das Haus, Tante Ilonas verwirrten Blick im Rücken und ihre guten Wünsche, die sie mir über den Steg hinweg und durch das Rauschen des Regens hindurch nachrief.

»Sag deiner Mutter, ich hab sie lieb. Trotzdem.«

Ich rannte zum Wagen, schleuderte die Tüte auf den Rücksitz und brauste los. Als Eberwalde ein paar Kilometer hinter mir lag, hielt ich, zitterte die Flasche aus dem Handschuhfach und trank. Sie mochte das nicht. Du verstehst mich nicht, sagte ich zu ihr.

11

Die Sonne blitzte durch die Wolken und sammelte das Regenwasser wieder ein, Dampf über den Pfützen. So rasch wie der letzte Schauer eingesetzt hatte, war er vorüber gewesen. Sie hatte ihn unter dem Vordach der Achenbachs abgewartet , war dann aufs Rad gestiegen und in Richtung Finanzamt geradelt. Vielleicht erfuhr sie von dem liebenswürdigen Herrn Stippel etwas mehr über Rose Lux.

Das Klingeln des Handys verlangsamte ihre Fahrt. Sie fummelte es aus der Jackentasche und las »unbekannt« auf dem Display. Trotzdem nahm sie das Gespräch entgegen: »Morgenstern.«

»Hast du Lust auf ein Bier heute Abend?«

»Wer ist da?« Ein Streifenwagen fuhr vorbei und bespritzte sie mit Regenwasser von oben bis unten. »Verdammt.«

»Mark.«

»Mark. Welcher Mark?« Julias Kleider klebten am Körper, das Türkis der Bluse hatte schlammfarbene Tupfen bekommen, das Telefon sagte nichts. Sie hielt an, der Streifenwagen auch. »Ach, Mark.«

»Genau. Und? Hast du Lust?«

Nein, um Himmelswillen, hatte sie nicht. Nie mehr Alkohol. Nie mehr fremde Betten.

»Woher hast du meine Telefonnummer?«

Ein Glucksen im Gerät. »Vom Finanzamt.«

Julia stöhnte. »Du lügst. Die haben meine Nummer nicht.«

»Doch.«

Wenn dem so war, mit welchem Recht verteilten sie ihre Daten? Das Finanzamt wurde ihr unheimlich. Zwei Kollegen stiegen aus dem Streifenwagen und kamen auf sie zu. Beide nicht schlank, der eine etwas kleiner.

»Hör zu. Wir hatten unseren Spaß. Mark. Aber nun muss ich was tun.«

»Morgen?« Er ließ nicht locker. Wenn sie doch nur eine halbwegs verwertbare Erinnerung an diese Nacht gehabt hätte. Vielleicht war es wirklich besser, sie erfuhr, was eigentlich genau gelaufen war, was sie gesagt, was er erzählt hatte, mit wem sie es überhaupt zu tun hatte. Die Kollegen grüßten und warteten.

»Meinetwegen«, sagte sie schnell. Er schlug eine Kneipe vor, die *Alter Ego* hieß. Wie passend.

»Zwanzig Euro, liebe Kollegin«, sagte der Kleinere der beiden, Julia hatte ihn noch nie gemocht.

»Das ist nicht euer Ernst. Wofür denn?«

»Für Telefonieren während der Fahrt«, ergänzte sein Kollege. Und den schon gar nicht.

»Macht keinen Scheiß. Ich bin im Dienst.«

»Gesetze gelten für jeden.« Der Kleinere reckte sich etwas.

Die hatten sie doch nicht alle. Jetzt konnte man nicht einmal mehr bedenkenlos mit dem Fahrrad fahren. Julia blickte von einem zum anderen, doch es sah nicht so aus, als ob sie zum Scherzen aufgelegt wären. Sie zupfte an ihrer Hose. Der Stoff war dunkelblau mäandert mit Spritzern von Sand. Ungeniert glotzten die zwei auf Julias nasse Bluse.

»Irgendwas Interessantes gefunden?« Sie verschränkte die Arme vor der Brust. Wahrscheinlich würden sie ihre Heldentat schenkelklopfend in der Kantine ausschmücken. »Benehmen im Straßenverkehr gilt auch für euch. Hört zu. Ihr verzichtet auf das Bußgeld und ich auf eine Anzeige.«

»Das wäre unkorrekt.« Der Größere zog seine Jacke glatt. Sie hätte ihm am liebsten eins auf seine platte Nase gegeben, riss ihr Portemonnaie aus der Tasche und drückt ihm ihren letzten Zwanziger in die fette Hand. Der Kleinere quittierte, und sie trollten sich grinsend.

»Penner«, murmelte sie und hoffte, sie hätten es nicht mitbekommen, um nicht auch noch eine Beleidigungsanzeige einzustecken. Hatten die nichts anderes zu tun, als telefonierende Radfahrer abzustrafen? Außerdem Mark. Sie hatte sich tatsächlich mit ihm verabredet. Sie musste nicht ganz bei Trost sein. Allerdings war bis morgen noch lange hin.

Mit einem Taschentuch versuchte sie, die gröbsten Flecken von der Kleidung zu reiben. Mit zweifelhaftem Erfolg. Trotz der wärmenden Sonnenstrahlen zog sie ihre Jacke über. Als sie am Finanzamt ankam, stand ihr der Schweiß auf der Stirn. Julia fand das Büro von Herrn Stippel im ersten Stock, wobei ihr der Polizeiausweis über den übellaunigen Pförtner hinweghalf. Farblich kontrastierend zu den soliden Möbeln in behördengrau trug Herr Stippel Hemd und Glatze in rosa und schenkte ihr ein frisch gewaschenes Lächeln.

»Was kann ich für Sie tun, Frau Morgenstern?« Mit einer Handbewegung bot er ihr einen der Besucherstühle vor seinem Schreibtisch an.

»Sie arbeiten noch nicht lange hier, oder?« So zuvorkommend hatte Julia das Finanzamt bisher nicht erlebt.

Stippel nickte. »Seit drei Monaten. Aber ich finde Coesfeld großartig.«

»Großartig«, sagte sie. »Könnten Sie mir bei meiner Suche denn behilflich sein?«

»Ich habe die Akte von Frau Lux nach unserem Telefonat gleich rausgesucht.« Er zog einen Ordner heran und schlug ihn auf. Selbst seine Finger waren rosig. »Was wollen Sie wissen?«

»Eigentlich alles, was mir helfen könnte, sie zu finden. Das Einwohnermeldeamt hatte ihre aktuelle Adresse nicht. Die kenne ich ja inzwischen, dank Ihrer Mitarbeit.«

Er sah kurz auf und senkte den Blick verschämt in die Akte.

»Wissen Sie, wo sie gearbeitet hat, bevor sie im *Casino* anfing?« Vielleicht gab es dort Bekannte, Freunde oder Familienangehörige.

Er blätterte und biss sich auf die Unterlippe. »Gar nicht.« Noch ein paar Seiten zurück. »Hier. Oh.« Seine Stirn legte sich in Falten. »Das ist drei Jahre her.«

»Und wo?«

»In einem Restaurant namens *Up de Tenne*. Für acht Monate steuerpflichtig beschäftigt.« Er griff nach einem anderen Ordner. »Dann nichts mehr bis vor fünf Monaten. Anfang März wurde sie vom *Casino* angemeldet. Hilft Ihnen das?«

»Ist sie verheiratet? Hat sie Kinder?«

Verwunderung überflog sein Gesicht. »Ledig. Ist sie nicht ein wenig jung für Kinder?«

»Haben Sie das Geburtsdatum?«

Stippel schrieb es auf ein Blatt, das er aus dem Papierschacht des Druckers nahm und schob es über den Tisch. Sechsundzwanzig war nicht gerade ein Alter, in dem man keine Familie hätte gründen können. Aber Julia hatte sich bis jetzt ja auch zu jung dafür gefühlt. Wer weiß, welches Leben Rose Lux bisher geführt hatte? Ein abgeschiedenes, wie es Julia vorkam.

»Was ist mit Eltern?«

»Dazu habe ich hier nichts. Der Name ist mir auch noch nicht untergekommen, aber Sie wissen ja, dass ich noch nicht lange hier bin. Moment.« Sein Rumpf zuckte zurück, er saß kerzengerade am Schreibtisch und hob den Zeigefinger. Unvermittelt und überraschend behände für seine Fülle sprang er auf und verließ den Raum. Wenige Minuten später war er mit einem Männlein in den Sechzigern zurück.

»Darf ich vorstellen? Frau Morgenstern von der Kripo.« Bei »Kripo« machte er ein bedeutungsvolles Gesicht. »Herr Lensing, mein Kollege.« Nun lächelte Stippel, als habe er eine Trophäe präsentiert. »Er kennt viele«, er lachte jovial, »ach was, alle Coesfelder Familien.«

Der Dünne zog die Bügelfalte seines fadenscheinigen Anzugs hoch und setzte sich. Sein Gesicht hatte etwas von einem unfreundlichen Kaninchen. »Kann ich Ihre Legitimation sehen«, fragte er mit einer Stimme aus Holz.

Julia zeigte sie ihm. Er schien misstrauischer als sein Kollege.

»Herr Stippel hat mich unterrichtet. Ja, ich kenne eine Familie Lux. Aber ob Ihre Gesuchte zu der Familie gehört, weiß ich nicht. Sie leben sehr zurückgezogen, seit sie den Hof beziehungsweise das Land verpachtet haben.«

»Wo finde ich sie?«

»Goxel. Ich habe es herausgesucht.« Er gab ihr einen Zettel.

Julia bedankte und verabschiedete sich in der Hoffnung, endlich irgendeinen Menschen zu treffen, der Rose Lux nahestand.

Draußen drückte sich Julia in einen Hauseingang und geschützt vor dem Regen faltete sie den Zettel mit der Adresse auseinander. Renate Lux wohnte in Goxel, keine Straße angegeben, nur eine Hausnummer. Leute mit Schirmen hasteten griesgrämig vorüber, dabei war noch Sommer. Sie schaute auf ihre nicht mehr ganz weißen Turnschuh, seufzte und hoffte, dass der Hof geteert oder wenigstens gepflastert sein würde. Noch besser wäre, sie würde sich zu Hause umziehen. Durchnässt bis auf die Unterhose kam sie an, parkte ihr Rad, duschte heiß, warf sich rasch in frische Kleider und nahm diesmal einen Schirm mit. Pfützen überspringend eilte sie zu ihrem Golf, zerrte ein Knöllchen hinter dem Scheibenwischer hervor und zerriss es leise fluchend. Heute war nicht ihr Tag.

Julia nahm die Umgehungsstraße. Die angegebene Adresse musste draußen in der Nähe des Kalksandsteinwerkes liegen. Manchmal war es trotz der Führung der netten Dame im Navigationsgerät nicht ganz einfach, am richtigen Ort anzukommen. Die Nummerierung der Höfe folgte keinem durchschaubaren Prinzip. Andererseits kannte sie sich ganz gut aus in der Gegend. Früher hatten sie verbotenerweise im *Kalki* gebadet, dem Baggersee am Kalksandsteinwerk. Mit der Clique waren sie morgens los – und abends mit sonnenverbrannten Schultern und den Abdrücken erster Küsse auf den Lippen wieder heimgeradelt. Sie lächelte, während sie in einen Seitenweg einbog, links der Wald, rechts Felder. Bei allem. Ganz dazugehört hatte sie nie. Nirgendwo.

Es regnte kaum noch. Sie ließ die Scheibe herab und der Geruch nach feuchtem Boden strömte herein. Hinter den Wolken Gelb, das Sonne versprach. Aber man konnte sich täuschen. Das hatte sie schon öfter getan. Sicher, es war lange her, und über die erste Liebe lächelte man, wenn man über dreißig war. Sie war irritiert, als dieser Sommer von vor, sie musste rechnen, siebzehn Jahren wieder auftauchte, ein altes Gefühl, beklemmend vertraut. Sie hielt auf dem Seitenstreifen und das Fleckchen Gelb verbarg sich hinter neuen Wolken. Also doch keine Sonne.

Till hatte unter dem langen, dunkelblonden Pony hervorgegrinst, da drüben, auf der Halde hatte er gestanden. Oder war es eine andere? Julia stieg aus und kletterte die kleine Anhöhe hinauf, dahinter lag der See. Die Büsche und Bäume hatte es noch nicht gegeben, nur Sand, Spuren von schwerem Gerät und Disteln.

Zuerst hatte sie nichts von Till erzählt, niemandem. Großmutter hätte ihn nicht gemocht. Der kann dir nicht das Wasser reichen, hatte Mutter später gesagt. Vielleicht nicht, aber was spielte das für eine Rolle, wenn er doch extra eine Kassette aufgenommen hatte, nur für sie? Außerdem, was wusste Mutter schon von Till?

Ein heißer Juli war das gewesen. Und wenn nicht alles ganz anders gekommen wäre, hätte sie nur die Leichtigkeit in Erinnerung behalten, mit der die Tage aufeinander gefolgt waren, deren Glanz und Intensität, das Herumalbern in türkisfarbenem Wasser, das erste Bier, während die Sonne unterging, und ein klein gehaltenes Lagerfeuer, damit es von Weitem nicht zu entdecken sei. Dabei flackerten einige unentdeckte Feuer rund um den See. Da hatte sie vielleicht doch und für einen Augenblick dazugehört.

Till hatte gelacht, geredet und geflachst, er war Klassensprecher und Klassenclown, und sie dabei angeschaut, was Julia gar nicht hatte glauben können. Sie war so dünn und lockenköpfig, dass sie normalerweise nie jemand ansah, nie so. Lange hatte sie gezweifelt, dass er wirklich sie meinen könnte, bis er sie abseits von den anderen an einen Kiefernstamm gepresst und geküsst hatte. Von da an glaubte sie, er ginge mit ihr.

Der Juli nahm seinen Lauf, und es wurde weiter geradelt und gebadet und gelacht. Holst du mich ab, hatte sie ihn gefragt und auf ein paar ungestörte Augenblicke gehofft. Er hatte ihr zugezwinkert, gesagt, dass er sich freue, und war nicht gekommen. Ein paar Tage später hatte sie ihn mit Tanja gesehen.

Von da an war es eigentlich immer so oder so ähnlich gelaufen, mit ihm und mit jedem anderen. Vielleicht war sie einfach nicht gemacht für die Liebe, nur für die Arbeit und für die nun auch nicht mehr. Wahrscheinlich stimmte irgendetwas nicht mit ihr. Nein. Sie wusste, dass sie nicht richtig war.

Sie stieg die Böschung hinunter, kletterte in den Golf und ließ den Motor an. Der Tag war noch einen Deut grauer geworden.

In einer Ecke vor der Scheune gammelten ein Pflug, ein alter Kinderwagen und diverse Treckerreifen vor sich hin. Der Regen hatte sich in Pfützen auf dem unebenen Pflaster gesammelt. Nur die Geranien in den Kübeln und Blumenkästen wucherten üppig. Neben der Tür fand Julia zwei Namensschilder mit *Lux*, eines in Sütterlin, das andere mit Druckbuchstaben beschriftet. Sie entschied sich für die Klingel mit der modernen Beschriftung.

Renate Lux blickte sie schweigend und abschätzig an. Der Pony ihres blonden Bobs hing fransig über ihren Augen. Ein Gesicht, zusammengewürfelt wie vom Trödelmarkt, das in jungen Jahren möglicherweise ganz niedlich gewesen sein mochte. Die Frau steckte in einem pinkfarbenen Kleid mit einem silbernen Schriftzug und blauen Pailletten. Sie hätte sich eine Kleidergröße größer gönnen sollen, dachte Julia, als sie sich vorgestellt hatte und eingelassen wurde.

Das Jahrhundert wechselte. Kraftlos versuchte eine Lampe aus den Fünfzigern die Diele zu erhellen, das Feuer im Kamin war tot, es roch mild nach Schinken. Julia bezweifelte, dass noch einer im Rauchfang hing. Der Geruch hatte sich über die Jahrzehnte in die Tünche der Wände gefressen und eine unsichtbare Patina auf den dunklen Kommoden, dem massigen Tisch und den bunten Fliesen hinterlassen.

Renate Lux führte Julia in die Küche, glänzende Oberflächen, ein chromblitzender Herd, ein gelaugter Kieferntisch mit Stühlen in der Ecke. Sie bot Julia einen Platz an, indem sie auf die Sitzgruppe zeigte. Bisher hatte sie kein Wort gesprochen.

Nachdem sie sich eine Zigarette angezündet hatte, sagte sie: »Also was?«

»Sie kennen Rose Marie Lux?«, begann Julia.

Renate Lux nickte. »Sie ist meine Tochter. Was ist mit ihr?«

»Ihre ...« Julia verschlug es die Sprache. Als sie sie wiederfand, sagte sie: »Wissen Sie, wo sie ist?«

»Sollte ich das? Sie ist erwachsen, hat sie gesagt.« Die Frau heftete ihren Blick auf etwas hinter Julia. Gerne hätte Julia nachgesehen, was es war, wenn ihr das nicht unhöflich erschienen wäre.

»Eine Kollegin hat Ihre Tochter als vermisst gemeldet.«

»Sie hat eine Kollegin? Gut.« Die Lux inhalierte tief.

»Sie wissen nicht viel über Ihre Tochter?«

»Sie lebt ihr Leben, ich meins.«

Die beiden Frauen hatten offenbar kein besonders gutes Verhältnis.

»Also gut. Können Sie mir irgendwie helfen, sie zu finden?« Julia versuchte ein Lächeln, es verirrte sich im Zwielicht, das durch das Fenster hereinfiel. Die andere starrte weiter an Julia vorbei, hob die Schultern.

»Ich wüsste nicht, wie.« Abrupt stand sie auf, fragte, ob Julia etwas zu trinken wolle, räumte Gläser und eine Flasche Wasser auf den Tisch. Julia warf einen Blick hinter sich und entdeckte den Fernseher an der Wand, Werbung lief, ohne Ton. Die Lux setzte sich nicht wieder und sagte, sie habe wenig Zeit und ihre Schicht fange bald an. Julia erfuhr, dass Renate Lux im Jägerhof kellnerte, davor in verschiedenen Restaurants, wie es gerade kam.

»Ich trinke nicht mehr«, sagte sie und sah zu Boden. »Schon lange nicht mehr.« Sie hatte ein Hofcafé bewirtschaftet, wie sie allerorten aus dem Boden geschossen waren, erzählte sie. Was sollte man auch tun mit einem Hof, auf dem es nichts mehr zu tun gab, als irgendwann die alten Eltern zu pflegen? Sicher, man konnte verkaufen. Das taten viele. Oder verpachten. Renate war die einzige Tochter, der Hof ohne Nachfolger. Vater bricht es das Herz, sagte ihre Mutter, als Renate mit dem Abitur in der Tasche nach den letzten Sommerferien vom Trecker stieg und verkündete, sie werde studieren. Hotel- und Restaurantmanagement in Heilbronn. Vater starb nach dem ersten Schnee. Renate brachte Rolf mit heim, und sie lebten ein paar Monate einen Traum. Selbst gebackener Kuchen und abends Jazz mit Bier. Dann war das Geld alle und Rolf nahm wieder kleinere Engagements an. Dann kam Rose. Das Geld blieb knapp und Rolf immer länger fort.

»Natürlich hatte er eine andere. Ich weiß nicht, wie ich mir einbilden konnte, dass es mit uns klappen könnte. Rolf, der Schauspieler, und Renate, der Bauerntrampel.« Sie lachte auf und nahm einen Schluck aus der Wasserflasche. »Als

Rose Marie auf die Welt kam, ging es uns gerade gar nicht so schlecht. Mutter war gestorben, und wir hatten ein bisschen Bares geerbt.« Draußen tuckerte ein Traktor. »Aber das war schnell aufgebraucht. Und Rolf blieb weg.«

Nun kannte Julia zwar auch diese Geschichte, doch so kam sie keinen Schritt weiter. Sie erhob sich und wollte sich verabschieden, als Renate Lux etwas notierte. Rolf Lux, die Adresse.

»Sie haben wieder Kontakt zu Ihrem Ex-Mann?« Julia schaute erstaunt auf.

»Immer noch. Wenn man so will. Eigentlich ist der Kontakt nie ganz abgerissen. Nur Rose hab ich das nicht sagen können.«

»Wäre sie nicht froh gewesen, wenn Sie wieder zusammengekommen wären?«

»Klar, wäre sie das. Aber das ...« Ihr Blick wich aus, »wollte ich ihr ersparen. Wir sind nicht zusammengekommen, nicht in dem Sinne.«

»In welchem dann?«

»Das geht Sie einen Scheißdreck an.« Renate Lux drehte sich um und ging hinaus.

12

Du verstehst mich nicht, sagte ich zu ihr. Ich nahm noch einen Schluck Brandy. Sie hatte mich nie verstanden. Die Straße lag schnurgerade vor mir, rechts und links regenverschleierte Felder. Der Brandy wärmte mich. In der Ferne blinkten schon wieder gelbe und blaue Lichter. Ich war nicht scharf darauf herauszufinden, worauf die Polizei mich diesmal aufmerksam machen wollte, und bog an einem verrosteten Wegweiser in Richtung Wandlitz ab, zwei Kilometer weiter säumten Kiefern unseren Weg, der nun schmal wurde und unwegsamer mit Schlaglöchern, schließlich Kopfsteinpflaster.

Mein Navigationsgerät sagte: »Drehen Sie, wenn möglich, um«, und zeigte keine Straße, nur das Nichts im Display an. Aber dieser Wegweiser hatte da gestanden: Wandlitz 8km. Man konnte nicht einfach umdrehen. Irgendwohin musste die Straße ja führen. Zunächst führte sie zwischen hüfthohen Brennnesseln hindurch, dann nur noch ein Waldweg, Äste kratzten über den Lack, tiefe Spurrillen. Wenn mir hier jemand entgegenkäme, müsste ich kilometerweit rückwärts fahren. Während der Wagen eine kleine Steigung nahm, rannen mir Fluten von Regenwasser in den Spurrillen entgegen. Oben stoppte ich, der Wagen rollte zurück, ich zog die Handbremse an. Der Weg fehlte, zumindest zum Teil. Die Brücke, die über einen Bach geführt hatte, war zur Hälfte vom brausenden Wasser davongetragen worden, der Rest mochte gerade die Breite der Spurweite haben. Scheiße, Scheiße, Scheiße. Ich schlug aufs Lenkrad. Honey sagte nichts. Sie sagte nie etwas. Sie tat.

Ich stieg aus, und der Regen traf mich wie ein Schock. Unter mir toste das Wasser, kochte und sprudelte, Bäume waren umgestürzt, bildeten Staubecken, über die das Wasser dahinschoss in einem gefährlichen Strom. Hinter mir verschwand der Weg im Grün. Ich musste weiter. Hätte ich doch diese verfluchte Reise nicht gemacht. Sie hatte immer dermaßen dämliche Ideen. Ich starrte sie durch die Scheibe an. Sie hatte Recht gehabt. Du kennst mich nicht, hatte sie gesagt. Und es wäre besser dabei geblieben. Ich trat Steine und Äste in den Abgrund. Spätestens nach der Sache hätte ich sie rausschmeißen müssen ...

»Kommst du?« Durch den Türspalt zog der Duft von Gebratenem herein. Ich wischte mir den Schweiß von der Stirn und trank den Rest des Brandys aus und füllte das Glas sofort nach. Die Hitze des Tages drückte auf den Abend.

»Gleich«, murmelte ich, »gleich ...« Und ließ Polluxus in einen weiteren Gang des unterirdischen Gewölbes abbiegen, auf der Suche nach seinem Bruder. Morgen musste das Spiel raus, das erste, das ich komplett selbst gestaltet hatte und das noch ein wenig poliert gehörte. Es war längst überfällig, aber in den letzten Tagen hatte mir absolut nicht einfallen wollen, wie es zu Ende gehen könnte. Endlich war mir die zündende Idee gekommen und mit ihr die Belohnung für den Spieler.

»Was ist jetzt?«, rief sie aus der Küche.

»Ja. Gleich. Was gibt's denn?«

Polluxus stand wieder einmal vor einer Mauer.

»Steak mit Salat. Soll ich dir deinen Teller rüberbringen?«

»Nein.« Ich bin gleich so weit. Oder doch, ja, wenn sie es nicht anders wollte. Polluxus griff sich den Vorschlaghammer, den ich neben einigen anderen Gerätschaften dort deponiert hatte, und drosch auf die Wand ein. Es staubte. Na, los, mach schon. Die Wand bröckelte nur. Auf dem Display des Laptops, den ich benutzte, wenn mein Rechner sich Zeit für irgendein Update nahm, spiegelte sich Honeys Gestalt. Dann spürte ich ihren Atem in meinem Nacken.

»Keinen Appetit?«

Polluxus stapfte durch den Staub. Es war, als hinterließe jeder Buchstabe, den sie sprach, einen kleinen Abdruck auf meiner Haut. Ihr Haar kitzelte. Dieses endlose Haar.

»Doch. Großen.« Ihr gutes Essen wäre jetzt ganz nett, mit einem reizvollen Nachtisch vielleicht. Stattdessen kippte ich den Brandy hinunter, seine Wirkung durchflutete mich warm.

Einige Schritte lief Polluxus zurück, entdeckte einen Durchlass und kroch hinein. Der Rauch der Fackel vernebelte die Sicht, Stück für Stück schob er sich vorwärts. Hinter mir ein Luftzug. Der Gang war so schmal, dass Polluxus den Felsen am Körper spüren musste. Aber er würde hindurchkommen, einen anderen Weg gab es nicht.

»Schon wieder festgehakt?«

»Morgen muss es weg. Es hilft nichts.« Andernfalls wirft man mich in den Schuldturm, fügte ich für mich hinzu.

»Ich weiß. Immer morgen«, sagte sie, und ich meinte, einen kleinen Seufzer zu hören. Polluxus entdeckte einen Lichtschimmer. Irgendetwas umfing meinen Knöchel, zog sich stramm. Auf meiner rechten Seite.

»Was machst du?«

»Ich helfe dir.« Ein Glucksen in der Stimme.

»Aha.«

Dann links. Polluxus erreichte ein kleines Fenster und blickte in ein weiträumiges Gewölbe. Castorus wanderte auf und ab gefolgt von einer schwarzen Gestalt. Der Gang machte eine Biegung, durch die sich Polluxus hindurchwinden musste. Action, Alter, er ist dein Bruder. Ich gab verschiedene Befehle ein und legte die Hand auf der Armlehne ab. Den Schreibtischstuhl hatte mein Vater mir übergeben, als er in den Ruhestand getreten war, und ich hatte mich nicht entschließen können, ihn gegen einen moderneren einzutauschen. Etwas Fließendes legte sich um mein Handgelenk, wurde straff, sehr straff.

»He, was ...?« Na gut, soll sie. Fast geschafft. Nur einen Moment noch.

Ich markierte einige Stellen mit der Maus und ließ Polluxus weiter vorankommen. Der Rauch hatte sich verzogen, gleich musste er da sein.

»Wo ist die Schere?«

»Wo du sie zuletzt hingelegt hast.« Ich nahm noch einen Schluck Brandy, eigentlich sollte ich das nicht tun, bevor das Spiel fertig war.

»Nein.«

Das Licht der Stehlampe in der Ecke ging an, und wieder spiegelte sie sich auf dem Display, deutlicher diesmal.

»Welches soll ich nehmen?«

Sie hielt zwei Messer hoch.

»Ich dachte, das Steak ist fertig.«

Polluxus schlüpfte endlich aus dem Gang und ließ sich in das Gewölbe gleiten, niemand hatte ihn bemerkt.

»Es ist kalt geworden.«

»Aha.«

»Welches jetzt?«

»Kannst du das Licht wieder ausmachen?«

Nichts geschah. Ich beugte mich nach vorn, um die Spiegelung abzuschirmen.

Kurz darauf spürte ich etwas auf meiner Wirbelsäule, Stoff riss mit einem trockenen Geräusch. Ich wollte herumfahren, aber ich konnte nicht.

»Verdammt, was machst du denn?«

»Ich schneide dich los.« Sie kicherte. »Stellenweise.«

Stahl glitt meinen Rücken hinauf. Plötzlich Kühle.

»Spinnst du? Das T-Shirt ist neu.« Mit der Rechten wollte ich sie fassen, solche Spiele kannte ich nicht von ihr. Was war mit ihr los?

»Beweg dich nicht.«

Der Stahl hatte meinen Nacken erreicht.

»Du bist ja verrückt.«

Ein letzter Ruck, kurz darauf ein leises Klirren, ihre Hände an meinem Hals, schmetterlingshaft glitten sie über meine Haut, und ich spürte, wie sich die kleinen Härchen sträubten.

»Ich weiß. Nur du hast mir nicht zugehört.«

Ich fühlte ihr Lachen. Bin gleich fertig, warte nur. Noch einen Schluck Brandy. Polluxus blickte sich im Gewölbe um. Castorus sah ihn nicht, der Schatten blieb dicht hinter ihm. Er war lichter geworden und irgendwie menschlicher. Meine Hand auf der Maus zitterte. Es musste etwas geschehen. Ihr Haar, ihre Nasenspitze, ihre Lippen kitzelten über mein Rückgrat. Der Schatten legte den Arm um Polluxus Schulter.

»Verdammt, ich bin gleich ...«

Der Schatten wendete Polluxus das Gesicht zu, und ich erstarrte. Er trug die Züge meines Vaters. Wann hatte ich das getan? Mit der Rechten griff ich nach dem Brandy. Ich konnte mich nicht erinnern. Das musste geändert werden. Sofort. Es würde ganz schnell gehen, nur brauchte ich meine linke Hand.

»Mach mich los. Dann bin ich ...«

»Nein.«

Sie zwängte sich zwischen Stuhl und Schreibtisch und drückte *Enter*. Sie war fast nackt, etwas Seidiges, das ich noch nie an ihr gesehen hatte, umgab ihren Körper. Weiche, warme Haut. Das Spiel ging weiter. Polluxus stürmte auf die beiden zu, die Fackel in der Hand, die Haut schweißglänzend. Der Schatten lachte.

Sie ließ sich auf meinem Bein nieder und stöhnte leise, als ihre Scham meinen Oberschenkel berührte. Zwischen uns das Messer, ihr Kochmesser. Behutsam trennte sie den Stoff über meiner Brust. Ich lehnte den Kopf zurück, als die Messerspitze mein Kinn erreichte. Polluxus riss ein Stilett aus dem Stiefel und ... Ihre Zungenspitze drängte sich zwischen meine Lippen. Sie schmeckte mild nach Knoblauch. Mit der freien Hand schob ich ihr Haar zur Seite. Neben ihrem Ohr flackerte ein Strahlen über den Bildschirm. Ledana. Meine

Honey roch gut. Polluxus hob das Stilett, erstarrte in der Bewegung. Das Gesicht des Schattens wurde größer, den Mund vom Lachen verzerrt. Ihre Hüften bewegten sich schneller, und sie drückte ihr Gesicht in meine Halsbeuge. Ihre Hand schob sich in den Bund meiner Jeans. Ich wusste, was zu tun war.

»Mach mich los, bitte«, flüsterte ich. Oh, Mann, schnell.

»Gleich.«

Ihr Mund tastete sich über meinen Körper abwärts. Ledana nahm Castorus bei der Hand, sie lächelten einander zu. Das ging gar nicht. Sie ist deine Mutter, du Penner. Der Schatten kam näher, doch Polluxus blieb festgefroren in der Pose. Ich sah den Fehler. Nur ein paar Klicks ... Honey erreichte meinen Schoß. Kurz hielt ich den Atem an und schloss die Augen. Nur einen Moment, dann ...

»So geht das nicht«, und ich atmete aus.

Ohne ihr Tun zu unterbrechen, nahm sie mir die Bänder um Knöchel und Hand ab. Sofort zog ich sie auf die Füße, entledigte mich der Reste meiner Kleidung, drückte sie gegen die Schreibtischkante, mein Schwanz an ihrem Hintern, und ließ meine Finger über die Tastatur gleiten. Polluxus löste sich.

»Hör auf, du tust mir weh.«

Das Stilett bohrte sich in die Schattengestalt, noch zwei Befehle, dann zerfiel sie zu Staub. Ja. Castorus und Ledana schritten dem Licht entgegen, versunken jeweils in den Anblick des anderen. Das durften sie nicht. Es musste gut zu Ende gehen für den Spieler.

»Hör auf mit dem Mist.« Sie zappelte, wollte sich befreien, aber ich ließ sie nicht, presste mich fest gegen ihren Hintern, spürte ihr weiches Fleisch. Gleich.

»Ich bin gleich so weit.« Nur noch ...

Sie schlug um sich. Ich versuchte, ihre Arme einzufangen und nebenher die letzten Befehle einzutippen. Plötzlich krachte ihre flache Hand auf die Tastatur. Der Laptop gab ein ungutes Geräusch von sich und der Bildschirm wurde schwarz.

»Ich war fast fertig«, zischte ich, Schweiß auf der Stirn.

Wut flammte auf, plötzlich und übermächtig, peitschte meinen Puls in die Höhe und brandete an meiner Schädeldecke an. Ich riss sie herum und schlug ihr ins Gesicht. Ihre Augen groß und starr und fassungslos. Was sah sie mich so an? Ich packte sie an dem albernen Seidenteil, stieß sie zurück. Sie schwankte. Immer noch diese Augen. Honigbraun. Sie sagte etwas, aber ich verstand nicht, sah nur, wie sich ihre Lippen bewegten. Ihr Gesicht nass. Kein Grund. Sie hatte es so gewollt. Ich schlug noch ein oder zwei oder drei, ich wusste es nicht, Mal zu. Als sie am Boden lag, die Hände überm Gesicht, fickte ich sie.

In dieser Nacht reparierte ich das Game und leerte den Brandy. Honey war fort. Als sie wiederkam, sagte sie nichts, nie. Keiner von uns hat je darüber geredet. Nur das Datum hat sich mir eingeprägt.

… aber ich hatte sie nicht rausgeworfen, sondern war mit ihr in diesen idiotischen Urlaub gefahren. Ich rollte einen Baumstamm von einem Holzstapel am Wegesrand heran und kippte ihn in den Fluss, dann noch einen, noch einen. Schließlich keuchte ich vor Anstrengung und warf mich völlig durchnässt auf den Fahrersitz. Es musste weitergehen. Irgendwie. Mehrere Kilometer rückwärts zu fahren und einen anderen Weg zu suchen, erschien mir wenig unterhaltsam und schon gar nicht sinnvoll. Ich schätzte die Breite der Restbrücke im Vergleich zur Spurweite. Es müsste genau passen. Wenn sie mir wenigstens geholfen hätte. Sie hielt den Kopf gesenkt.

Ich legte den ersten Gang ein und tastete mich zentimeterweise über die Brücke, meine Hände umklammerten das Lenkrad. Jetzt keine falsche Bewegung, gar keine Bewegung. Schweiß rann mir über die Schläfen, ich hörte meinen Atem wie das Zischen eines asthmatischen Kompressors. Wenn nur die Reifen noch vollständig auf dem Beton rollten. Ich hielt und öffnete die Fahrertür, um nachzusehen. Dunkle Strudel mit weißen Schaumkronen. Die Hölle. Ich riss die Tür heran, öffnete zitternd die Flasche. Ruhe, ich wünschte mir nichts als Ruhe. Kurz schloss ich die Augen. Gut. Das Zittern blieb. Trotzdem. Gang einlegen, Kupplung, Lenkung festhalten. Das Ende war abzusehen.

Da ein Knirschen. Die Scheibenwischer waren machtlos gegen die Flut. Wieder das Knirschen. Ich trat aufs Gas. Knacken, Bersten, Grollen und Krachen. Die Räder griffen in den nassen Sand, der Wagen schaukelte, glitt zwischen den Farn. Hinter dem Wagen - ein riesiges Loch. Ich sah es im Rückspiegel. Fahr weiter, weiter. Es gab keine Umkehr. Langsam bewegte sich der Benz durch die Wildnis. Nach einigen hundert Metern wichen die Sträucher und Kräuter zurück und ich entdeckte ein grünes Schild. »Waldweg! Frei für Land- und Forstwirtschaft«. In meiner Brust strebte ein Kichern nach oben und entlud sich unkontrolliert.

Der Weg mündete in einen gut befestigten Wanderweg, Buchenstämme lösten die Kiefern ab, der Regen ließ nach. Links eine menschliche Behausung hinter Rhododendronbüschen, am Zaun eine Tafel: Dr. psych. Ralph Seiler, Psychotherapeutische Praxis, Termine nach Vereinbarung. Das Nachbarhaus war vermutlich ein Bestattungsunternehmen direkt hinter dem Friedhof. Endlich führte der Weg auf eine asphaltierte Straße. Inzwischen dunkelte es. Ich hätte eine Pause gebraucht, aber ich musste weiter. Ankommen.

13

Julia beschloss, keinen Schritt mehr vor die Tür zu setzen, bis ihr einfiel, dass das unmöglich war. Zweimal hatte der Regen sie heute bis auf die Haut durchnässt, und sie hätte sich lieber ein Glas Rotwein gegönnt und es sich vor dem Fernseher bequem gemacht, statt zu Bayer zu fahren. Der Fragebogen. Mist. Er steckte in der Jacke und die in der Waschmaschine. Wenigstens hatte sie noch Zeit für einen Kaffee. Dachte sie jedenfalls. Es klingelte. Sven, tropfend wie eine junge Robbe.

»Häng deine Jacke in den Flur und zieh die Schuhe aus.«

Er stapfte in die Küche, warf die Jacke auf den Boden, ließ sich auf einen Stuhl fallen und zog ihren Kaffee zu sich heran. »Gut«, sagte er, nachdem er die Hälfte ausgetrunken hatte. »Ich habe eine Suchmeldung für Conrad rausgegeben. Irgendwo muss der Kerl doch stecken.«

»Was glaubst du, ist ihm passiert?«

»Passiert? Er hatte keinen Bock mehr auf Krankenhaus. Kennst ihn doch.«

»Und warum gibst du eine Suchmeldung raus, wenn du dir keine Sorgen machst?«

»Er kann doch nicht so einfach abhauen.« Sven lehnte sich an und legte eine Zigarettenpackung auf den Tisch. »Das letzte Mal wusste auch erst keiner, dass er nach Brandenburg juckelt. Vielleicht hat er eine neue Flamme oder die Schnauze voll von dem Sauwetter und ist auf Mallorca, was weiß ich.«

»Hier wird nicht geraucht.« Julia zog die Zigarettenschachtel zu sich herüber. »Er kann abhauen, so oft er will. Er ist erwachsen.«

Sven winkte ab. »Deswegen kann er noch längst nicht machen, was er will.«

»Kann er.« Julia hätte auch gern gewusst, wo Conrad steckte und wie es ihm ging, besonders, wie es ihm ging, aber deswegen den ganzen Apparat anzuwerfen, schien ihr einigermaßen übertrieben.

»Mann, Julia. Der hat's am Kopf. Und er ist weg.«

Das führte zu nichts. In manchen Dingen war Sven ein Sturkopf. Sie schwieg. Sven sah in seine Tasse. »Hast du wenigstens was?«

»Nicht viel.« Julia erzählte ihm, dass Rose Lux offenbar sehr isoliert lebte. »Die Mutter scheint sich nicht wirklich für ihre Tochter zu interessieren, und sonst hab ich keinen gefunden, der etwas über sie weiß. Vielleicht bringt die Suche nach dem Freund was.« Aber sie hatte wenig Hoffnung. »Und du? Was ist mit dem Jungen?«

»Der Typ in der Krankenhausverwaltung war nicht besonders gut zu sprechen auf den Fall, wie er es nannte. Bisher ist nicht geklärt, wer die Kosten übernimmt. Sie würden ihn lieber heute als morgen nach Münster verlegen, wenn die Ärzte ihr Okay geben würden. Hat wohl Bedenken, dass die Klinik auf den Kosten sitzen bleiben wird. Und Von dem Berge verschiebt die Verlegung von Visite zu Visite, was der Verwaltungsheini sich absolut nicht erklären konnte.«

»Hat der Mann auch einen Namen?«

»Hat er.« Sven kratzte sich am Kopf. »Vergessen. Irgendwo habe ich ihn aufgeschrieben. Ist auch besser so, denn er ist so einer, an den sich niemand erinnert. Ich kann verstehen, wenn Zeugen sich in solchen Fällen vertun.«

»Hat die Achenbach noch einen Sohn?« Oder gab es noch mehr Menschen von der Art der Achenbachs, so unscheinbar, dass man sie vergaß, während man mit ihnen sprach?

»Wie kommst du denn darauf?«

»Ach, nur so. Herr Staatsanwalt jedenfalls ist noch unter den Lebenden, teilweise.«

»Das heißt?«

Julia berichtete von dem Treffen im Hause Achenbach und dass sie keine Idee habe, wie sie weitermachen solle.

»Warum suchst du nicht nach Conrad? Das ist nützlich, sinnvoll und bestimmt erfolgreicher.« Damit stand er auf, knallte die Tasse auf den Tisch: »Danke für den Kaffee«, und schnappte seine Jacke.

»Bitte, gerne.«

Dann war er weg.

Julia sah auf die Uhr. Jetzt also Bayer. Was sollte sie ihm erzählen? Er hatte eine Frage gestellt. Doch wenn sie wüsste, was sie wollte, brauchte sie ihn nicht. Sie brauchte ihn überhaupt nicht, Fels fand, dass sie ihn brauchte. Sie seufzte, machte sich auf den Weg und wurde zum dritten Mal nass, als sie vom Auto zu Bayers Haus flitzte.

»Ach, Sie«, sagte er, ließ sie ein und im Flur stehen. »Wo bleiben Sie denn?«, kam es aus dem Wohnzimmer, das Julia schon kannte. Sie folgte der Stimme und fand den Raum im Chaos vor, Bücherstapel neben dem Schreibtisch, neben den Sesseln, einen Weg bildend bis zum Sofa, die Regale halb leer.

»Was machen Sie da?«

»Ordnung. Nun setzen Sie sich schon. Oder besser: Würden Sie rasch einen Kaffee machen? Die Maschine steht links, der Kaffee ist im Schrank darüber.«

Na, klasse. Das ging ja gut los. War sie heute die Kaffeetante für jeden? Oder war das ein Test? Würde es ihm etwas über ihr Inneres verraten, wenn sie es tat oder nicht tat. Und wenn, dann was? Unter dem Schreibtisch schaute nur seine Rückseite hervor. Karohemd mit weißen Locken über dem Kragen.

Als sie die Tassen, die sie auf einem Regal über der Spüle gefunden hatte, einschenkte, krabbelte Bayer aus seinem Versteck, setzte sich in seinen Sessel und zündete einen Zigarillo an. »Also?«

»Ich habe keine Erfahrung in dem, was hier stattfinden soll«, sagte sie vorsichtig.

»Es ist ganz einfach. Sie reden. Ich höre zu.«

»Und wofür soll das gut sein?« Julia lehnte sich zurück und verschränkte die Arme.

»Damit das, was in Ihrem Kopf so groß und konfus und übermächtig ist, eine Form bekommt.«

»Aha. Und warum soll es das?« Er sprach in Rätseln. Worauf hatte sie sich nur eingelassen? Fels. Sie würde mit ihm zu reden haben.

Bayer hob die Schultern. »Es ist einfacher dann. Sie werden die Wahl haben. Alles ist gut, wenn man die Wahl hat.«

Genau. So wie jetzt. Eine zwischen Pest und Cholera. Aber wenn sie nun schon einmal hier war, konnte sie dem Kauz auch erzählen, worum es ging, musste wohl. Davon, dass sie nicht schlief, von den Träumen und den Bildern, die unverhofft auftauchten und ihren Herzschlag in die Höhe trieben. Von den Morgen, an denen sie nicht aufstehen mochte, von der Schwere und den Gedankenschleifen, die nicht enden wollten.

»Ja, ja«, sagte er. »Das sind alles Symptome.« Er drückte den Zigarillo aus. »Wozu brauchen Sie die denn?«

»Bitte?«

»Wozu Sie diese Symptome benötigen.« Schon wieder diese Ungeduld in seinem Gesicht.

»Überhaupt nicht. Ich brauche sie gar nicht. Wenn ich sie gebrauchen könnte, hätte ich Besseres zu tun, als hier zu sitzen.«

»Und das wäre?« Er schielte zu den Bücherstapeln.

Darauf wusste sie nichts zu sagen.

»Denken Sie ruhig einen Augenblick nach, was schlecht oder gefährlich wäre in Ihrem Leben, wenn Sie Ihre Symptome nicht hätten.« Damit stand er auf und begann, Bücher zu sortieren.

»Besonders stark scheint Sie das ja nicht zu interessieren.«

»Doch. Sicher. Nur kommt morgen jemand, der die Bücher abholt. Ich weiß ja nicht mehr, wohin mit ihnen.« Er bückte sich erneut und ächzte.

»Soll ich Ihnen helfen?« Warum sagte sie das jetzt? Was würde er über sie denken?

»Wenn es Ihnen nützt, meine Frage zu beantworten.«

Bayer zeigte ihr, nach welchem System er die Bücher ordnete, und Julia nahm sich die unteren Regalfächer vor, die dem Alten Mühe bereiteten.

»Ich wäre nicht nach Coesfeld zurückgekommen, wenn das mit den Bildern nicht gewesen wäre«, sagte sie und wunderte sich.

»Ja, und? Was wäre dann anders?« Er hielt ein stark abgenutztes Buch in der Hand, schüttelte den Kopf und stellte es wieder ins Regal.

»Die Arbeit in Düsseldorf war interessant. Ich hatte Freunde, konnte ausgehen. Hier ist es doch ...« Wie sollte sie es nennen?

»Öde?« Er grinste.

»Beschaulicher«, sagte sie und grinste zurück, dann kam das Telefon dazwischen. Julia entschuldigte sich mit einem Blick, und Bayer nickte.

»Conrad ist wieder aufgetaucht«, sagte Sven aus dem Telefon.

Julia stieß erleichtert die Luft aus. »Wo hat er denn gesteckt?«

»Das verrät er nicht. Aber gearbeitet hat er. War bei einer Frau.« Pause: »Piotrowsky von der Ausländerbehörde.«

»Ja, und?«

»Sie sieht keine Möglichkeit, den Abschiebebescheid aufzuheben. Die ärztlichen Gutachten würden zwar die Krankheiten von Chalid, dem Vater, bescheinigen, aber nicht seine Reiseunfähigkeit.«

»Ist er denn plötzlich gesund?«

»Nein. Aber reisefähig. Sagt die Piotrowsky.«

»Weshalb war er das nicht, bevor der neue Amtsleiter eingesetzt wurde?« Julia hatte mitbekommen, dass es einen Wechsel in der Leitung der Behörde gegeben hatte.

»Ach, Mann, Julia …«

»Wie kommt Conrad überhaupt dazu, das zu ermitteln?« Hatte man nichts anderes zu tun, wenn man gerade wieder bei Verstand war?

»Er war sauer. Wenn die Chalids abgeschoben werden und der Junge nicht aus dem Koma aufwacht, sieht es schlecht aus für die Ermittlungen. Conrad will aber schon wissen, wer ihn da auf den Asphalt geschickt hat. Fels sagt nichts dazu. Ich denke ja, Conrad sollte erstmal 'ne Pause machen.«

»Aber die können die doch jetzt nicht abschieben. Rasid ist minderjährig.« Wer weiß, was die Familie erwartete, fügte sie für sich hinzu und dachte an die Aufzeichnungen ihres Großvaters. Sie zog sie aus der Tasche und las. Den letzten Satz: *Die Grenzen sind zu.* Für die Chalids auch, von außen.

»Die Mutter bleibt. Für den Vater geht morgen der Flieger.«

»Das ist nicht richtig«, sagte sie hilflos.

»Julia, du nervst.«

»Ach, ja? Was würdest du denn …«, brauste sie auf und wurde unterbrochen.

»Hör zu. Ich wollte dir nur sagen, dass Conrad okay ist.« Es klickte und Sven war fort.

»Alles in Ordnung mit Ihnen, Frau Morgenstern?« Bayers Stimme kam vom anderen Ende der Welt.

»Das ist nicht richtig«, wiederholte sie. Bayer zog die Brauen hoch. Sie erzählte es ihm.

»Sie haben Schweigepflicht«, versicherte sie sich vorsichtshalber, nachdem sie geendet hatte.

»Versteht sich von selbst.« Er hatte sich in den Sessel gesetzt und aufmerksam zugehört. »Mir ist Ihr Problem nicht ganz klar«, sagte er und hob die Hand, als Julia etwas erwidern wollte. »Es gibt doch sicher klare gesetzliche Regelungen, wie in solchen Fällen verfahren wird, oder?«

»Muss ich deshalb damit einverstanden sein?«

»Nicht als Privatperson, als Polizistin wird Ihnen nichts anderes übrig bleiben. Ein Dilemma, das sehe ich ein.«

»Und was soll ich jetzt tun?«

»Sie? Was wollen Sie denn tun?« Er lehnte sich zurück und wartete.

»Es ist nicht mein Fall.«

»Eben.«

»Aber es ist nicht richtig.«

»Nein, vielleicht nicht. Aber was hat das mit Ihnen zu tun? Warum ist Ihnen das so wichtig?«

Ja, was hatte das eigentlich mit ihr zu tun? Draußen war es inzwischen dunkel geworden, es regnete immer noch.

»Es wäre alles anders gekommen, wenn sie ausgereist wären. Damals.« Julias Blick folgte den Tropfen, die langsam die Scheibe herabrannen.

»Das heißt was?«

Sie riss sich von den Tropfen los und sah Bayer ins Gesicht. »Ich habe die Aufzeichnungen meines Großvaters gefunden, einige davon. Mutter wollte nicht, dass ich sie lese. Wir reden nicht darüber. Aber Großmutter hat mir einiges erzählt. Und wenn sie ausgereist wären, wäre ich in New York zur Welt gekommen.«

»Sie?«

»Nein, vielleicht nicht ich, weil ich dann eine andere wäre.« Weil dann Mutter Vater nicht getroffen hätte, weil dann die ganze Geschichte eine andere wäre. An der Stelle wurde es unübersichtlich. Also war alles gut so, wie es war? Sie legte die Seiten mit Isaaks Aufzeichnungen auf den Tisch, das Papier vergilbt, die Tinte verblasst.

»Ich wollte. Schon lange. Aber ich habe es nicht gelesen.« Auf Julias Hose klebte ein Fussel. Sie ließ ihn da.

»Aha.« Bayer wartete. »Dann lesen Sie es jetzt, wenn Sie es deshalb mitgebracht haben.« Er streckte die Beine aus und schwieg.

Mit zitternden Händen und unsicherer Stimme begann Julia.

Leipzig, 30. Juni 1941

Es ist vorbei. Sie haben die Simons abgeholt. Die kleine Klara hat geweint. Ich konnte nichts tun, als am Fenster stehen und hilflos zusehen, wie diese Männer, die sich Schutzpolizisten nennen, sie in den Wagen drängten, zusammen mit der alten Frau Baumann und ihrem Heinrich. Sie haben dem Jungen ihre Knüppel über den Kopf gezogen, weil er nicht schnell genug war, dabei konnte er doch gar nicht mit seinen verkrüppelten Beinen. Ich muss Johanna sagen, dass ich weg muss. Sie werden mich bei ihr finden. Ich will nicht, dass ihr etwas passiert. Ich muss weg! Nur wohin? Ich hätte viel früher gehen müssen. Goldstein hat es begriffen, und ich habe ihn ausgelacht und einen ewigen Pessimisten und Schwarzmaler genannt. Wenn ich heute an den Abend in Auerbachs Keller denke, frage ich mich, in welchem Leben das gewesen ist. Es kommt mir unendlich fern vor. Die Grenzen sind zu.

»Also ist alles richtig, wie es kommt?« Julia starrte ihn feindselig an.

»Vielleicht nicht. Nur liegt das eben nicht immer in unserer Hand.«

»Die Abschiebung der Chalids ist nicht gerade schicksalhaft, schließlich wurden sie in den letzten sieben Jahren schicksalhafterweise nicht abgeschoben. Plötzlich sind dieselben Gutachten kein Hinderungsgrund mehr.« In Julias Brust brannte Zorn.

»Ich hab die Gesetze nicht gemacht«, sagte Bayer. »Wollten wir eigentlich nicht über Ihr Problem reden?«

»Ich habe kein Problem. Schon mal gar keins verglichen mit denen der Chalids.« Julia stand auf. Es hatte keinen Zweck hier.

»Tja, wenn Sie es sagen.« Bayer erhob sich ebenfalls und gab Julia die Hand. »Es hat mich gefreut, Ihre Bekanntschaft zu machen«, sagte er und lächelte charmant.

Julia zögerte. »Was ist mit den Büchern?«

»Ach, das wird schon. Irgendwie.«

»Haben Sie jemanden, der Ihnen hilft?« Das schlechte Gewissen klopfte an. Eigentlich war Bayer ja ganz in Ordnung und hatte mit der Abschiebung der Chalids tatsächlich nichts tun.

»So direkt nicht.« Er sah sich um und wirkte ein wenig verzagt.

»Ich könnte … Morgen vielleicht?« Es war Julia sowieso schleierhaft, wo sie weiter nach Rose Lux suchen sollte. Sicher war es das Beste, ein paar Tage abzuwarten, bis sie wohlbehalten aus ihrem Urlaub zurückkam. Nur mit ein paar Leuten hatte sie ernsthaft zu reden. Fels.

Bayers Gesicht hellte sich auf. »Wenn Sie unbedingt wollen.«

14

Die Nacht kam plötzlich, mit dem nächsten Schauer war sie da. Ich hielt auf einem Parkplatz für Wanderer. Neben der Straße glänzte eine schwarze Wasserfläche, deren Grenzen draußen in der Finsternis verschwammen. Die Zeit verrann, längst müsste ich zu Hause sein. *Zuhause* war ein Wort, das meinen Mund füllte und die Brust, und in meinem Schädel hin und her schwappte. Ich lehnte ihn gegen die Kopfstütze. Ausruhen, einen Moment. Einen Schluck aus der Brandyflasche, sie war fast leer. Zuweilen hatte ich gedacht, ich hätte es gefunden, das Ausruhen und das Zuhause, in diesen ersten sonnendurchfluteten Tagen, in denen Honey oft nichts trug, als ihre samtene Haut …

Ich hatte gewartet, und sie war gekommen, an einem Morgen so licht wie das Gewand der Aphrodite. Sie schob Bücher und Laptop beiseite, ließ ihren Rucksack auf einen Küchenstuhl fallen und packte Bier und frische Brötchen auf den Tisch.

»Hier bin ich.« Ihr honigbraunes Strahlen.

»Ja.«

Da stand sie mit ihrem roten Kleid in meiner Küche und verströmte den Duft von frischem Heu. Ich sah den Staub und das Geschirr in der Spüle. »As tears go by«. Ich hätte etwas anderes auflegen sollen. Der letzte Ton verklang, und ich konnte meinen Blick nicht abwenden.

»Jetzt wäre rein dramaturgisch der Moment für den Kuss gekommen.« Sie legte den Kopf schief, und ein Lachen zuckte in ihren Mundwinkeln. Es strahlte mich an, dann fühlte ich es unter meinen Lippen.

»Und jetzt«, fragte ich nach einer Unendlichkeit und während sich mein Mund über ihren Hals tastete, »wie geht es jetzt weiter, rein dramaturgisch?« Ich hätte mit ihr nicht so viel über meine Arbeit reden sollen, überhaupt hätte ich nicht so viel reden sollen. Es ging weiter, schweigend und gierig und ganz anders als mit Isabell.

Ich hielt inne. Die Sonne brannte auf meinen Rücken, ich spürte ihre Nägel, die Luft zu dünn zum Atmen, mein Schweiß kalt im Nacken. Inzwischen spielten die Stones »Sympathy for the devil«. Ich kauerte mich auf den Bettrand und versuchte an so viel Luft zu kommen, dass sie wenigstens zum Sitzen ausreichte. Meine Erektion schwand. Isabell. Ihr Bild blitzte auf, das letzte. Der Tod brauchte keine Liebe.

Im Bad und nach einigen Händen voll Wasser im Gesicht beruhigte sich mein Puls. Aber hier konnte ich nicht bleiben, nicht lange. Kaum noch zitternd öffnete ich in der Küche zwei Flaschen Bier, atmete, wartete und ging zurück ins Schlafzimmer. Sie lag da wie die Göttin persönlich, nur fülliger, als antike Gottheiten in meiner Vorstellung zu sein pflegten.

»Am besten wir fangen noch mal ganz von vorn an«, sagte ich, reichte ihr eine der Flaschen und stieß meine dagegen. Von vorn anfangen, immer und immer wieder bis es nicht mehr ging. Isabells Lippen schmal und bleich unter den Wassern.

»Wie oft müssen wir noch?« Ein Beben zwischen ihren Worten. Sie hatte Recht. Oder vielmehr: Wie oft konnten wir noch? Die Beinahe hatten die Tage verzehrt, Lebenszeit verschlungen. Das wollte ich nicht mehr. Ich wollte, dass sie blieb, dass irgendwer je blieb. Die Sonne hatte das Viereck auf dem Bett ein Stück weiter nach Westen verschoben. »Ruby Tuesday« aus den Boxen, diesmal nicht die Stones.

Mit einem Finger zeichnete ich die Wölbung ihrer Brust nach. Zeit, in der sich eine Fliege auf der Fensterbank niederlassen und ihre Flügel putzen konnte. In der die Frau von Gegenüber ihr Staubtuch ausschüttelte. In der im Radio der Satz: »Soldaten der Afrikanischen Union haben sich zum Schutz der Hilfebedürftigen erbitterte Kämpfe mit den Milizen geliefert«, hätte gesprochen werden können. Zeit, die ein Mensch für die letzten drei seiner Atemzüge beanspruchte. Am Ende dieser Zeit fand meine Fingerspitze den Hof ihrer Brustwarze. Sie lächelte mit geschlossenen Lidern. Dann hatte ich keine Zeit mehr zu verlieren.

Der Regen auf der Windschutzscheibe war der gleiche geblieben. Honey war da, aber ich mochte sie nicht ansehen, nahm stattdessen den letzten Schluck aus der Flasche, ließ das Fenster herunter und die Nachtluft ein. Dann startete ich den Motor, ein behagliches Geräusch, der Benz glitt auf den Asphalt. Nach einigen Kilometern zweigte eine gut befahrbare Straße in Richtung Wandlitz ab. Ich hatte vorhin den falschen Weg genommen, und es war mir nicht zum ersten Mal passiert.

Das Display meines Navigationsgerätes zeigte immer noch nichts, sondern irrte mit dem Pfeil auf einer hellgrünen Fläche umher. Aber die Straßenschilder könnten mich nach Wandlitz führen.

Heute war es ein Ort wie jeder, möglicherweise mit luxuriöseren Unterkünften für Urlauber als in Altwarp, was allerdings nicht schwierig war. Die Abgeschiedenheit der SED-Führungskräfte-Siedlung hatte Wandlitz zu einem Begriff gemacht, dem Neid und Furcht anhafteten, früher und wenn die Alten davon sprachen. Auch Tante Ilona hatte mit Verachtung davon erzählt. Mutter hatte ihr einen Blick zugeworfen, der sie zum Schweigen bringen sollte. Aber Ilona hatte so getan, als habe sie es nicht bemerkt, hatte sich in Geschichten und Gerüchten verloren, die sich um den Ort rankten, bis Vater eingetreten war und sich über die Ungerechtigkeit des Systems ereifert hatte. Die Bitterkeit in Ilonas Stimme war mir lieber gewesen, als Mutters Schweigen, wenngleich ich damals längst nicht alles verstanden hatte.

Ich fragte mich, ob es in Wandlitz eine Tankstelle gab, die durchgehend geöffnet hatte, verwarf den Gedanken und fuhr in Richtung Oranienburg weiter, vielleicht gab es da eine. Vor meinen Augen flimmerte die Müdigkeit, Kaffee wäre nicht schlecht, aber weit und breit nur Landschaft, Wälder, Felder, Seen, wie zu Hause. Der Sommer vor drei Jahren war heiß und hell gewesen, nur die Nächte schlaflos wie heute …

Morgens um sechs hatte noch kein Bäcker geöffnet. Zu Hause hatte ich nicht bleiben können, die Hitze hing in den

Zimmern, die Sonne ging auf und eine Nacht ohne eine Sekunde Schlaf lag hinter mir. Ich fuhr zu *van Bronk*, die Tanke hatte immer offen, kaufte die »BILD am Sonntag«, Brötchen aus dem Ladenbäcker, fünf Scheiben Schinken, eine Flasche Wein und stieg wieder in den Wagen, als ich aus den Augenwinkeln den roten Mini von Isabell vorbeiflitzen sah. Kaum Verkehr auf der Straße, hin und wieder ein mit jungen Leuten voll besetztes Auto, Heimkehrer, was nicht verwunderlich war, an einem Sonntagmorgen. In größerem Abstand folgte ich dem Mini. Es war ...

Ich weiß nicht, was mich dazu antrieb. Vielleicht wollte ich das Haus anschauen, in dem sie mit dem Neuen wohnte, vielleicht auch erfahren, wo sie jetzt ihre Brötchen holte. Vielleicht wollte ich einfach nur wissen, wie sie jetzt aussah. Sie fuhr stadtauswärts. Wohin? Auf der Umgehungsstraße bog sie rechts ab. Ob sie mich im Rückspiegel entdeckte? Nein, sicher nicht. Meinen neuen Wagen kannte sie nicht. Ich musste ihr einige Kilometer folgen, bevor sie in einen Wirtschaftsweg, der zwischen Weizenfeldern hindurch auf einen Wald zuführte, einbog. Plötzlich ahnte ich, was sie vorhatte, und parkte unweit der Stelle, an der wir früher immer unser Auto abgestellt hatten.

Ich spazierte den Pfad zum See entlang, eingehüllt vom Harzduft. Von der Schießanlage in Flamschen trug der Wind das Knallen der Schüsse heran. Der Zoll, Jäger, Sportschützen übten dort, nachdem die Bundeswehr die Mannschaftswagen beladen und ihre Tore geschlossen hatte. Offenbar Frühaufsteher.

Die Wasserfläche lag da wie gepunztes Messing, nur im Schatten des Waldes glänzte sie dunkel. Isabell hatte ihre Kleider abgelegt, ich sah sie durch die Zweige. Sie war eine gute Schwimmerin. Sie schwamm, wie sie alles in ihrem Leben tat, perfekt, nur bevorzugte sie normalerweise das COE-Bad. Ich fragte mich einen Moment, was sie an den *Kalki* verschlagen hatte, dann sah ich ihren Körper ins

Wasser gleiten, keine fünfzig Meter von mir entfernt, einen Körper, den ich einmal zu besitzen geglaubt hatte. Ihre Bewegungen hinterließen kleine Wellen auf der glatten Fläche.

Wieder ein Knall, diesmal ganz in der Nähe. Ich zuckte. Fehlzündung? Tatsächlich, das Knattern eines Motorrads. Durch die Büsche konnte ich einen Mann auf einer Dnepr erkennen, der sich mit dem Geräusch entfernte. Nie war mir aufgefallen, wie viele Menschen sonntags in aller Herrgottsfrühe ihren Hobbys nachgingen. Meine Morgen hatten später begonnen.

Isabell war fast bis zur Mitte des Sees geschwommen und umgedreht, glitt dem Ufer zu, das an dieser Stelle steil in die alte Sandgrube abfiel. Wieder ein Knall und auf der Wasserfläche konzentrische Ringe, wo ihr Kopf gewesen war. Sekunden vergingen, die Kreise wurden größer.

Neben mir raschelte ein Vogel, das Knattern der Dnepr kam zurück, sonst war es still.

Nichts. Nur Natur.

Isabell!

Ein Schrei steckte in meiner Kehle. Ich konnte mich nicht rühren, spürte Rinnsale von Schweiß auf meinem Körper. Isabells Kleider lagen auf dem Gras, ein einsames buntes Häufchen.

Minuten mussten vergangen sein, bevor ich mich bewegen konnte, jeder Muskel schmerzte, während ich die kurze Distanz zum Seeufer zurücklegte. Dann sah ich ihr Gesicht von Haar umspielt, unversehrt und mit starrem Blick durch grünes Wasser hindurch in den Himmel.

Mein Atem setzte aus. Ich trat drei Schritte zurück, sah sie immer noch, die Lippen schmal und bleich. Langsam tastete ich mich rückwärts, stieß an einen Stamm, wich aus und rannte …

Hinter der Schraffur des Regens im orangen Licht der Straßenbeleuchtung lagen Vorgärten von Einfamilienhäusern mit

Hecken und Rasenflächen beidseits der Straße. Oranienburg. Kurz nach dem Ortseingang retteten mich die Lichter einer Tankstelle.

15

Julia betrachtete das Lichtviereck, das die Straßenlaterne an die Schlafzimmerdecke zeichnete seit einer guten Stunde. Es veränderte sich nicht. Die Gedanken nahmen ihren eigenen Weg, verdrillten sich zu Knäulen, wanderten durch Ödland, durch feuchte Gewölbe, verloren sich im Unwägbaren, um zu ihrem Anfang zurückzukehren. Sie stand auf und trank ein Glas Wasser in der Küche. Aus dem Schlafzimmer kam ein Geräusch so winzig wie das Symbol für eine SMS. Julia sah nach. Conrad. *Ruf mich mal an.* Warum tat er es nicht selbst? Der Wecker zeigte zwei. Sie wählte und Conrad hob sofort ab.

»Schön, dass du wieder gesund bist«, sagte sie.

»Tut mir leid, wenn ich dich geweckt habe.«

»Hast du nicht.«

»Nicht? Was treibst du nachts?«

»Was willst du, Conrad?« Erst lässt er sich niederschlagen, verdrückt sich ins Koma, verschwindet klammheimlich und nun stellt er blöde, nachmitternächtliche Fragen.

»Ich habe etwas gefunden.«

»Aha.«

»Deine Vermisste ist nicht ganz so unbekannt, wie Sven mir gesagt hat.«

»Mach's ruhig ein bisschen spannend.« Julia hatte jetzt wirklich keine Lust auf Spielchen.

»Rose Marie Lux hatte eine Jugendstrafe. Sechs Monate wegen Brandstiftung in einem minderschweren Fall.«

»Ja, und?«

»Mann, Julia. Sie ist nicht gerade das arme, einsame Herzchen.«

»Sie ist verschwunden, und ich weiß nicht, wo ich nach ihr suchen soll. Eigentlich auch nicht warum. Dass sie gezündelt hat als Kind, ändert gar nichts.«

»Sie war achtzehn.«

»Sag ich doch, als Kind.« Mit achtzehn hatte sich Julia längst nicht als erwachsen empfunden. Sie tappte zurück in die Küche, ließ das Wasser laufen und füllte ihr Glas erneut. Brandstiftung. Eine Gänsehaut kroch über ihren Rücken.

»Und sie hatte einen Bewährungshelfer.«

Das hörte sich schon interessanter an. »Wen?«

»Heiko Schäfer.«

»Habe ich noch nicht mit zu tun gehabt.« Julia notierte den Namen.

»Woher weißt du das?«

»Hab mal im Archiv geblättert. Wieso hast du das eigentlich nicht getan?«

»Ich hatte keine Veranlassung dazu. Schließlich ist nicht jeder kriminell, der vermisst wird, eher die wenigsten.« Andererseits hätte das Verhalten der Mutter sie vielleicht darauf bringen können, dass da ziemlich was nicht stimmte. »Und weißt du auch, was passiert ist? Sie hat die Scheune am Hof niedergebrannt.«

Davon war nichts mehr zu sehen gewesen, aber es war auch schon sechs Jahre her, und Gras war über die Sache gewachsen, nur für die Mutter nicht.

»Warum kümmerst du dich eigentlich um den Fall?«

»Ich kann nicht schlafen.« Sie hörte ihn in den Hörer atmen.

Julia fragte sich, ob es überhaupt Menschen gab, die nachts schliefen. Ihr fiel niemand ein.

»Also gut«, sagte sie. »Dann besuche ich morgen den Bewährungshelfer und spreche noch einmal mit der Mutter.« Vielleicht wusste auch die Achenbach von der Verurteilung und hatte deshalb Vorbehalte gehabt. Aber hätte sie das Julia nicht sofort unter die Nase gehalten? Mein Sohn und eine Kriminelle? So etwas in der Art?

»Hast du was zu den Tätern im euerm Fall rausgefunden?« Julia hatte sich am Abend nicht mehr mit Sven upgedatet.

»In unserem Fall. Ja, genau. Nein. Nichts. Niemand hat was gesehen, keiner hat was gehört und für den kleinen Chalid interessiert sich auch niemand. Es ist wie verhext. Und ich hab eine Stinkwut.«

»Die Eltern würden sich schon interessieren, wenn man sie ließe«, sagte Julia scharf.

»Aber es gibt einen Beschluss. Is mal so. Der Vater reist morgen.«

»Reisen ist vielleicht nicht ganz das richtige Wort.«

Conrad ließ sich nicht darauf ein. »Ich greif mir morgen mit Sven den Kumpel von Rasid. Irgendwo muss der doch aufzutreiben sein. Am besten wäre, ich fahr gleich hin.«

»Ausgezeichnete Idee. Die werden sich freuen, nachts um zwei die Polizei vor der Tür zu haben.«

»Vielleicht sind sie ja noch auf. Du bist ja auch wach. Und der Junge wird sich ja hoffentlich in seinem Bett aufhalten. – Also gut. Morgen«, räumte er ein und verabschiedete sich mit guten Wünschen für Julias Schlaf. Der aber kam nicht, wie sehr sie auch das Lichtviereck darum bat. Brandstiftung, echote es in ihrem Kopf, inzwischen war es zwanzig vor drei. Morgen würde ein langer Tag werden. Raus nach Goxel zu Roses Mutter, die Achenbach noch einmal befragen, den Bewährungshelfer treffen, endlich eine Runde laufen, Bayers Bücher sortieren – warum hatte sie das eigentlich vorgeschlagen? – abends mit dem Typen, der Mark hieß, ins *Alter Ego*. Brandstiftung …

Feuer flammten auf. Damals am *Kalki* mit Gitarrenspiel und Küssen, das Osterfeuer bei Maria Böses Kotten mit Bier und Gelächter. Es züngelte nach dem Brand im Ausländerwohnheim am Stadtrand von Düsseldorf, zwei Leichen mit verkohlten Gesichtern, erfasste Theresienstadt und Auschwitz. Julia riss die Augen auf mit klopfendem Herzen, keuchte. Beinahe wäre sie eingeschlafen. Sie schwang die Beine aus dem Bett und trank einen großen Schluck Wasser, aber ihr Herz beruhigte sich nicht. Das Lichtviereck an der Decke hatte sich nicht fortbewegt. Nach einer ganzen Weile fasste sie sich. Was wollen Sie, hatte Bayer gefragt. Sie legte sich auf den Boden und holte die Kiste unterm Bett hervor. Der Hefter war noch da. Alles war noch da. Auch der Groll auf ihre Mutter.

Großvater hatte Glück gehabt. Zunächst. Herbert hatte nicht so viel davon gehabt. Er war ins Gas gegangen, mit acht, zusammen mit seiner Mutter, seiner Tante, seinem Onkel und seinem Cousin. Jahrzehnte später hatte Julias Großmutter das Silberbesteck der Familie, einen Lippenstift der Tante und ein goldenes Feuerzeug des Onkels von der Jüdischen Gemeinde entgegengenommen. Johanna hatte die Dinge auf den Tisch gelegt, und Julia hatte mit der Fingerspitze darübergestrichen mit einem Finger darüber, als würden sie einer festeren Berührung nicht standhalten und zu Staub zerfallen. Julias Mutter hatte die Sachen schließlich mit steifem Rücken auf den Dachboden getragen.

Ob Rasid Glück haben würde? Sie nahm sich ein Glas Rotwein aus einer seit drei Tagen geöffneten Flasche im Kühlschrank. Drei Uhr siebzehn.

Es hatte die ganze Nacht hindurch geregnet, und als es hell wurde, verwandelte sich der Landregen in eine Sturzflut. Die Regenrinnen und Gullys fassten die Wassermassen kaum. Unter der Dusche hörte Julia ihren Wecker klingeln. Immer klingelte irgendetwas, wenn sie duschte. Hätte sie einen Mann, könnte der den Wecker ausmachen, ans Telefon oder an die Tür gehen. Das Singleleben war beschissen. Außerdem war der Kaffee alle, stellte sie fest, nachdem sie sich abgetrocknet und dem Störenfried eins auf die Nuss gehauen hatte.

Kaum hatte sie sich etwas übergeworfen, das zuoberst auf einem Stapel gelegen hatte, hupte es auf der Straße. Conrad holte sie mit seinem klapperigen Citroën XM Kombi ab. Es war ein Wunder, dass die Kiste noch fuhr, äußerlich jedenfalls hatte sie ihre Attraktivität eingebüßt mit ihrem matten Lack, den Dellen und Kratzern. Julia sprintete von der Haustür zum Wagen und blickte in den Spiegel hinter der Sonnenblende. Ihr Haar sah aus, als wäre es in der Mikrowelle frisiert worden. Wenn sich das Wetter nicht besserte, würde sie dieses Styling bis in den eisigen Januar tragen.

»Also los dann?«, fragte Conrad. Auch wenn seine Haare besser lagen, als Julias es je tun würden, sah er fürchterlich aus: Gesichtsfarbe wie Mandarinenquark, Blutergüsse um die Augen und dazu einen schmuddeligen Verband um die Stirn. Julia wäre lieber selbst gefahren.

»Und los heißt was genau?«

»Heiko Schäfer wartet auf uns an der Skaterbahn.«

»Super Location bei dem Wetter.«

Conrad fuhr an. »Wir können uns ja im Bahnhof unterstellen.«

»Genau. Und den Rest der Wartenden an der gesamten Geschichte teilhaben lassen.«

»Mann, Julia, jetzt mach nicht gleich wieder 'n Aufstand. Er hat den Ort ausgesucht. Vielleicht hat er einen Grund dafür. Er kennt die Kids. Ich hoffe ja, dass er auch was über Felix Segbert weiß.«

»Wer ist das nun wieder?«

Sie fuhren den Druffelsweg entlang. Ein Radfahrer schoss ohne auf den Verkehr zu achten quer über die Straße.

Conrad bremste und fluchte. »Der Kumpel von Rasid Chalid.«

Julia sah dem Radler nach. »Warum hältst du dann nicht an?«

»Der doch nicht. Kannst du nicht einmal ernst sein, Julia?«

Conrad parkte den Wagen ganz in der Nähe der Skaterbahn und überraschte sie mit einem überdimensionalen Schirm, der den Schriftzug *Citroën* trug. Die Skaterbahn war leer bis auf ein paar Coladosen, Burgerverpackungen und einen Hünen auf einer Bank. Der Regen platschte ihm auf den breiten, stoppeligen Schädel, aber er saß da, die Beine von sich gestreckt, die Arme hinten auf der Lehne aufgelegt, als wolle er ein Sonnenbad nehmen.

»Herr Schäfer?«, fragte Conrad. Der Mann lachte ihn an wie einen alten Bekannten, ein Lachen, das weder zum Wetter, noch zu seinen vierschrötigen Zügen zu passen schien.

»Herr Böse?«

Conrad nickte und stellte Julia vor. »Könnten wir nicht irgendwohin gehen, wo es trockener ist.« Er sah zum Himmel, als käme daher alles Übel, was ja auch in gewisser Weise stimmte.

»Und wo wir einen Kaffee bekommen könnten?« Den hatte Julia dringend nötig nach dieser Nacht. Conrad schlug ein Stehcafé in einem nahegelegenen Supermarkt vor. Während sie die wenigen Meter dahin zu Fuß gingen, beobachtete Julia den Mann neben sich aus den Augenwinkeln. Er war alles andere als der Lila-Latzhosen-Typ, den sie erwartet hatte, eher hätte sie ihn der rechten Szene zugeordnet mit seinem beinahe kahl geschorenen Schädel und der Militärjacke. Entgegen Conrads Vermutung hatte er doch keinen speziellen Grund, sich auf der Skaterbahn zu verabreden. Vielleicht war es einfach sein Lieblingsplatz. Felix Segbert kannte er jedenfalls nicht.

Im Stehcafé duftete es nach frischem Gebäck. Sie hinterließen feuchte Spuren auf den Fliesen. Conrad holte Kaffee bei einer jungen Blonden, deren Körperumfang nicht eben für ihren Arbeitsplatz warb.

»Was wollen Sie wissen?«, fragte Schäfer, nachdem er auf den Kaffee gepustet und ihn wieder abgestellt hatte.

»Wir hätten zu Rose Marie Lux ein paar Fragen. Sie haben sie betreut.«

»Lux, klar, sicher.« Er überlegte mit seiner Pranke an der Stirn. »Das ist ja schon Jahre her. Hat sich gut gemacht, das Mädel.« Er lächelte stolz.

»Haben Sie Kontakt zu ihr gehalten?«, fragte Conrad.

»Das ist meine Aufgabe.«

»Können Sie uns etwas sagen, was uns hilft, ihren derzeitigen Aufenthaltsort zu ermitteln ?« Der Kaffee tat gut und war erstaunlich aromatisch, fand Julia.

»Weshalb suchen Sie nach ihr?«

»Eine Kollegin von Frau Lux hat sie als vermisst gemeldet. Sie haben keine Anhaltspunkte, die uns bei der Suche weiterhelfen würden?«

»Puhh«, machte er, »ob ich da der Richtige bin?«

»Immerhin kannten Sie sie gut. Wie ist es gelaufen damals?« Julia winkte der zierlichen Frau hinter der Verkaufstheke und zeigte auf ihre Tasse. Sie verstand.

»Von der Verurteilung wissen Sie ja. Als sie raus war, hab ich sie zwei Jahre begleitet. Erst war es schon ziemlich schwierig. Sie kam nicht zurecht mit der Mutter auf dem Hof, und von ihrem Vater hatte sie schon Jahre nichts gehört, gezahlt hat er auch nicht. Rose war mit den falschen Leuten zusammengekommen, hat viel rumgehangen, keine Lust auf gar nichts. Na, Sie kennen das.« Schäfer sah Julia an, nicht Conrad. Irgendetwas an ihm erinnerte sie an Mark. Verdammt, Mark. Warum hatte sie sich für den Abend mit ihm verabredet?

»Ich habe da was für Sie.« Schäfer zog einige zusammengefaltete Bögen aus der Innentasche seiner Jacke, sie waren trocken geblieben. Conrad nahm sie entgegen.

»Was ist das?«

»Rose hat es bei mir vergessen oder liegen lassen, ich weiß es nicht. Seinerzeit hat sie eine Menge aufgeschrieben.« In seinem Gesicht war die Erwartung von Anerkennung für seine Aufmerksamkeit, aber Julia hatte keine Zeit dafür, sagte nur knapp danke und rutschte zu Conrad heran, um einen Blick auf die Seiten zu werfen, die er auseinanderfaltete. Die Handschrift von Rose Lux wirkte kindlich. Die Seiten waren undatiert …

Wenn das vorbei ist, ist alles vorbei. Aber irgendwie tut sich nichts. Ist zu feucht. Ich hätte was Trockenes mitnehmen sollen, mehr von dem Stroh. Die Lampe vor der Scheune ist kaputt. Mutter wollte sie schon lange reparieren lassen. Sie will immer irgendwas machen und dann macht sie nichts. Ich kippe ihren Schnaps nicht mehr weg. Sinnlos. Wenn es doch noch was wird, hauen die Pullen da unten ganz schön rein. Sie wird sowieso neue holen. Dieser blöde Regen! Nichts, aber auch gar nichts. Ob ich noch mal runtergehe und nachgucke? Ich hab den Zettel von der Versicherung gefunden. Dreißig-, vierzigtausend werden schon rausspringen und wir können hier weg. Ich kann sie nicht alleine lassen. Sie kriegt ja nix hin. Aber dieser Scheißhof! Ich will keine mehr vom Hof sein. Ich will in die Stadt. Nach Dülmen ginge auch noch. Oder Münster. Münster wär noch besser. Sie will ja nicht. Der Hof ist unser Leben, wenn wir ihn weggeben, haben wir nichts mehr, hat sie gesagt. Dabei läuft hier doch schon nichts mehr, seit das Café weg ist. Jetzt kommt ein bisschen Rauch. Na, endlich! Die ollen Stühle werden dem Feuer schmecken. Da, jetzt, hinter dem Fenster, ganz schwach. Wird ja auch Zeit. Noch einmal würde ich es nicht schaffen. Außerdem ist das Petroleum alle. Das Dach hätte repariert werden müssen, nun nicht mehr. Der Schein wird heller. Wer sagt's denn! Noch ein paar Minuten, dann ist es vorbei mit dem Teil. Der Regen hat auch aufgehört. Der Herr ist mit mir. Wir ziehen nach Münster oder nach Recklinghausen, und ich werde Model. Der Fotograf fand mich total super. Und Mutter kann genauso gut woanders kellnern, wenn sie es überhaupt schafft. Aber abends geht's ja meistens.

Julia und Conrad sahen gleichzeitig auf.

»Das hat sie Ihnen gegeben?«, fragte Julia überrascht.

Schäfer wand sich ein bisschen. »Gegeben nicht direkt. Sie hat es an dem Tag, als ich sie verabschiedet habe, auf meinem Schreibtisch mit ein paar anderen Sachen vergessen. Vielleicht wollte sie auch, dass ich es lese. Schwer zu sagen bei ihr.«

»Und Sie haben es behalten?«, wunderte sich Conrad. »Warum?«

»Ich habe es in ihre Akte gelegt und gedacht, dass sie käme, um es abzuholen. Aber das tat sie nicht. Seitdem liegt es in der Akte, und ich hatte es selbst vergessen, bis Sie anriefen.«

Die Bäckereifachverkäuferin brachte drei frische Kaffee und schlüpfte wieder hinter ihre Theke, um zwei Männern in Zimmermannskluft belegte Brötchen einzupacken.

»Das ist zwar interessant, aber es hilft uns auch nicht, sie zu finden.« Trotzdem wollte Julia wissen, wie es weiterging …

Boah, das war ein Knall! Gut, dass die Alte nicht da ist. Der hätte sie vom Sofa direkt aus ihrem Rausch geschmissen. Jetzt! Das zweite Fenster ist im Arsch. Und jetzt fackelt es auch ordentlich. Und ich hatte schon Angst, es wird nichts. Wäre ja auch kein Wunder. Bisher hat ja nie was geklappt. Die Scheißschule mit vier, keine Lehrstelle. Aber auf die pfeif ich auch. Die Bilder, die Lars gemacht hat, sind toll. Da sieht man nur ein ganz klein bisschen, dass ich dicker bin. Aber das macht gar nichts, hat er gesagt, er sucht mir eine Agentur für Mollige. Jetzt kann's endlich losgehen. Nächste Woche haben wir wieder einen Termin. Da will er ein bisschen mehr Haut sehen, sagt er. Das ist so üblich, wenn man Bilder an eine Agentur schickt. So besonders find ich das ja nicht, aber was sein muss, muss sein. Die Topmodels müssen auch Sachen machen, die ihnen nicht gefallen. Mann, was ist das denn? Was will die denn schon? Die wollte doch erst morgen …

Der Text endete in der Mitte einer Seite.

»Was ist da los gewesen?«, fragte Julia. Schäfer schien sich zu langweilen, während sie gelesen hatten.

»Ihre Mutter war überraschend zurückgekommen. Frau Lux war betrunken und hat versucht, das Feuer zu löschen. Rose hat Angst bekommen und die Feuerwehr gerufen. Die Mutter muss völlig ausgerastet sein, wollte in die Scheune, irgendwelche Sachen rausholen. Rose hat sie gehindert und sich eine Rauchvergiftung zugezogen. Der Mutter ist nichts passiert. Kinder und Besoffene …« Er hob die Schulter und drehte die Handflächen nach oben, eine Geste, die er von dem Lila-Latzhosen-Typ hatte, den Julia zunächst erwartet hatte.

Draußen machte der Regen eine Pause, und Julia kam es vor, als sei es heller geworden.

»Letztlich hat ihr dieses Verhalten vor Gericht geholfen. Das beziehungsweise die Interpretation des Anwalts. Auf diese Weise kam sie mit sechs Monaten Haft und zwei Jahren Bewährung davon.«

Conrad wurde unruhig. »Gibt es irgendetwas, was Sie uns über ihr Leben nach dieser Zeit sagen können.«

»Klar.«

Und warum tut er es dann nicht? Auch Julia war allmählich genervt. Sie vertaten ihre Zeit. Alte Geschichten halfen nicht weiter.

»Soweit ich weiß, ist Rose jetzt seit ein paar Jahren ganz gut drauf. Sie lebt bei ihrem Freund, hat Arbeit, kifft nicht mehr, klaut nicht mehr. Ich habe sie vor Kurzem gesehen. Sah gut aus. Abgenommen hat sie auch.«

»Wann war das?« Na, endlich. Julia dachte schon, er wolle nie auf den Punkt kommen.

»Vor zwei, drei Wochen vielleicht.« Schäfer griff in die Innentasche seiner Jacke, sie schien der einzige trockene

Platz an dem Mann zu sein, und holte ein Päckchen Tabak heraus.

Die Verkäuferin trippelte heran. »Hier ist Rauchverbot«, und zeigte auf ein Schild über dem Eingang.

»Sicher, Schätzchen«, lächelte Schäfer. »Aber nicht Zigarettendrehverbot, oder?«

Die Dünne trollte sich.

»Was hat sie Ihnen über ihre Pläne erzählt?«, fragte Julia.

»Ach, einiges. Dass sie zufrieden ist in ihrem Job im *Casino*. Dass sie wieder zur Schule gehen oder den Abschluss ihrer Ausbildung nachholen will. Dass sie rundum glücklich ist, weil sie mit ihrem Freund in Urlaub fährt. Sie strahlte förmlich. Aber das hat sie immer getan, egal, wie beschissen es ihr ergangen ist.« Der Mann bekam etwas Weiches in seinem Blick, das Julia befremdlich fand. Ob es da mehr gab, als eine professionelle Beziehung? Unsinn. Sie sah Gespenster.

»Hat sie gesagt, wohin die Reise gehen sollte?«

»Hat sie. In irgendein Nest am Meer. Hab vergessen, wie es hieß.«

»Noch eine letzte Frage: Wissen Sie, wann sie wieder zurück sein wollte?« Conrad faltete die Bögen wieder zusammen und legte sie auf den Stehtisch.

Schäfer schüttelte den Kopf. »Nicht genau. Sie hat nur gesagt, dass sie sich mit mir treffen will.«

»Weshalb?«

»Nur so. Zum Quatschen? Aus alter Freundschaft?« Der letzte Schluck Kaffee schien kalt gewesen zu sein, Schäfers Miene nach zu urteilen, als er die Tasse auf die Tischplatte knallte. »Und weil sie sich gefreut hat wegen irgendwas.«

Der Supermarkt füllte sich, die ersten Mütter mit Kinderwagen, einzelne alte Frauen mit ihren verrenteten Männern im Schlepptau, eilige Hausfrauen strömten herein.

»Wann waren Sie verabredet?« Konnte der Mann nicht gleich auf den Punkt kommen? Dann hätten sie sich die ganze Geschichte gespart. Doch Lila-Latzhose-Typ, verkleidet.

»Na, heute Morgen. Auf der Skaterbahn. Was glauben Sie, warum ich da gesessen habe? Sie ist aber nicht gekommen.«

Im Auto sagte Julia zu Conrad: »Wenigstens war der Kaffee gut.«

»Muss man sich merken«, gab er zurück.

»Und jetzt?« Bis zum Abend war es noch ein ganzer Tag. Und die Nacht versprach das *Alter Ego* und Mark. Julia seufzte.

»Was 'n los? Ist doch gar nicht so schlecht gelaufen. Wirst sehen, morgen schreibst du den Bericht und dann hilfst du uns.« Conrad hatte gut reden. Sein Telefon klingelte. Er wühlte es aus einer Tasche seines unvermeidlichen Trenchcoats. Julia hatte ihn einmal gefragt, weshalb er sich nicht von dem Ding trennen konnte. Columbo, hatte er geantwortet. Später hatte sie erfahren, dass der mittlerweile verstorbene Peter Falk ausgesehen hatte, wie Conrads alter Herr.

»Ja?« Conrad hörte zu und schwieg. Dann sah Julia, wie die Restfarbe aus seinem Gesicht wich. Er steckte das Handy mit der Geschwindigkeit eines Faultiers wieder ein, saß da und starrte durch die von Regen matte Windschutzscheibe. Ein Niesel, der die Kleider durchdrang.

»Was Neues?« Und nichts Gutes. Julia konnte ein Beben in ihrer Stimme nicht unterdrücken.

»Rasid.«

»Was?« Sie packte ihn an der Schulter.

»Tot.«

16

Ein Mädchen mit jeder Menge Metall in Gesicht und Ohren reichte mir zwei Flaschen Wodka, eine Tüte Gummibärchen und eine Flasche Wasser aus dem Fensterchen, das für die Nachtkunden geöffnet war, Brandy hatte sie nicht. Ich bezahlte die Tankfüllung und meine Einkäufe und fragte die Eisenbraut, ob ich hinter dem Tankstellenshop eine Weile parken dürfe.

Sie kaute ihren Kaugummi einmal rechts herum und einmal links herum, bevor meine Frage zu ihr durchdrang. Dann nickte sie und schloss das Fenster. Ich fuhr den Wagen hinter das Gebäude und hielt an einem Maschendrahtzaun, der ein hell erleuchtetes Gewerbegebiet abgrenzte. Schlafen, endlich schlafen.

Der Schlaf ist der Bruder des Todes, hatte Vater oft gesagt und damit den konsequenten Rückzug in sein Arbeitszimmer begründet. Ich erinnerte ihn nur in permanenter Abwesenheit. Manchmal erstaunte er mich jedoch, zum Beispiel als er mir eine kleine Notiz aus der Tageszeitung zukommen ließ, aus dem Lokalteil. Man habe ihre Leiche gefunden, stand darin, dazu ein Hinweis auf das Badeverbot wegen der Lebensgefahr, aber kein Wort, was mit ihr geschehen war.

Zwei Wochen später ihre Todesanzeige mit einem ominösen Text:

> Fürchte dich nicht,
> denn ich habe dich erlöst.
> Ich habe dich bei deinem Namen gerufen.
> Du bist mein.
> Jesaja 43, 1

Mein Brustkorb wurde eng, als ich las: »Du bist mein.«

Wer hatte nur diesen Unsinn drucken lassen? Ich kannte keinen, der sich so wenig gefürchtet hätte wie Isabell. Trotzdem war sie gestorben, jung und vor meinen Augen. Das Echo des Knalls hatte mich nachts geweckt, wieder und wieder, eine Zeit, die mir endlos erschien. In Phasen, in denen es mir gut ging, ich an nichts Böses dachte, knallte es immer noch und schreckte mich aus dem Schlaf. Und dann wieder schoss mir ihr Bild in den Kopf, nicht als eine dieser Erinnerungen, wie sie langsam auftauchen, von der Zeit gnädig in Sepia gehüllt, sondern, als sähe ich sie in diesem Moment, als würde es in diesem Augenblick geschehen, als könnte ich sie retten. Aber ich konnte nicht, genauso wenig, wie ich Florian gerettet hatte. Ich taugte nicht zum Retter. Den Kopf hatte ich mir zerbrochen, was mit ihr geschehen sein mochte, und auch in Erwägung gezogen, dass der Knall nichts mit ihrem Tod zu tun haben könnte. Ich war zu nur einem Ergebnis gekommen. Man stirbt nicht mit Ende Zwanzig.

Ein Wagen fuhr an eine Zapfsäule und schaltete den Motor aus. Ich hörte Stimmen und Lachen, kurz darauf fuhr der Wagen weiter. Ich öffnete die Wasserflasche und trank sie halb leer.

Am liebsten hätte ich Isabell vergessen, aber sie ließ sich nicht vergessen. Ich schraubte die Wodkaflasche auf, das Zeug schmeckte grässlich. Mein Körper erinnerte sich an sie, selbst noch, als Honey da war. Oder besonders, je länger sie da war.

Ich habe dich bei deinem Namen gerufen. Du bist mein.

Isabell. Honey.

Mutter hatte sie von Anfang an nicht leiden können. Die ist nichts für uns, hatte sie gesagt. Sie hatte Isabells Rücken nachgelächelt, als sie ging. Ich sah es, und sie wandte sich ab. Du kannst wieder heimkommen, zischte sie mir zu, während Honey schon ihre Sachen auspackte, ihre Küchenmesser einräumte und ihre Haarbürste in meinem Bad ablegte.

Ich fuhr mir durchs Gesicht. Kein Schlaf wollte kommen. Der Regen fiel in feinen Schnüren im Licht der Laternen.

Honey gab den Job im *Up de Tenne* auf. Ich finde schon was Neues, sagte sie. Aber sie saß neben meinem Schreibtisch und sah zu, wie ich schrieb.

»Du kannst nicht hier sitzen und mir zusehen«, sagte ich an einem Novembermorgen.

»Was soll ich denn sonst machen?«

»Such dir Arbeit.«

»Ich habe schon Arbeit.« Damit stand sie auf, ging in die Küche und kochte etwas, das betörend duftete und exzellent schmeckte. Dann schlief ich mit ihr.

Am Tag darauf saß sie wieder neben meinem Rechner und sah mich an. Der Abgabetermin für meine Story rückte näher. Es machte mich wahnsinnig, jemanden neben mir sitzen zu haben. Sie wusste das, musste es wissen. Ich schrie sie an und der Streit schlug sich durch alle Räume, bis ich meine Jacke nahm und ging. Ich wusste, wo ich hin musste. Es gibt Orte, die einen aufnehmen und festhalten, gleichgültig, was ist. An dem Abend gewann ich und am nächsten auch. Ich gewann an jedem Abend. Fortuna liebte mich. Es war ein gigantisches Gefühl.

Als ich eines Nachts nach Hause kam, war das Bett leer. Meine Kehle wurde trocken. Ich suchte sie und fand ihre Haarbürste. Für einen Moment musste ich mich auf den Wannenrand setzen, nahm das Bündel Scheine aus der Tasche und strich darüber. Ich hatte Glück gehabt. Alles andere konnte warten. Ich wartete bis zwei, lauschte in die Nacht, starrte auf den Monitor, nichts geschah. Meine Figuren steckten fest. Keine Idee, wie es weitergehen könnte. Draußen hielt ein Wagen, ich hörte Schritte auf der Treppe, leises Klicken im Schloss und das Rascheln von Stoff.

»Wo kommst du her?« Mit wenigen Schritten war ich im Flur. Plötzlich war die Wut da.

»Von der Arbeit.« Gelassen stellte sie ihre Tasche ab und pellte sich aus dem Mantel, auf dem die ersten Schneeflocken schmolzen.

»Erzähl mir doch keinen Scheiß.«

Sie sah mich groß an, das Gesicht gerötet, mit glänzenden Augen. »Was ist los mit dir?«

Ich packte sie an den Schultern: »Wo bist du gewesen?«, und schüttelte sie. Quecksilber in meinen Adern, kalt und schnell. Sie blieb stumm mit schmalem Mund. Eine Ewigkeit starrte ich ihr in die Augen. Das Honigbraun verkam zu einem flachen Falb. Als ich sie losließ, schlug sie mir ins Gesicht. Blitzschnell schlug ich zurück, und ihre Lippe platzte auf. Ihr Blick hielt.

»Das tust du nie wieder.«

»Wo bist du gewesen?«, hörte ich mich fragen.

»Ich habe es dir gesagt.« Damit stapfte sie davon und knallte die Tür vom Bad zu. Diese Nacht verbrachte sie auf dem Sofa. Ab da kam sie immer um zwei, und ich verlor.

Eine der beiden Wodkaflaschen hatte ihr erstes Drittel eingebüßt, allmählich wurde ich ruhiger. Ich sah zu ihr hinüber. Sie war schöner denn je. Honey. Ich spürte, wie meine Lippen die Laute formten.

Ich habe deinen Namen gerufen. Du bist mein.

Als ich erwachte, war es hell.

17

»Unsere Aufgabe hat sich gerade geändert«, sagte Julia und sah weiter in den Regen. Zwei beigefarbene Omas mit hellblauen Schirmen wackelten vorbei. Der Tag nahm seinen Lauf, ein ganz besonderer Tag für Rasid Chalid, sein Todestag.

»Wir besuchen jetzt nicht Felix Segbert?« Conrad hatte sich gefasst und ließ den Motor an. Gefasst wie Stein.

»Doch. Aber nun sucht ihr nach Mördern.«

»Mann, Julia, geht's vielleicht halb so dramatisch? Wie die ganze Sache zu beurteilen sein wird, hat irgendwann das Gericht zu entscheiden.« Seine Worte zischten durch die Zähne.

Die Theodor-Heuss-Schule und das Nepomuceum lagen in einem gemeinsamen Komplex, dem Schulzentrum, ein Bau aus den Achtzigern mit einem großen Parkplatz für die Besucher der Sporthallen. Die ersten Schüler standen in Grüppchen auf dem Schulhof, Busse hielten und spuckten verschlafene Jugendliche in Röhrenjeans und mit MP3-Player aus.

Um diese Stunde war es nicht so einfach, jemanden zu finden, der Auskunft geben konnte. Julia folgte Conrad durch die Flure, bis sie nach mehrmaligem Nachfragen das Zimmer der Schulleitung erreichten. Sie durchquerten das leere Sekretariat, dessen Fenster von Grünpflanzen zugewuchert waren und betraten das Büro des Schulleiters. Der Mann hinter dem Schreibtisch mochte die Fünfzig gerade überschritten haben. Er blickte über den Rand seiner Brille und hinter Bergen von Akten, Dokumenten und Ordnern hervor. Sein Schreibtisch wirkte wie ein Tatort nach einem Attentat, er selbst, morgenfrisch und gebügelt, wie ein Fremdkörper an diesem Ort.

»Sie müssen sich einen Termin holen, wenn Sie mich sprechen wollen. Oder besser noch, sich zum Elternsprechtag anmelden.«

Julia und Conrad stellten sich vor. Der Mann, der Schreiber hieß, machte ein langes Gesicht, bis sie ihm gesagt hatten, nach wem sie suchten. Dann lehnte er sich zurück und faltete die Hände über seinem ansehnlichen Bauch.

»Felix kommt nur unregelmäßig zur Schule. Das Jugendamt ist eingeschaltet. Es gab einige Gespräche mit der Mutter. Wahrscheinlich schafft er den Abschluss nicht. Was wollen Sie von ihm?«

Conrad und Julia setzten sich, ohne dass ihnen Platz angeboten worden wäre.

»Er ist ein Freund von Rasid Chalid, den man zusammengeschlagen hat.« Sie wollte nicht aussprechen, dass der Junge tot war.

»Ja, Rasid. Der kommt auch nur manchmal. Jetzt schon länger nicht, obwohl es seit ein paar Jahren auch für die Ausländer eine Schulpflicht gibt, aber da haben wir wenig Einfluss.«

»Den benötigen Sie jetzt nicht mehr. Rasid ist tot.«

Julia beobachtete, wie die Nachricht langsam in die Hirnzellen des Rektors tröpfelte. Als sie angekommen war, riss er die Augen auf, schlug die Hand, eine auffallend kleine, mädchenhafte Hand, vor den Mund, sagte »Mein Gott«, und verharrte so. Einen Moment ließen sie das Gesagte wirken.

»Kennen Sie, oder vielleicht sein Klassenlehrer, andere Schüler, die mit Rasid zu tun hatten? Gab es Streit, Mobbing, irgendetwas, das zu der Schlägerei geführt haben könnte?« Unerwähnt ließ Conrad, dass er von den Auswirkungen der Schlägerei selbst betroffen war. Julia ahnte, wie peinlich ihm das sein musste, von ein paar Halbwüchsigen niedergeschlagen worden zu sein.

»Er war, wie ich sagte, nicht oft in der Schule. Entsprechend waren seine Noten. Über seine Sozialkontakte könnte Ihnen

Frau Höhnemann Auskunft geben. Die Klassenlehrer wissen natürlich mehr über die Jugendlichen, als mir hier zu Ohren kommt.«

»Wo erreichen wir sie?«, fragte Julia.

»Hier gar nicht. Sie ist krankgeschrieben seit Beginn des Schuljahres.«

Julia stöhnte innerlich. Konnte nicht irgendetwas einmal einfach sein? Conrad fragte nach der Adresse, und Schreiber griff zielsicher einen Ordner von einem Stapel und gab sie ihm. Als sie sich verabschiedeten, legte Schreiber nachdenklich einen Finger auf den Mund, sagte dann »Moment«, und zog erneut einen Ordner aus dem Wust von Papier.

»Im letzten Schuljahr hat es Beschwerden von Eltern eines Schülers über drei Jungs aus der Zehn gegeben. Die sind inzwischen nicht mehr auf der Schule und haben vielleicht auch gar nichts mit dem …«, er zögerte, *Tod* stand auf seiner Stirn, »... der Sache zu tun. Aber alle drei hatten einiges auf dem Kerbholz. Die Eltern behaupteten, ihr Kind sei erpresst und beraubt worden. Nachgewiesen wurde den Jungs nichts, aber für ausgeschlossen halte ich es auch wieder nicht.«

»Sie haben ihnen nicht geglaubt?« Das fand Julia einigermaßen seltsam.

»Na ja, es waren Eltern, mit denen wir Probleme hatten, seit das Kind auf unserer Schule ist. Nichts konnten wir richtig machen. Immer war der liebe Kleine zu schlecht bewertet. Der Vater war jedes Mal in der Schule, wenn irgendeine Note vergeben worden ist, um sich zu beschweren. Was hätten Sie denn da angenommen?« Scheiber reckte das Kinn nach vorn.

»Ich hätte mir das erstmal genau angehört«, sagte Julia und setzte sich wieder.

»Genau das haben wir getan. Aber der betroffene Junge hat die Anschuldigungen zurückgenommen. Er habe so seine schlechten Leistungen zu Hause erklären wollen. Zu dem

Zeitpunkt gab es ein Projekt, das Mobbing in der Schule zum Inhalt hatte. Das hatte ihn wohl auf Ideen gebracht.«

Widerwillig rückte Schreiber die Namen der drei Jungen heraus und telefonierte kurz. Das schlechte Gewissen war ihm anzusehen. Die Sekretärin, die inzwischen gekommen war, sie hätte die Zwillingsschwester der jungen Doris Day sein können, legte die Daten als Computerausdruck auf eine freie Ecke des Schreibtischs und verschwand wieder.

Julia und Conrad ließen einen irritierten Schreiber zurück.

»Und jetzt?«, fragte Conrad auf dem Weg zum Auto. Aber bevor Julia antworten konnte, klingelte sein Handy. Er nickte ein paar Mal, sagte »ja« und »nein« und »wo?« und legte auf.

»Das war Sven. Die Schwester sitze bei ihm und sei ganz aufgeregt. Er versteht nicht, was sie von ihm will. Er fragt, ob du nicht …«

»Nein.«

»Wieso *nein*? Du weißt doch gar nicht, worum es geht.«

»Ich kenne seine Schwester nicht.«

»Julia. Es ist nicht Svens Schwester.«

»Umso besser für ihn.«

»Wieso das denn nun wieder? Ich denke, du kennst seine Schwester nicht?«

»Sven hat gar keine Schwester, soweit ich weiß.«

»Jetzt hör endlich auf mit dem Blödsinn.« Conrad knallte die Autotür mehr als nötig. »Schwester Helga von der Intensivstation sitzt bei ihm herum und will irgendwas, was er nicht versteht. Du sollst ihm helfen und mit ihr von Frau zu Frau reden, sozusagen.«

»Mit dem Kühlschrank? Ich habe doch an sich mit dem Fall nichts zu tun«, sagte Julia. Feuchtigkeit beschlug die Scheiben. Conrad streckte sich und wischte die Sicht mit einem Lappen frei, verharrte und hielt sich den Kopf mit beiden Händen.

»Was ist?«

»Geht sicher gleich weg.«

»Kopfschmerzen?«

Er nickte knapp.

»Du bist zu früh aus dem Krankenhaus. Soll ich fahren? Oder besser noch, dich wieder hinbringen? Ich sag auch deiner Mutter Bescheid, damit sie sich keine Sorgen macht.« Keiner hatte daran gedacht, die alte Frau zu informieren. Aber es war ja alles gut gegangen.

»Wag es! Sie hat nichts mitbekommen und das ist auch gut so. Sie hat eigene Sorgen.«

»Sie hat Ostendarp.« Julia beneidete Maria Böse um die Idylle, die sie mit dem alten Hauptkommissar lebte. Friedlich werkelten die beiden Alten in ihrem weinberankten Kotten mit den Apfelbäumen darum herum. So würde sie auch leben wollen.

»Aber Jossel nicht mehr.«

»Nein! Seit wann?« Der Berner Sennenhund war Julia gesund und vital vorgekommen, als sie ihn zum letzten Mal gesehen hatte. Ein freundliches Familienmitglied, und es tat Julia leid für Maria Böse. Einen Moment fragte sie sich, ob sie kondolieren müsse, verwarf den Gedanken aber.

»Vorige Woche«, sagte Conrad und ließ seinen Kopf los. »Geht wieder. Und wehe, du sagst was.« Damit fuhr er vom Parkplatz und brachte Julia ins Präsidium.

»Du gehst da jetzt rein und hörst, was Schwester Helga will. Bitte, Julia. Ich ertrage diese Person nicht. Tu mir den Gefallen.«

Den Hundeblick hatte er immer noch drauf und Julia fiel der Kuss ein, den es nicht hätte geben dürfen. Und Mark, den es auch nicht hätte geben dürfen. Eine ungehörige, kleine Flamme züngelte in ihrer Brust.

»Also gut«, sagte sie. »Aber ich arbeite nicht an dem Fall.«

»Nein, is gut, weiß ich ja. Nur das Gespräch mit dieser komischen Tante.«

Julia vermutete, dass Conrad ihr nicht begegnen wollte, weil er einfach so aus dem Krankenhaus abgehauen war. Vielleicht wollte er auch nur eine Pause für seinen Kopf.

So verkehrt war Schwester Helga Julia heute gar nicht erschienen. Mit ihrer Tunika über einer schmalen Hose und einem fast scheuen Lächeln im Gesicht hatte sie bei Weitem nicht so unattraktiv und ruppig gewirkt, wie in ihren Arbeitsklamotten. Nur als sie über Von dem Berge sprach, stellte sich eine Falte zwischen ihren Brauen auf. Sie habe ihn gedrängt, Rasid Chalid zu verlegen, aber er habe sie angeschrien, sie solle sich um ihren Kram kümmern. Außerdem habe Schwester Helga ein Gespräch mitbekommen. Während sie das sagte, senkte sie den Kopf. Eigentlich horche sie nicht. Aber das sei ja nun ein besonderer Fall gewesen. Sie hatte sogar Tränen in den Augen gehabt, erinnerte sich Julia, während sie das Schloss von Svens Fahrrad abnahm. Es regnete moderat, und als Julia an *Brauns Backstube* vorbeiradelte, hörte es ganz auf.

Ein Onkel oder was, sei gekommen, und Von dem Berge habe von ihm Geld verlangt, wenn er dem Jungen die Überführung nach Münster organisieren solle. Der Onkel habe gesagt, er könne kein Geld aufbringen und die Eltern auch nicht, keine tausend Euro und jetzt schon gar nicht, weil sie ja eingesperrt seien. Von dem Berge habe sich nicht darauf eingelassen, und sie hätten eine Weile verhandelt. Ob das Geld übergeben worden sei, wisse sie nicht. Genaugenommen habe Von dem Berge nicht einmal mehr therapiert, nur noch Luft und Wasser, wie sie es bei den Moribunden täten. Beatmung und Kochsalzinfusionen, erklärte sie auf Julias irritierte Nachfrage.

»Aber er hat doch eine Chance gehabt, der Junge«, hatte Schwester Helga gesagt, und dann liefen tatsächlich Tränen über die runden Wangen. »Ich habe auch einen in dem Alter. Ein bisschen jünger«, fuhr sie fort. »Man kann doch Kinder nicht einfach sterben lassen.« Ihre Schultern zuckten. Keiner sagte etwas. Sven drehte sich weg. Er hasste Gefühlsausbrüche.

Von dem Berge würde zu den Anschuldigungen befragt werden müssen, hatten sich Julia und Sven vorgenommen, als die Frau gegangen war. Danach musste man sehen, ob die Sache etwas für die Staatsanwaltschaft war.

»Aber nicht von mir«, sagte Julia, um vorzubauen.

»Geh wenigstens mit zu den Segberts. Conrad hat den Jungen zu Hause angetroffen. Frauen können besser mit Kindern.« Eben hatte Sven einen Anruf von Conrad entgegengenommen.

»Wer ist hier Eltern?«

Conrad war der Einzige aus dem Team, der ein Kind hatte und da lief es auch nicht besonders gut. »Ich habe einen eigenen Fall.«

»Klar. Und was machst du mit dem?«

»Ich warte.«

»Na, toll? Bis wann?«

Das hatte sie sich auch gefragt. Egal. Das würde man dann sehen, und dann musste Fels entscheiden, wie sie weiter verfahren sollten.

»Ich habe eine Verabredung.« Damit war Julia aufgebrochen.

Sie war einigermaßen trocken nach Hause gekommen, stellte das Rad ab und entschloss sich, mit dem Auto zur Deiper Stegge zu fahren, um Bayer bei seiner Büchersortieraktion zu helfen, wie sie es versprochen hatte. Als der Anruf kam, hatte sie sofort eine Ahnung, dass dieser Plan durcheinandergeraten würde. Sven. Er hatte Rolf Lux, den Vater von Rose, erreicht, was angeblich völlig problemlos gewesen sei. Der Mann habe frei bis Mittag, und wenn sie etwas von ihm wollten, solle eben jemand vorbeikommen. Und Fels habe gesagt: »Sie soll sich gefälligst um den Fall kümmern und nach Münster scheren, wenn sie so scharf auf Arbeit ist. Sonst kann sie sich auf was gefasst machen.« Das richtete Sven wörtlich aus, und Julia konnte seine Genugtuung hören.

Eine Weile hatte sie böse das Telefon angestarrt, aus dem sie die Mitteilung empfangen hatte. Der Bote schlechter Nachrichten … Okay, also nach Münster. Hätte sie die Telefonnummer von Mark, könnte sie sich nach dem Termin mit ihm auf einen Kaffee treffen, was deutlich unverfänglicher wäre als die Verabredung am Abend. Andererseits war sie zu nichts verpflichtet, aber inzwischen ärgerte sie sich, dass sie zugesagt hatte.

Im Radio lief »The youth oft today« während sich der Verkehr auf der A 43 staute, Amy Macdonald. Kein Unfall, keine Baustelle, einfach so. Als es weiterging, entzifferte Julia ein Graffito, an ein Brückengeländer gesprüht. DEVIANTS. Wenn sie nicht geahnt hätte, dass sich hier eine Gruppe von Fans des SC Preußen verewigt hatte, nicht eine der friedlichsten, hätte sie sich verbunden gefühlt. Immer dieses Gefühl, am falschen Ort zu sein, das Falsche zu tun, nie genug, nie richtig zu sein. Sie kicherte bei dem Gedanken, dass sie zumindest etwas mit den Fußballfans gemein hatte. Vielleicht sollte sie Bayer danach fragen. Wussten Therapeuten nicht, was man mit solchen Empfindungen tat? Und konnte man Devianz therapieren? Oder war es nur … Vielleicht war man ja nicht überall anders? Großvater war auch am falschen Ort, in der falschen Zeit, von Geburt an der falschen Gruppe zugehörig gewesen.

Sie erreichte das Nordkreuz und ließ sich vom Navigationsgerät in Richtung Bremen führen. In drei Stunden wäre sie am Meer, wenn sie einfach der Straße folgen würde. Aber sie bog nach Münster-Nord ab.

Die Gegend, in die sie geleitet worden war, kam ihr bekannt vor, obwohl ihr Orientierungssinn nur ansatzweise entwickelt war. Vielleicht sah in Münster-Kinderhaus auch alles sehr ähnlich aus. Nein, sie war sicher: In der nächsten oder übernächsten Seitenstraße war das Fenster ihres Wagens eingeschlagen worden.

»Sie haben Ihren Bestimmungsort erreicht«, sagte die Dame im Navi. Ein paar Meter weiter fuhr ein Corsa aus einer Parklücke, und Julia klemmte ihren Golf hinein. Glück gehabt. Es regnete wieder. Kein Wunder, in Münster regnete es immer, jedenfalls immer, wenn Julia dort war. Die Fassaden wirkten wie in die Jahre gekommene Ehefrauen schwer beschäftigter Handelsvertreter. Aber solche gab es hier in der Gegend nicht.

Lux wohnte im dritten Stock. Die Gegensprechanlage krächzte nur und die Tür blieb geschlossen, obwohl Julia geklingelt hatte. Eine Schwangere, deren Locken noch die Weichheit von Kinderhaar hatten, um ihren Mund die Enttäuschung früher Jahre, versuchte ihren Kinderwagen durch die Tür zu zwängen. Julia hielt sie auf, und die Frau schob sich an ihr vorbei. Der Treppenaufgang war mit Graffiti beschmiert, und es roch, wie es in solchen Häusern eben riecht, nach Gleichgültigkeit und Armut. Auf der Fensterbank im zweiten Stock schaute eine Engelsfigur einem Ficus benjamini beim Abwerfen seiner Blätter zu. Lux erwartete sie an der Wohnungstür. Wahrscheinlich hatte er einmal ziemlich gut ausgesehen, hatte immer noch kräftiges Haar, das er im Nacken zu einem Zopf gebunden trug. Aber seine Hautfarbe hob sich kaum von der seines verwaschenen hellen T-Shirts ab, und die Ringe unter seinen Augen blickten auf eine endlose Zahl schlafloser und sicher nicht abstinenter Nächte zurück. Er sah Julia fragend an.

»Morgenstern, Kripo Coesfeld. Es geht um Ihre Tochter.«

Keine Regung.

»Wollen wir vielleicht ...?« Julia streckte die Hand in Richtung des Flurs aus, der hinter der Tür lag, und Lux trat einen Schritt zur Seite, um sie hereinzulassen.

»Sie sind doch Rolf Lux, der Vater von Rose Lux?« Plötzlich kamen Julia Zweifel.

»Ja. Hat sie was angestellt?« Er blieb mitten im Flur hinter ihr stehen, und Julia war gezwungen, sich umzudrehen. Aus der Küche zog ein Geruch nach zerlassener Butter heran, ein spätes Frühstück vielleicht oder ein frühes Mittagessen, überhaupt ein Essen. Lux sah nicht aus, als ob er üblicherweise aß.

»Nein. Sie ist verschwunden. Können Sie mir vielleicht sagen, wo sie ist oder wann sie wiederkommt?«

»Verschwunden? Was meinen Sie damit?«

»Eine Kollegin von ihr hat sie vermisst gemeldet.«

»Und warum fragen Sie mich nach ihr? Ich weiß nicht, wo sie ist. Rose verschwindet nicht einfach. Sie taucht immer wieder auf.« Im Gegensatz zu seiner Erscheinung besaß er eine gepflegte Stimme.

Bisher hatte Julia kaum Menschen getroffen, die so wenig vermisst wurden. Deviants. »Sie hat sich also nicht bei Ihnen gemeldet?«

Der Mann schwieg. Sein Gesicht wirkte plötzlich flacher.

»Denken Sie noch einmal genau nach.« Julia gab ihm eine Chance.

»Doch, hat sie.«

Na, endlich. Gleich würde er ihr sagen, dass sie heute oder eben morgen aus dem Urlaub käme. Alles war ganz normal. Rose Lux telefonierte mit ihrem Vater und traf sich mit ihrem ehemaligen Bewährungshelfer.

»Wann war das und was hat sie über ihren Aufenthalt gesagt?«

»Sie sagte, dass sie das Meer liebt und dass das Wetter leider zu schlecht zum Baden ist. Das Hotel und Essen prima. Wo genau sie war oder ist, weiß ich nicht.«

Eine große Hilfe war das nicht. Die Luft in dem kleinen Flur war stickig. Die Zeiten konnten nicht rosig sein für Lux, wenn er in dieser Bude hauste.

»Wann war das?«

Er überlegte mit gerunzelter Stirn. »Vor ein, zwei Wochen?«

»Geht es etwas genauer? Es ist wichtig, Herr Lux.« Julia war es wichtig, sonst offenbar niemandem. Aber wieso ihr? Sie kannte Rose Lux nicht, keiner kannte sie. Aber Julia kannte Fels.

Plötzlich kam Bewegung in den Mann. Er griff sich an die Stirn und eilte in die Küche, deren Tür offenstand, und kam nur kurze Zeit später mit einer Brille auf der Nase und seinem Handy in der Hand zurück. Nach ein paar Tastenklicks sagte er: »Hier«, und hielt ihr das Handy hin.

Eine SMS vom Sonntag: hey, dady. sonne scheint endlich. am montag komme ich wieder. bewerbung in ms hat geklappt! freu. kann ich bei dir schlafen? weiß nich, wann ich da bin. leg den schlüssel hin. Ild r.

Julia blickte verwirrt auf. »Und das heißt jetzt was?« Lux hatte offenbar mehr Kontakt zu seiner Tochter, als er gesagt hatte.

»Das heißt, dass sie geschrieben hat, sie kommt und nicht gekommen ist.«

»Haben Sie nachgefragt, was los ist?«

»Ja. Aber sie hat nicht geantwortet.« Er steckte das Handy in die Hosentasche.

»Und da haben Sie sich nichts bei gedacht?«

»Nein. War ja nicht das erste Mal.«

»Sie ist unzuverlässig?«

»Kann man so sagen.« Unruhig trat er von einem Bein auf das andere. »Manchmal meldet sie sich wochenlang nicht, dann wieder steht sie alle paar Tage auf der Matte.«

Aus irgendeinem Grund beruhigte das Julia nicht. »Hat sie denn auch auf Nachfragen nicht geantwortet. Ich meine, so eine SMS ist ja schnell geschrieben.«

»Nein. Das hat mich auch ein bisschen gewundert, denn das macht sie sonst immer, jedenfalls meistens. Hätte ja sein können, dass ich nicht da bin, wenn sie kommt wegen des

Vorstellungsgesprächs. Ich wusste übrigens gar nicht, dass sie sich in Münster neu beworben hat.« Jetzt wirkte er nachdenklich. Nach einer Pause fragte er: »Meinen Sie, dass ihr was passiert ist?«

Eigentlich glaubte Julia das nicht, eigentlich. »Woher soll ich das wissen? Zuerst müssen wir sie finden, dann wird sie unsere Fragen beantworten können. Oder alles klärt sich von allein auf, und es gibt gar keine Fragen mehr.«

»Ich hoffe es«, sagte Lux mehr zu sich selbst. Für den Moment stand er ganz ruhig da, fast in sich gekehrt.

»Wo könnte ich sie noch suchen?«, fragte Julia in die Stille, die nur vom leisen Hupen eines Autos unterbrochen wurde.

»Ihren Freund kennen Sie?«

»Ja. Oder nein. Ich weiß, dass sie bei Herrn Achenbach wohnt.«

»Und den haben Sie auch nicht erreicht?«

»Kennen Sie vielleicht Freunde von Rose?« Irgendwer musste doch etwas von ihr wissen.

»Rose hat keine Freunde. Jedenfalls hat sie mir von niemandem erzählt. Früher war das anders. Da ist sie mit einer Truppe rumgezogen, aber gut war das nicht für sie.«

Julia wollte die Verurteilung nicht ansprechen, diese Geschichte lag lange zurück und spielte in der Sache keine Rolle. Lux brachte sie zur Tür. Julia meinte, ein Glitzern in seinen Augen zu sehen, als sie sich verabschiedete. Keinen Schritt war sie weitergekommen, aber immerhin hatte sie einen Menschen getroffen, der Rose zugetan war, den einzigen bis jetzt.

Draußen wusste sie einen Moment nicht, was sie anfangen sollte, stand da und hörte den Regentropfen zu, die auf den Schirm fielen und dem Zischen der Reifen auf dem Asphalt. Schließlich fasste sie sich ein Herz und lief los, an einem türkischen Gemüseladen vorbei und einem afrikanischen Frisör, der mit Haarverlängerungen warb. Sie konnte sich nicht ganz genau erinnern, in welcher Straße sie nachts angekommen waren, ihre Füße schon. Brachte sie es hinter sich, zumindest ersparte sie sich einen Abend in Langeweile.

Wenn sie nicht so neugierig wäre, was nun eigentlich genau … wenn sie nicht so viel Alkohol …

Sie kam an einem Haus an, das ihr vage bekannt vorkam. Die Namen auf den Klingelschildchen sagten ihr nichts. Die Tür war kaputt und ließ sich aufdrücken, im Hausflur der gleiche Geruch wie in dem von Lux. Zwei Etagen war sie hinabgelaufen und zwei stieg sie jetzt hinauf. Rechts eine Tür mit einem verstaubten Seidenblumenkranz, links ein zerkratztes Schloss und der Name direkt auf das Türblatt geschrieben. Mark Wieland. Was, wenn es nicht Mark war, nicht der Mark? Dann würde sie sich eben entschuldigen und wieder gehen. Keine Minute später wusste sie es.

Er stand da in Boxershorts und mit nacktem Oberkörper, Muskeln wie ein Schwergewichtler, das Haar zerzaust.

»Du? Ich dachte … wir wollten.« Er räusperte sich: »Sind wir nicht heute Abend verabredet?«, setzte ein Lächeln auf und warf einen Blick über die Schulter. »Jetzt ist es gerade … ganz schlecht.«

Er stottert, meine Fresse. »Ich glaube, du irrst«, sagte sie einer Eingebung folgend. Sollte er doch sehen, wie er aus der Nummer rauskam. »Du hast mich für ...«, sie sah auf die Uhr, »... jetzt bestellt. Noch nicht fertig? Ein wenig verschlafen? Dann warte ich solange.« Sie schob sich an ihm vorbei, was nicht ganz einfach war bei seiner Statur, und steuerte auf eine offene Tür zu. Das Zimmer war leer, alles sehr sauber und staubfrei, oder fast leer, bis auf einen riesigen Flachbildschirm, einen niedrigen Tisch mit einer Fernbedienung und einer modernen Couch mit einer Frau darauf.

Mark stand direkt hinter Julia. Keiner sagte etwas. Erst einmal. Dann drehte sich Julia um und blickte Mark in die Augen. Gleich sagt er, *es ist nicht, wie du denkst.*

Er sagte: »Es ist nicht, wie du denkst.«

Jetzt müsste sie sagen, *wie ist es denn?*

»Wissen Sie vielleicht, wie das Finanzamt dazu kommt, ihm meine Telefonnummer zu geben?«, fragte Julia die Frau auf der Couch, die für die Tageszeit unangemessen bekleidet war.

»Mark arbeitet beim Finanzamt«, antwortete sie brav. »Noch nicht lange. Wie ich«, fügte sie kleinlaut hinzu. Mark blitzte sie an.

Das war also auch erledigt. Julia hatte sich mehr Gedanken um Tratsch und um ihren Ruf gemacht, als nötig war. Münster war ein Dorf und Coesfeld sowieso, zumindest was die Gerüchte betraf. Mit einer Leichtigkeit in der Brust verließ sie die Wohnung, das Haus, ging die Straße hinauf, auf die der Regen prasselte, und kicherte schließlich, als sie geborgen in ihrem Auto saß. Sie machte einen Haken hinter Mark, und diesmal schwieg ihr Gewissen gnädig.

18

Neben mir ratterte ein LKW. Sonne und Feuchtigkeit tauchten die Tankstelle, das Gewerbegebiet dahinter und den bulligen Fahrer, der an seinem Truck hantierte in ein gleißendes, opalenes Licht. Bohrhämmer arbeiteten sich durch meine Hirnwindungen. Ich kaufte zwei große Becher Kaffee, Brötchen und Mettendchen, die hier Knackwurst hießen. Honey aß gerne ein deftiges Frühstück. Der Mann im Radio sagte weitere Schauer voraus, dann spielte er »Singing in the rain«. Ich schaltete ab. Mir rann die Zeit davon.

Das Navi hatte sich wieder sortiert und zeigte meinen Standort an. Neun Stunden und sechzehn Minuten bis nach Hause sagte es, wenn ich *Autobahn vermeiden* eingab. Die Option *am Fluss entlang* gab es nicht. Mich fröstelte. Ich ließ mich von der Dame im Navi zur markierten Route führen. Die Damen hatten mich immer irgendwohin geführt. Eine Weile rollte der Benz vor sich hin, und ich lauschte einem Kriminalhörspiel. Gar nicht schlecht gemacht. Nicht schlecht gemacht? Es hatte eine Zeit gegeben, da konnte ich eintauchen in einen Film oder in ein Hörspiel, das war wunderbar gewesen. Ich war nicht ganz sicher, wann das aufgehört hatte. Spätestens seit ich den Story-Job machte, fand ich keine Erlösung mehr in einem Buch oder Film. Ich analysierte zu viel, genoss zu wenig. Nur das Roulette oder der Einarmige halfen manchmal und hatten ihren Preis. Eigentlich hatte ich damit aufhören wollen, als mich ihr honigfarbener Blick in seinen Bann gezogen hatte. Eine Zeit war es gut gegangen. Dann nicht mehr. Honey war abhanden gekommen, und ich wusste nicht, wie ich sie wiederfinden konnte. Nun, das würde mir nicht mehr passieren.

Toni traf ich auch selten, stattdessen die Jungs aus dem *Brauhaus*. Sie waren immer zu einem Spielchen zu überreden. Eines Abends hatte ich Glück. Es lief unglaublich. Gegen Zehn hatten wir das *Brauhaus* verlassen und uns in der Wohnung vom Bullen versammelt. Wenn er nicht hackedicht gewesen wäre, hätte er uns niemals mitgenommen. So aber brauchte er Begleitung, und wir drei anderen hatten bei ihm einen prima Raum zum Pokern gefunden. Der Bulle, der eigentlich Andreas hieß, aber von niemandem so genannt wurde, war auf dem Sofa abgelegt worden und eingeschlafen. Als er gegen Mitternacht aufwachte, ging er kotzen und trank weiter. Inzwischen hatte ich tausend Euro mehr in der Tasche und dachte nicht daran, aufzuhören. Er setzte sich zu uns, brabbelte etwas von verboten und ließ sich Karten geben. Die Nacht endete gegen sechs. Ich war der Einzige, der noch stehen konnte und bestellte mir ein Taxi. Die Scheine in meiner Tasche fühlten sich großartig an. In bester Stimmung rief ich ein paar Stunden später den Bullen an.

»Du kannst mir helfen.«

»Wer ist da?«

»Der Gewinner der letzten Nacht.«

»Ich kann gar nichts, Winner. Ich kann nicht mal leben.«

»Das brauchst du auch nicht. Nicht vor morgen oder meinetwegen nächster Woche. Du sollst nur was für mich recherchieren.«

Es stöhnte im Apparat. »Also gut. Schieß los.«

Ich sah förmlich, wie er sich aus dem Sofa hochhievte.

»Isabell ist obduziert worden, nehme ich an. Ich will wissen, woran sie gestorben ist.«

»Das kann ich dir nicht sagen, das weißt du.«

»Und ich kann dir sagen, dass dein Auftritt gestern Nacht nicht unser Geheimnis bleiben muss.«

Ich ließ ihm Zeit, über diesen Satz gründlich nachzudenken und wartete, bis Worte in seinen Mund fanden.

»Also gut«, lenkte er ein. »Aber ich sag dir gleich …«

»Schon klar. Mehr will ich nicht wissen.« Nicht zu diesem Zeitpunkt. Ich trennte die Verbindung und wartete.

Nicht lange und er rief zurück. »Sie ist erschossen worden.« Bevor ich nachfragen konnte, hatte er aufgelegt.

Die Straße machte einen Bogen, an den sich eine enge Kurve anschloss. Mit einem Rad auf der grasbewachsenen Bankette schlingerte ich hindurch. Gerade noch wich ich einem blauen Ford aus, dahinter nahm ein Trecker die Fahrbahn ein …

19

Den Vater von Rasid Chalid hatte man am Morgen zum Flughafen gebracht, Conrad und zwei Schutzpolizisten hatten ihn begleitet. Es war ihm schwergefallen, wie er Julia am Telefon gestand, während sie auf die Abfahrt Dülmen/Coesfeld einbog.

»Du hättest es nicht tun müssen.«

»Ich hatte noch ein paar Fragen.«

»Was hat er geantwortet?«

»Nichts.«

»Das hätte ich dir gleich sagen können.«

Als sie das Gespräch beendeten, stellte es sich wieder ein, das Gefühl, falsch zu sein. Wie konnte sie nur einer Profession angehören, die so etwas zu unterstützen hatte? Was wollen Sie?, hatte Bayer Julia gefragt. Und: Was nützen Ihnen Ihre Symptome? Ihre Gedanken hafteten an den Fragen.

Vielleicht hätte sie ganz etwas anderes tun sollen, aber nun war es zu spät. Du bist beamtet, hatte ihre Mutter ihr vorgehalten, als sie ihre Zweifel einmal geäußert hatte. Recht hatte sie. Was sollte jemand wie sie tun? Sicherheitsdienst? Pommesbude? Beautyshop im Stevertal? Julia hätte beinahe gelacht. Privatdetektiv in Dülmen oder Coesfeld? Genau. Sie machte Fels Konkurrenz. Sie sah schon eine doppelspaltige Werbeanzeige in der AZ vor sich: »Wir finden Ihr Fahrrad! 99%ige Erfolgsgarantie!« oder: »Ob Sie Ihren Ehemann suchen oder Ihren Hund – wir bringen sie Ihnen zurück!«

Zurückbringen. Das Beinahe-Lachen geriet ins Wanken. Rose Lux. Sollte sie Fels um Unterstützung bitten und das große Programm ankurbeln? Landesweite Fahndung, Hubschrauber, Hundestaffel. Blödsinn. Wo sollten sie denn anfangen zu suchen? Und doch schien es Julia jede Stunde wahrscheinlicher, dass Rose Lux nicht einfach wohlbehalten hereinschneien und sich über die Aufregung wundern würde. Oder waren das ihre eigenen Befürchtungen, die sich als Schäfchenwölkchen anhäuften, zusammenballten, bis sie sich zu Gewitterwolken aufgetürmt hatten? Befürchtungen hatten sie immer begleitet. Wie dem auch war. Sie konnte nichts, rein gar nichts tun. Das war das Schlimmste.

Das Wetter machte es auch nicht besser. Warum fuhr sie nicht nach Hause, legte sich aufs Sofa und zog sich die Decke über den Kopf? Doch das hatte sie im letzten Vierteljahr schon zu oft getan. In den ersten Wochen war das ganz in Ordnung gewesen, sie hätte sowieso nichts anderes geschafft, als den Weg vom Sofa in die Küche und gelegentlich am Bad vorbei, selbst die einfachsten Dinge waren ihr schwergefallen. Irgendwann war es etwas heller geworden, und diesen Moment hatte sie genutzt, um wieder in den Dienst einzutreten. Und nun das. Warten. Nichts tun können. Keine Alternativen. Keine Wahl. Bayer hatte gesagt, man müsse die Wahl haben. Aber sie hatte keine. Nicht in dem Fall und nicht für sich selbst.

Sie schlug mit der Faust aufs Lenkrad. Es hupte. Erschrocken sah sie sich um, aber der Verkehr auf der Umgehungsstraße hielt sich in Grenzen, niemand schien Notiz von ihr genommen zu haben. Sie sollte zu Bayer fahren, bog aber stattdessen in den Druffelsweg ein und parkte den Wagen hinter dem Präsidium.

Bevor sie das Radio ausschaltete, sagte es: »Nach der Herabstufung der Bonität der USA durch die Ratingagenturen herrscht weltweite Verunsicherung auf den Märkten.« Verunsicherung auf den Märkten. Am schnellsten würde die bei Rolf Lux und seinen Nachbarn ankommen, und bei Chalid, der vielleicht jetzt gerade in Beirut landete. Erst später, viel später, würde Julia persönlich davon betroffen sein, gesetzt den Fall, dass es nicht nur Hysterie und heiße Luft war, wie sie es schon oft erlebt hatte mit derartigen

Meldungen. Eigentlich konnte sie froh sein, dass es ihr gut ging. Sie war nicht froh. Sie war undankbar.

In der Kantine aß sie etwas, das nach Tapete schmeckte, der Regen beendete seine Pause und im Flur saß Frau Chalid mit rotgeweinten Augen. Sie traf Conrad und Sven lauthals lachend im Büro an.

»Fröhlichen Tag«, sagte sie.

Sie verstummten abrupt.

»Was willst du denn hier?«, fragte Sven.

»Ich langweile mich.« In gewisser Weise stimmte das sogar.

»Da kann dir geholfen werden«, warf Conrad ein. »Du gehst zur Piotrowsky und fragst sie, was mit Frau Chalid wird. Sie sitzt draußen.«

»Was macht sie da überhaupt?«

»Wir haben sie noch einmal befragt. Sie sagte, dass Rasid ziemliche Probleme mit ein paar Jungs hatte. Der Vater hätte nichts davon wissen dürfen. Hätte immer verlangt, dass Rasid sich wehrt. Das sei aber nun mal nicht Rasids Art gewesen.« Conrad räusperte sich. Julia konnte sich genau vorstellen, wie das Gespräch abgelaufen war. Sicher hatte die Frau die ganze Zeit geweint, und die beiden hatten es hilflos über sich ergehen lassen.

»Und wieso soll ich jetzt zu der Piotrowsky? Wieder von Frau zu Frau, oder was?« Auf Ausländerbehörde hatte Julia so gar keine Lust, ganz sicher nicht in diesem Fall.

Conrad und Sven nickten synchron.

»Na, toll. Wann wird hier mal noch 'ne Kollegin eingestellt? Ihr habt sie doch schon befragt. Außerdem: Es ist nicht mein Fall.«

»Dein Fall scheint mir aber im Moment nicht so vordringlich, oder? Mir kommt es so vor, als würde die Chalid nicht alles sagen. Ich werde das Gefühl nicht los, dass sie schweigt, weil da irgendwer aus ihrer Verwandtschaft mitmischt. Die müssen wir noch mal durchchecken. Da wird die Piotrowsky Bescheid wissen, die hat bestimmt ein paar Adressen für uns. Verdammt, Julia. Entweder du bist wieder im Dienst oder nicht. Bist du?«

Julia sah eine Weile aus dem Fenster, auf die Platane, in den Regen. »Wo finde ich sie?«

Julia ging zu Fuß zum Schützenwall, nur begleitet von ihrem Regenschirm. Im Büro der Piotrowsky roch es nach ihrem Parfüm. Julia hatte sich die Frau völlig anders vorgestellt, älter, überarbeiteter. Die Piotrowsky reichte ihr eine Hand mit perfekt manikürten Nägeln und ließ sie Platz nehmen. Auch alles andere an ihr war perfekt, von den schmalen Fesseln bis zu dem weißbezahnten Lächeln.

»Ich habe die Akte schon rausgesucht.« Sie blätterte, schüttelte den dunkelblonden Bob: »Ich sehe da keine Möglichkeit, den Aufenthalt von Frau Chalid zu verlängern«, und blickte auf.

Das war nicht Julias Frage gewesen, aber bevor sie überhaupt nach dem Onkel oder anderen Verwandten fragen konnte, war die Piotrowsky ihr zuvorgekommen. Trotzdem sagte Julia: »Ihr Sohn wurde umgebracht.«

»Das ändert nichts an ihrem Aufenthaltsstatus. Die Chalids haben sich in der Vergangenheit nicht eben kooperativ gezeigt.«

»In welcher Weise?«

»Na, hören Sie mal! Die sind illegal. Sie hätten längst ausreisen müssen, und wir haben ihnen jede Chance gegeben.«

»Außer der, hierzubleiben.« Die Chance, die die Piotrowsky meinte, bestand in der Möglichkeit, freiwillig in ein Land zu reisen, in dem ihnen Gewalt, Folter und Tod drohten, oder zwangsweise abgeschoben zu werden. Wenn man die Wahl hat, hatte Bayer gesagt, ist alles gut.

»Das liegt nicht in unserer Hand.«

»Sondern?«

Sie hob die Schultern. »Es steht im Gesetz.«

»Seit Jahren steht die Vorgehensweise im Gesetz.«

»Die Chalids haben auch seit Jahren eine Duldung bekommen. Sie hätten vorbereitet sein müssen, dass das nicht endlos so weitergeht.«

Julia spürte, wie ihre Gesichtsfarbe wechselte. »Dafür, dass sie sich hätten vorbereiten können, hat sich herzlich wenig geändert. Oder denken Sie, dass sie jetzt im Libanon sicherer sind, als zu irgendeinem früheren Zeitpunkt?«

»Was ich denke, steht hier nicht zur Debatte. Es gibt einen Beschluss. Der ändert sich auch nicht, weil Ihnen das jetzt in den Kram passt.« Mit der Falte zwischen den Brauen sah die Piotrowsky nicht mehr ganz so perfekt aus.

»Wir ermitteln in dem Todesfall von Rasid Chalid. Wir brauchen die Eltern hier.« Julia hatte das zwischen den Zähnen hervorgepresst und hörte selbst, wie schwach das klang.

Die Piotrowsky atmete ein und widmete sich wieder der Akte. »Wie ich von Ihrem Kollegen, wie heißt er noch mal, weiß, haben Sie die Eltern schon befragt. Es gibt also keinen Grund ...«

»Wir möchten sie, oder zumindest Frau Chalid, noch einmal hören.« Die konnten die Mutter doch nicht vor der Beerdigung des Jungen ausweisen.

»Das ist kein hinreichender Grund, es sei denn, Sie geben mir die Bestätigung des Richters, dass sie als Zeugin unabkömmlich ist.«

Die hatte Julia nicht. Noch nicht. Und sie hegte Zweifel, dass sie sie bekommen würde.

»Wie würden Sie das finden, wenn man Sie abschieben würde, während die Leiche Ihres Kindes im Leichenschauhaus liegt?«

»Ich habe keine Kinder. Und vor allem habe ich keine Zeit mehr. Die Chalids sind wirklich nicht der einzige Fall, den ich zu bearbeiten habe.« Sie verbesserte sich: »Hatte. Auf Wiedersehen, Frau Morgenstern.«

»Dann sollten Sie sich vielleicht welche anschaffen, damit Sie kapieren, dass …«

Die Piotrowsky sprang auf. »Jetzt reicht's. Ich arbeite hier bis zur Vergasung, und Sie stehlen mir die Mittagspause. Raus jetzt!« Nun sah sie gar nicht mehr perfekt aus. Julia erhob sich und ging langsam nach draußen. *Vergasung* hallte nach. Auf dem Flur wurde ihr schlecht.

In Bayers Wohnung war es brüllend heiß.

»Kommen Sie schon. Ich warte auf Sie.« Heute trug er ein weißes, oder fast weißes, Hemd und die obligatorische Cordhose. Julia riss sich die Jacke vom Leib. In dem Wohnzimmer mussten an die dreißig Grad herrschen. Sie warf sich in einen der Sessel und bat um ein Glas Wasser. Die Bücherstapel schienen höher geworden zu sein, ummauerten die Luft oder das, was der Ofen davon übrig gelassen hatte.

»Was haben Sie eigentlich mit den ganzen Büchern vor?«, fragte Julia. Und wo kommen die alle her?

»Sie haben sich so angesammelt mit der Zeit«, beantwortete er ihre nicht gestellte Frage, setzte sich ebenfalls und legte den Kopf schief. »Jetzt müsste erst einmal entschieden werden, was zu tun ist.«

»Sie sagen, wo die Bücher hin sollen, und ich trage sie hin.«

»Schleppen oder reden?«

»Ich dachte …«

»Da ist ein bisschen was durcheinander geraten. Stefan Fels hat Sie zu mir geschickt wegen einer Therapie. Es wäre schon ganz gut, wenn wir erst klären, ob sie stattfinden soll oder nicht.«

»Zahlt das denn die Krankenkasse?«

»Haben Sie nicht einen Antrag unterschrieben?«

Hatte Julia, jetzt erinnerte sie sich.

»Den schicke ich weg. Zuvor können Sie fünf Probestunden in Anspruch nehmen. Also was?«

Es war nicht so, dass Julia nicht genug auf dem Herzen gehabt hätte, um es endlich irgendwo zu lassen, nur …

»Normalerweise kommt man mit den Dingen zurecht. Manchmal auch nicht. Dann ist ein Gegenüber nicht ganz verkehrt.«

Das stimmte schon, aber …

»Sie müssen nicht. Sie können. Wenn Sie wollen.« Bayer wartete.

Julia zog den Hefter mit Isaacs Aufzeichnungen aus der Tasche. »Ich weiß nicht, warum ich ausgerechnet jetzt wieder daran denken musste. Ich habe lange nicht daran gedacht und auch nicht hineingeschaut. Und jetzt träume ich sogar davon. Therapeuten sind doch ganz scharf auf Träume, oder?«, fragte sie und lehnte sich zurück. Könnte mal jemand das Fenster aufmachen? Sie legte den Hefter auf den Tisch zwischen ihnen.

Bayer lachte. »Genau. Wir lieben Träume, und Mutter ist immer schuld.« Dann wurde er ernst. »Was hat es damit auf sich?«

»Lesen Sie.«

Er rührte sich nicht. Nach einer Weile, in der es Julia vorkam, als habe jemand einen Korb Holzscheite auf das Höllenfeuer gelegt, sagte er: »Das kann ich nicht.« Die Worte hakten sich fest in der Luft. »Nicht mehr«, fügte er hinzu, und als er aufblickte, nahm Julia zum ersten Mal die grauen Pupillen wahr.

Er drehte ihr die Schulter zu und kramte auf dem übervollen Tischchen herum. »Ich will keine Operation, wissen Sie?« Er fand seine Zigarillos, stand auf, öffnete endlich das Fenster und zündete sich einen an. Kühle Luft strömte herein. Julia atmete. Bayer lief zwischen den Bücherstapeln auf und ab und fand schließlich eine Kiste mit CDs, suchte eine heraus, die er in den Player schob.

»Ella Fitzgerald.« Dann setzte er sich wieder, rauchte. »Ich habe Angst davor.«

Julia schwieg. Sie hätte auch Angst. »Feeling« spielte in einer uralten Version. Sie saß da, hörte Ella zu, nahm dann den Ordner und las vor.

Leipzig, den 2. Juli 1943

Die Kirchners haben mich aufgenommen. Ausgerechnet! Das hätte ich ihnen nie zugetraut. Die großartigen Kirchners! Ihr Pelzgeschäft neben meiner Buchhandlung läuft ganz gut, trotz der schwierigen Zeiten. Die Buchhandlung steht immer noch leer. Was sollen diese Deppen und Vandalen auch mit Büchern?

In der Nacht hat mich Karl Kirchner mit dem Wagen abgeholt und in seine Villa in der Sedanstraße nahe dem Rosental gebracht. Eigens für mich haben sie einen schmalen Raum hinter der Bücherwand ihrer Bibliothek abgetrennt, mehr einen Verschlag, der ein Bett, einen Waschtisch mit Waschschüssel, einen Stuhl und einen Nachttisch enthält. Es musste schnell gehen, hat Grete gesagt und sich beinahe entschuldigt für den geringen Komfort.

Ich bin gerade zwei Tage hier. Die Sonne fehlt mir jetzt schon. Aber lange kann der Wahnsinn nicht mehr dauern. Wenn die Menschen erst begreifen, was der Kretin mit Bärtchen ihnen antut, werden sie ihm nicht mehr folgen. Sie werden aufstehen und sich gegen ihn wenden. Sie werden die Waffen niederlegen und zu ihren Frauen und Kindern zurückkehren. Und sie werden sich schämen. Die Sache mit dem Klo ist schwierig. Einmal am Tag kommt Grete und räumt den Eimer weg. Es ist mir peinlich, aber ich kann nichts tun. Ich kann sowieso nichts tun, bis alles vorbei ist. Ich bedanke mich jedes Mal, wenn sie kommt. Aber sie sagt, nicht der Rede wert, und bringt mir Bücher. Das ist der einzige Vorteil an meinem Gefängnis. Ich kann so viel lesen, wie ich will.

Julia sah Bayer an, der mit geschlossenen Augen zugehört hatte und in seinem eigenen Gefängnis saß.

»Was ist aus ihm geworden?«, fragte er.

Statt einer Antwort las Julia weiter:

Leipzig, den 2. August 1943

Den ganzen Tag habe ich bei künstlicher Beleuchtung gelesen. Die Augen schmerzen. Ich bräuchte meine Brille, die in der Schublade unter der Kasse liegt. Ich werde Grete nicht bitten, sie zu holen und Johanna sowieso nicht. Sie haben schon viel zu viel für mich getan. Die Tage wollen nicht vergehen. Irgendwann muss das doch alles ein Ende haben. Die Gestapo war bei Johanna und hat nach mir gefragt. Sie war frech und hat gesagt, dass die Herren am besten wissen müssten, wo ich sei. Dann sind sie abgezogen. Aber ich weiß, dass sie wiederkommen. Sie haben mich einmal gehabt und werden mich suchen, bis sie mich finden.

Wenn ich nur weg könnte, überhaupt etwas tun könnte. Ich habe Johanna gebeten, sich scheiden zu lassen. Sie will nicht, sie ist schwanger. Was soll nur werden? Bald wird das Bare alle sein, und die Konten sind konfisziert. Die Simons haben sich auch nicht scheiden lassen, sagt Johanna. Aber die Simons haben sie abgeholt. Wer weiß, ob sie noch leben. Man hat so viel gehört von denen, die nicht wiedergekommen sind. Die Kirchners geben sich alle erdenkliche Mühe, mir eine Freude zu machen. Wenn ich sie frage, ob sie was wüssten, schweigen sie. Vielleicht wissen sie nichts. Aber würden sie mich dann verstecken? Ich kann nicht mehr schreiben. Die Augen!

Nachdem Julia geendet hatte, sang Ella »The man I love.« »Das war eine schlimme Zeit.« Er nickte und Julia schien es, als träten eigene Erinnerungen hinter seine trüben Augen.

»Warum haben Sie den Text mitgebracht?«

»Sagen Sie es mir.«

»Weil Sie Ihren Großvater mochten?«

Wahrscheinlich hätte sie diesen sanften Mann mitsamt seinem Bauch und seinen Büchern gemocht, wenn sie Gelegenheit dazu gehabt hätte. Statt auf die Frage zu antworten, versicherte sie sich noch einmal Bayers Verschwiegenheit und erzählte dann von Rasid und seinen Eltern.

»Ich kann da nicht weitermachen. Auf die Dauer«, sagte sie.

»Aber Sie müssen?«

Julia nickte.

»Dann müssen Sie das tun.« Er steckte sich einen neuen Zigarillo an und hustete.

»Aber ich kann doch nicht … wenn es so etwas gibt.«

»Sie wollen, dass es gerecht zugeht.«

»Sicher. Wer will das nicht.«

»Gegen Illusionen kann man nichts machen.«

»Aber …«

»Als sie sich vom Halse zu schaffen.«

»Wir leben in einer Demokratie.« Julia war überzeugt, dass sie funktionierte.

»Was hat das eigentlich mit den Bildern zu tun, die Sie immer wieder quälen«, fragte Bayer, und: »Haben Sie sich nun für eine Therapie oder fürs Bücherschleppen entschieden?«

Sie überlegte und spürte ihre Gesichtsmuskeln. »Sie arbeite bis zur Vergasung, hat die Tussi von der Ausländerbehörde gesagt.«

Bayer erhob sich erneut, lief zu einem der Stapel und kniete nieder. »Kommen Sie. Hier muss es sein. Ich kann es doch nicht richtig sehen.«

Was hatte er denn jetzt wieder? Seufzend hockte sie sich neben ihn. »Was suchen Sie?«

Er kniete sich hin und räumte die oberen Bücher auf den nächsten Stapel, nahm ein Buch und hielt es hoch. Ein dünnes Bändchen. Er hielt es eine Armlänge von sich, kniff die Augen zusammen.

»Ist es das?«

»LTI, Lingua Tertii Imperii, Victor Klemperer.« Julia sah fragend auf.

»Lesen Sie das.« Er hievte sich hoch. So leicht wie sein Gang war, so schwer fiel ihm das Aufstehen. »Immer bleibt etwas haften in der Sprache. Und jetzt helfen Sie mir endlich, dieses Zeug hier herauszubringen.«

Sie drehte das betagte Reclam-Bändchen in der Hand. Die Sprache des dritten Reiches hatte ihr gerade noch gefehlt, aber sie wollte nicht unhöflich sein. »Therapie *und* Bücherschleppen?«

»Vielleicht kann Ihnen ja das ein oder andere Buch hilfreich sein.« Die Fältchen neben seinen Augen vertieften sich.

Irgendwie hatte sie sich eine Psychotherapie anders vorgestellt.

»Die Couch habe ich abgeschafft, als ich Platz für die Bücher brauchte«, sagte er.

»Wo sollen die denn nun hin?«

»Nach draußen.«

»In den Regen?«

»Nein. In den Hänger, über den Sie gestolpert sein müssen. Das Kloster Gerleve nimmt sie für den Bücherflohmarkt. Wer will heute schon noch alte Bücher?« Bayer griff sich einen Stapel. »Außerdem habe ich die Vorstellungen, die auf der Couch zu Hause waren, gleich mit abgeschafft.«

Julia nahm ebenfalls einen Packen Bücher. »Die da wären?«

»Dass alle Probleme nur den fehlgeleiteten Trieben zuzurechnen seien. Da haftete mir zu viel eigene Schuld dran. Ich habe es nicht so mit der Schuld, wissen Sie.«

»Sondern?«

Bayer ächzte leise hinter ihr. Sie hielt ihm die Tür auf.

»Mit der Verantwortung.«

Tatsächlich stand ein Anhänger für einen PKW rechts in der Einfahrt, den Julia übersehen hatte.

»Was stellen Sie in die Regale, wenn die Bücher weg sind? Neue Bücher?«

»Nein. Ich ziehe weg.«

20

Der Trecker war langsam. Ich nicht. Ein Seitenweg. Ich riss das Lenkrad herum, wich aus und spürte, wie der Benz holperte, einsank und auf die Seite schwankte. Eine Unendlichkeit später stand er. Ich blickte ins Grün und hoffte darauf, dass der Hubschrauber in meinem Inneren zur Landung ansetzte. Als seine Rotoren stillstanden und nur noch der Motor dröhnte, zitterte ich die Kappe von der Flasche und trank. Es regnete nicht und es war trotzdem passiert. Es gab keinen Schutz, nirgends, nie. Ich trank noch einen Schluck und wartete die Wirkung ab. Viele Stunden lag der letzte Drink zurück, und ich musste mich einige weitere Schlucke und eine ganze Zeit gedulden.

In den Nachrichten wurde vor dem Herannahen einer neuen Unwetterfront gewarnt. Der Moderator kündigte einen Blues an, »I'm a lonely man«, Südstaatenhitze aus dem Radio. Ich stieg aus und versank im Matsch, rutschte aus, fing mich aber. Das rechte Vorderrad hing in der Luft über einem bis zum Rand gefüllten Graben, das Hinterrad steckte fest, was ein Glück war, denn andernfalls läge der Wagen in dem Graben. Nein, von Glück konnte nur bedingt die Rede sein, denn ich konnte nicht erkennen, wie ich ihn aus dieser Lage befreien sollte. Im Radio idiotischerweise Phil Collins, »No way out«. Der Treckerfahrer hatte nicht einmal einen Blick in den Rückspiegel geworfen, war einfach hinter der Kurve weitergetuckert. Vielleicht auch besser so.

Ich steckte die Flasche in die Jackentasche. Wenige Meter weiter machte die Straße erneut eine Biegung, auf ihrem Scheitel zweigte eine asphaltierte Zufahrt auf einen Parkplatz ab. Ich hörte einen Wagen und drückte mich in die Büsche. Es nieselte wieder. Ein tropfenbeperlter Audi A6 bremste und bog ab, kurz darauf ein Golf eins, currywurstfarben. Der Parkplatz lag im Wald, umgeben von Sträuchern und jungen Kiefern. Möglichst unauffällig näherte ich mich und hoffte, dass niemand das Geräusch hörte, das der Schlamm beim Gehen in meinen Schuhen machte.

Aus dem Golf stieg eine junge Blonde, aus dem Audi ein Typ, der ihr Vater hätte sein können. Er hielt ihr die Tür auf, und sie schlüpfte in den Wagen. Sonst passierte nichts, außer dass der Regen kräftiger wurde und mein T-Shirt durchnässte. Ich sollte die Kleider wechseln, und eine Dusche wäre auch nicht schlecht, nur war jetzt nicht die Zeit dazu. Wann hatte ich eigentlich zum letzten Mal geduscht? Ich könnte die beiden um Hilfe für den Wagen bitten, vielleicht hatte der Audifahrer ein Abschleppseil dabei, oder die Blonde, denn ihr Auto schien gefährdeter, eines zu brauchen. Genau, ich würde sie fragen. Was stand ich hier eigentlich herum? Ich schob Zweige zur Seite, befreite mich aus dem Waldboden und wollte den Weg hinauf, als ich merkte, wie schmal er war. Meine Beine führten ein Eigenleben, obwohl mein Kopf ganz klar war. Ich kannte das, zu viel Wodka, zu schnell getrunken.

Also zurück zum Benz, in dem sie auf mich wartete. Aber würde nicht irgendein fürsorglicher Mitbürger den Rettungswagen und die Polizei rufen? Wenn das nicht schon geschehen war. Entsetzliche Vorstellung. Sie würden eine Alkoholkontrolle machen. Ich brauchte meinen Führerschein. Auf dem Lande war man amputiert, wenn man keinen hatte. Außerdem musste ich in den nächsten Tagen nach Köln zu einem Meeting mit der Produktionsfirma, meine Anwesenheit wurde erwartet. Und ich freute mich darauf. Wann war das noch mal? Mittwoch. Mittwoch, richtig. Morgen. Bis dahin gab es noch jede Menge Arbeit. Ich musste nach Hause. Dieser Scheißurlaub. Ich hielt mich an dem Stamm einer jungen Birke fest, atmete durch. Plötzlich hörte ich, wie der Audi startete und rettete mich ins Gebüsch. Sie fuhren im Schritttempo vorüber, hielten, bevor sie auf die Straße einbogen. Ich sah, wie sie sich küssten. Die würden meinen Benz nicht entdecken, wenn er ihnen den Weg versperrte. Ich ging weiter in Richtung Parkplatz. Als ich mich umdrehte, waren sie weg.

Der Golf stand verlassen und, wie ich mit einem Handgriff feststellte, verschlossen. Es war nicht das erste Mal, dass ich ein Fahrzeug benutzte, das mir nicht gehörte. In der Zeit mit Toni damals hatten wir das öfter getan. Nie hatte jemand etwas gemerkt. Nur einmal. Aber wir waren nicht in Verdacht geraten, und die Autos hatten keine Schramme abbekommen. Wir hatten sie nur für ein paar Spritztouren geborgt oder als Unterschlupf mit einem Mädchen, wenn das Wetter schlecht war. Es war keine große Sache, die Fahrertür zu öffnen und das alte Möhrchen zu starten. Trotzdem stand mir der Schweiß auf der Stirn, als der Motor lief. Ich wusste nicht, wie viel Zeit ich hatte, bis sie wiederkamen oder bis der besorgte Mitbürger am Benz eintreffen und die Räder der Institutionen in Bewegung setzen würde. Das Parfüm der Blonden hing noch in der Luft.

Als ich am Benz ankam, prasselte der Regen und schoss die Straße hinab. Mir kam es vor, als sei das Wasser im Graben gestiegen. Kein Mensch weit und breit.

Es musste sein, Honey, sagte ich, nachdem ich umgepackt hatte, tropfnass auf dem Fahrersitz hing und den Golf eine schnurgerade Allee entlangsteuerte. Sie fragte nicht, woher ich den Wagen hatte. Sie fragte nie, solange sie bei mir sein konnte, und ich tat, was getan werden musste. Jetzt musste ich uns nach Hause zurückbringen. Und dort? Was erwartete sie dort? Von mir. Und von allem …

Ein Straßenschild verwies auf die Autobahn, die ich gern genommen hätte, aber besser mied. In ein paar Stunden wäre ich zu Hause. Die Flüsse waren auch kein Weg mehr. Am besten, ich fuhr an den Rand und orientierte mich auf der Karte. In dem Golf hatte sich kein Navi gefunden. Wahrscheinlich wohnten die beiden in einem nahegelegenen Kaff, arbeiteten im Büro der Gemeindeverwaltung und trafen sich von Zeit zu Zeit auf einem Parkplatz, um dann ein stilles Plätzchen zu suchen. Ich konnte nur hoffen, dass sie sich Zeit ließen und der Abschleppwagen, den ich über ihr Handy angerufen hatte, eintreffen würde, bevor sie zurück wären, um den Verlust ihres Golfes zu bemerken. Wenn sie sich hier begegneten, wäre schnell ein Zusammenhang hergestellt.

»Later on«, sang jemand, und ich stellte endlich das scheppernde Radio ab. Ruhe, endlich Ruhe, sonst würde ich verrückt werden. Oder war ich schon paranoid, dass das Radio mir Botschaften sandte? Das hatte es schon einmal getan ...

Den ersten Pott Kaffee hatte ich mit an den Schreibtisch genommen. Honey rief an und sagte, sie komme nicht. Es sei spät und lohne sich nicht, wenn sie in ein paar Stunden wieder arbeiten müsse. Neuerdings blieb sie immer öfter bei ihrem Vater, in einem Zimmer, das eingerichtet war wie für eine Zwölfjährige, rosa Vorhänge und Diddelmäuse. Auf meine Frage, wie sie es da aushielte, zuckte sie mit den Schultern. Ich war ihrem Vater einmal begegnet und war nicht scharf auf ein zweites Mal. Ein Schauspieler angeblich. Einer, der sich monatlich beim Amt melden musste. Wahrscheinlich war sein Kühlschrank immer leer, sie war schlanker geworden. Und irgendetwas war mit ihren Augen passiert. Es war, als habe die Farbe gewechselt. Oder die Tiefe. Oder das Glitzern darin. Und neuerdings trug sie Röcke, die über dem Knie endeten.

Im Radio lief Frank Sinatra »I'll be seeing you«. Mein Herzschlag beschleunigte sich. Ich fuhr den Rechner hoch. Eine E-Mail blinkte. Thetis. Anfangs fand ich es albern, dass sich die Bloggerin hinter dem Namen einer Gottheit versteckte. Doch je besser ich sie kennenlernte, umso plausibler erschien mir ihr Name. Thetis, das personifizierte Wasser. So schrieb sie auch. Seit ich wieder mehr allein war, tauschte ich

Mails mit ihr. Ich war bei einer Recherche über ihren Blog gestolpert und erstaunt gewesen, was sie an Material zusammengetragen hatte, das ich brauchen konnte. Sie war Expertin in griechischer Mythologie.

Thetis traf ich vornehmlich nachts und mit wachsender Begeisterung. Manchmal tranken wir Wein zusammen, sie in Hamburg und ich in Coesfeld. Wir redeten über Poseidon, Ladan, Aidos und Hybris. Manche Nächte waren übervoll von E-Mails, Worten wie Sand, manchmal Treibsand. Sie verstieg sich in Göttergeschichten, verstrickte sich in Mythen und mich in Metaphern, dass mir schwindlig wurde. Es kam mir vor, als möchte sie mich. Dann schrieb sie zwei Wochen nicht, und ich glaubte, ich hätte mich geirrt. Oder ich dachte, ihr Fallschirm habe sich nicht geöffnet und ich würde nie davon erfahren, wenn sie tot wäre. Das Fallschirmspringen ließ sie sich nicht ausreden, es war ihre zweite Leidenschaft. In solchen Wochen starrte ich abwesend auf die Stelle, an der das Zeichen für ihre Mails blinken müsste, bis ich zum Essen gerufen wurde.

Sie redete beim Essen, viel. Wie sie etwas gewürzt hatte, wo das Gewürz herkam, wer ihr das Rezept gegeben hatte. Sie aß wenig. Als ich an einem solchen Abend mit ihr schlief, entdeckte ich ihre Hüftknochen.

Am Morgen darauf: Thetis. Ein Treffen der *Mythos-Blog-Fans* war geplant. Interessant, schrieb ich zurück, dann plauderten wir ein paar Tage.

In diesen Phasen kam meine Arbeit gut voran und das Leben fühlte sich leicht an, obwohl ich nicht vom Rechner wegkam, wegen der Abgabetermine. Seit kurzem hatte ich einen neuen Auftraggeber. Über die Vermittlung eines Bekannten hatte ich bei einer daily soap einsteigen können. Jede Woche musste ein Drehbuch für eine Episode fertig sein, aber ich schaffte so ein Teil in zwei Tagen. Selten und wenn die Küche kalt und ich sehr hungrig war, ging ich bei Toni vorbei. Ihm erzählte ich von Thetis, und er sagte, du spinnst. Du hast eine Freundin. Internetbekanntschaften sind doch Blödsinn.

Nach solchen Gesprächen antwortete ich nicht auf die Mails von Thetis, bis sie jammerte, dass ich das nicht machen könne, oder schimpfte oder mich verwünschte. Lange hielt ich das nie aus, im Stillen bat ich um Verzeihung, aber ich schrieb es nie. Ich wollte nicht verraten, wie sehr ich an ihr interessiert war. Außerdem kannte ich sie gar nicht, nicht ihr Haar, nicht ihre Haut und wusste nicht, wie sie roch.

Nur ihr Bild hatte ich gesehen. Sie hatte es auf einer Socialnetwork-Plattform eingestellt. Als ich es entdeckte, blieb mir die Luft weg. Brünettes Haar, volle Wangen, Augen wie Brunnen im Eisenerz. Honeys Schwester. Honey hatte keine Schwester. Ich las, was sie postete, Göttergeschichten, Mythen, wie sie mit anderen stritt oder lachte. Regelmäßig gegen Mitternacht stellte sie Musik-Postings ein.

Ich selbst postete selten etwas. Was sollte ich auch erzählen? Dass ich allen einen guten Morgen wünschte? Dass das Wetter schon wieder schlecht war? Dass ich gerade meinen Kater versorgt hatte? Abgesehen davon, dass ich Katzen hasste, wäre mir nichts dergleichen in den Sinn gekommen. Also schwieg ich.

Irgendwann fing ich an, mir die Postings von Thetis näher anzusehen. Die Auswahl umfasste die gesamte musikalische Palette, Pop, Jazz, Rap, Klassik, Kinderlieder und was noch alles. Das meiste kannte ich nicht. An einem Tag, an dem sie wieder schwieg, fand ich auf ihrer Seite einen Titel von einer Rockgruppe namens *System of a Down*. Er hieß *Lonely Day*, und ich fühlte mich seltsam angesprochen, was natürlich Unsinn war, doch das Gefühl hielt bis in den Schlaf und weckte mich in der Frühe.

Ich surfte eine Weile im Netz und suchte. Oder nicht? Ich war nicht sicher. Aber wann war ich das schon? Ein ziemlich schmalziger Song mit einem interessanten Titel kam mir unter, und ehe ich darüber nachgedacht hatte, klebte er auf meinem Profil: *I'd really love to see you tonight.* An diesem Morgen musste ich nicht lange auf ihre E-Mail warten. Dass sehr bemerkenswerte Freaks bei dem Treffen erscheinen würden, schrieb sie. Wenig später hörte ich *Take this way*, eine Aufnahme, die Thetis wie die meisten Stücke über *You tube* gefunden hatte, eine grauenhafte Musik, die meinen Herzschlag steigerte. Einige ihrer Bekanntschaften diskutierten den Rhythmus. Ich grübelte. War ich verrückt? Paranoid? Ich probierte es aus und postete einen Rap: *I don't know*.

Honey backte Quarkkuchen mit Pflaumen, brachte mir ein Stück, lächelte entfernt und setzte sich zu mir, während ich am Rechner schrieb. Ich wartete auf eine Mail von Thetis. Mir zerriss es die Brust vor Anspannung. Ich konnte keinen klaren Gedanken fassen.

»Hau endlich ab.«

»Spinnst du jetzt komplett?« Sie wich zurück. »Ich sitze hier und mache nichts.«

»Eben. Hau ab und mach was.«

Aber sie blieb sitzen. Eine Minute oder zwei. Dann riss ich sie an der Jacke hoch, drängte sie in die Küche und schloss die Tür ab. Sie trommelte dagegen, rüttelte an der Klinke.

»Hast du 'ne Macke? Mach auf, verdammt!«

Ich setzte mich wieder an den Rechner und hörte Töpfe auf den Boden scheppern und Geschirr zu Bruch gehen. Kein Blinken, keine Mail. Ich wartete, während sich die Küche in den Hades verwandelte. Keine Mail. Nach zwanzig Minuten: *My hope is you*. Nein, ich war nicht verrückt. Thetis sprach mit mir. Wie besessen suchte ich, fand einen Link, verwarf ihn, suchte erneut und postete *Dein ist mein ganzes Herz* von Heinz Rudolf Kunze. Nachdem es in der Küche still geworden war, lud Thetis *Missing you* mit der Stimme von Tina Turner hoch.

Das Treffen der Mythos-Blogger sollte am Samstag stattfinden. Bis zum Montag darauf mussten das Drehbuch und der Großteil vom Spiel stehen. Das schaffte ich nie und nimmer, zu lange hatte ich tatenlos auf den Monitor gestarrt. Ich lehnte mich zurück. Sinnlos. Ich hörte, wie etwas in mir klirrte. Dann noch einmal. Tatsächlich kam das Geräusch aus dem Nebenraum.

Ich schloss die Tür auf und betrat das, was einmal unsere Küche gewesen war, sie mitten darin, den linken Arm bis zur Ellenbeuge aufgeschlitzt. Zwei ihrer Messer lagen am Boden, ein drittes hielt sie in der Hand. Ihr Blick war leer, das Gesicht verwüstet. Nur kurz, dann bemerkte sie mich und schoss mit dem Messer auf mich zu. Blitzschnell wich ich aus, nicht schnell genug, spürte ein Brennen im Arm. Ich schlug ihr ins Gesicht, sie stürzte und blieb liegen. Dann weinte sie.

Es dauerte lange, bis wir aufgeräumt hatten. Ich trank Brandy und gab ihr ein Glas ab, das sie diesmal dankbar annahm. Sonst trank sie selten. Die meiste Zeit schwiegen wir. Bevor sie zu Bett ging, stand sie eine Weile in der Tür, den Rücken mir zugewandt. Wenn ich jetzt das Messer nähme …

»Ich hasse dich«, sagte sie.

Ich legte die Karte auf ihren Schoß, gönnte mir noch einen Wodka und fuhr endlich weiter durch den Regen.

21

»Kommst du mal irgendwann wieder oder machst du Feierabend?«, fragte Conrad am Telefon.

»Ich habe schon Feierabend.« Julia zog ihre nasse Jacke aus und hängte sie sorgfältig auf einen Bügel im Flur. Die Feuchtigkeit der letzten Tage lag in den Räumen.

»Ich auch. Aber es gibt was Neues. Willst du es wissen?«

»Nein.« Sie wollte gar nichts mehr wissen. Für diesen Tag hatte sie genug. Früher war das anders gewesen. Sie hatte ihren Job gemacht und war abends ausgegangen und nicht schon am Nachmittag erschöpft gewesen.

»Ich sage es dir trotzdem.«

Das hätte sie sich gleich denken können. Sie klemmte das iPhone zwischen Schulter und Ohr und bereitete Kaffee.

»Ich habe einen Zeugen gefunden.«

Julia hörte geradezu, wie er auf ihre Begeisterung wartete.

»Aha.«

»Interessiert dich nicht.«

»Doch. Schon.« Er würde es ihr ohnehin sagen, und es war ja auch wichtig. Und es interessierte. An sich. Doch. Ja. Die Kaffeemaschine machte wohlige Geräusche. Wenn nur dieser Dunst nicht wäre, durch den sie ihre Aufmerksamkeit lenken musste und der sie umhüllte und einschloss. Oder ausschloss? Wenn der nicht wäre …

»Bist du noch dran, Julia?«

»Ja, ja.« Sie holte Luft für den Rest des Gespräches. »Also, wen hast du gefunden?«

»Am Telefon lässt sich das nicht so gut erklären. Am besten, du kommst …«

»Keinesfalls.« Sie warf einen Blick durchs Fenster und auf den Regen da draußen. »Ich gehe nirgendwo mehr hin.«

»Also gut. Ich komme.«

Während sich Julia Kaffee einschenkte, nagte das schlechte Gewissen. Conrad hatte eine ganz ordentliche Gehirnerschütterung hinter sich und sie jammerte wegen ihrer Befindlichkeitsstörungen. Ihr Gewissen raffte sich auf und holte Rosinenschnecken und Puddingteilchen von der *Bäckerei Braun*. Conrad wartete schon vor dem Haus, als Julia zurückkam.

»Es tut mir leid«, sagte sie und hielt ihm zur Versöhnung das Kuchenpaket hin. Er nahm es entgegen, das Papier weichte auf, und sie flüchteten ins Haus.

»Erzähl«, sagte Julia, nachdem sie Kaffeetassen und Kuchenteller auf dem Küchentisch verteilt und sich niedergelassen hatte. Conrad sah müde aus, Schatten unter den Augen, Blässe.

»Ich habe endlich diesen Felix Segbert erwischt. Er hat mal zu Hause vorbeigeschaut. Gibt wohl ziemliche Probleme mit dem Jungen.«

»Ja, ja, das weiß ich doch, Jugendamt und so. Was hat er gesagt?«

»Ich musste die Mutter wegschicken, die dauernd dazwischenquatschte, und ihm ein bisschen Dampf machen. Dann rückte er raus, dass da drei Typen aus der Schule die jüngeren Kids abziehen. Das Taschengeld erpressen, Handys, Klamotten, auch mal draufhauen, wenn die sich wehren, oder die Geschwister schikanieren. Bisher hat keiner von denen was gesagt.«

»Und? Namen?« Das war immerhin ein Anhaltspunkt. Vielleicht war so eine Erpressung einmal böse ausgegangen. Bei Rasid. Und bei Conrad. Der Verband klebte immer noch auf seiner Stirn.

Conrad nickte. »War nicht ganz einfach. Felix schien wirklich Angst zu haben. Die Namen der Jungs stimmen mit den Angaben aus der Schulleitung nicht überein. Von Rasids Tod wusste er noch nichts. Ich habe es ihm auch nicht gesagt.«

Das hätte Julia auch nicht gekonnt. Conrad legte einen Zettel mit den Namen auf den Tisch und schaute, als wäre das noch nicht alles.

»Nun sag schon.« Julia nahm sich die zweite Hälfte von der Rosinenschnecke, nachdem Conrad auf ihren fragenden Blick hin den Kopf geschüttelt hatte, und trank einen Schluck Kaffee.

»Völlig unauffällige Schüler seien das, sagt der Schulleiter, und dass er sich nicht vorstellen kann, dass die so was machen.«

»Da sieht man's mal wieder.« Sie kaute.

»Ich hab sie mir angeguckt, als die Schule vorbei war, und bin ihnen gefolgt. Was glaubst du, was passiert ist?«

»Conrad!«

»Wenn ich mich nur erinnern könnte.« Er vergrub den Kopf in den Händen.

Dann sah er auf. »Ach, egal. Wir müssen es eben anders herausfinden. Die drei haben jedenfalls einen vielleicht Zwölfjährigen in die Mangel genommen. Wirkte alles sehr eingespielt. Den Langsamsten von ihnen hab ich am Schlafittchen gekriegt, die anderen sind mit ihren Rädern weg.« Nach einer Pause brummelte er: »Bin noch nicht so gut in Form.«

»Ja, nee, ist klar. Du gehörtest ja eigentlich ins Krankenhaus.«

»Hör auf und komm mit.«

Was hatte er jetzt wieder vor? Julia lehnte sich demonstrativ zurück und hob in aller Ruhe ihre Tasse.

»Ich hab ihn zu Hause abgeliefert, Drama bei der Mutter, und gesagt, dass ich wiederkomme. Nur will ich den Jungen nicht alleine befragen.«

»Frauen und so.«

»Na ja. Komm mit, ja?« Hundeblick. Dagegen war Julia wehrlos. In solchen Momenten bedauerte sie, dass sie kein Paar geworden waren.

Er knallte die Tasse auf den Tisch und sprang auf. »Na, los jetzt. Raff dich auf.«

In anderen Momenten nicht.

Das Haus, in dem Tobias Mensing wohnte, lag etwas zurückgesetzt von der Dülmener Straße. Der Anstrich war verwaschen und die Haustür hätte erneuert werden müssen, drinnen bellte ein Hund. Die Frau in dem Jogginganzug, der schon bessere Tage gesehen hatte, aber nicht viel bessere, ließ sie durch einen dunklen Flur, in dem es nach Pommes frites von vorgestern roch, in ein ebenso dunkles Wohnzimmer. Eine Stehlampe brannte in der Ecke, und der Fernseher lief. Irgendwo in der Wohnung bellte der Hund weiter.

»Tobias«, schrie Frau Mensing, und Tobias erschien, nachdem sie es zweimal mit zunehmender Lautstärke wiederholt hatte.

Er war seiner Mutter wie aus dem Gesicht geschnitten. Das fand wahrscheinlich auch der Optiker, denn beide trugen ähnliche und wenig vorteilhafte Brillen. Der Junge warf sich schmollend auf das Sofa. Julia befürchtete, es würde unter seinem Gewicht nachgeben.

»Was haste wieder ausgefressen?«, herrschte die Mensing mit einer knappen Kopfbewegung in Conrad und Julias Richtung ihren Sohn an.

»Woher soll ich das wissen?«

»Wieder Scheiße gebaut, was?«

»Ich hab nichts gemacht.« Er verschränkte die Arme vor der Brust.

Die Mensing riss den Kopf herum: »Was wollen Sie von ihm?«

»Tobias erpresst mit zwei Freunden von anderen Schülern Taschengeld.«

Conrad war wie Julia nahe der Tür stehen geblieben. Ein guter Platz in dem engen Raum, der dringend hätte gelüftet werden müssen. Es hätte noch die Möglichkeit gegeben, sich zu setzen, aber davon hatte Julia wegen der hygienischen Bedingungen keinen Gebrauch gemacht.

»Stimmt das, Tobi?« Ihr Kopf schwang wieder herum, und sie kniff die Augen hinter den Brillengläsern zusammen.

»Wir machen gar nichts«, schmollte der Junge und wischte sich die Hände an der deutlich zu engen Hose ab.

»Ich habe euch dabei gesehen, Tobias. Abstreiten hilft jetzt gerade nichts.«

»Sach ma, spinnst du? Warte nur, wenn dein Vater ...« Das Gesicht der Mensing rötete sich bedrohlich.

»Wer sind die anderen beiden? Und wo sind sie?«, schnitt Conrad ihr das Wort ab. Er wollte eine Bestätigung von dem Jungen.

»Ich verpfeife doch keinen.«

»Wir können deine Lehrer ...«

»Oder Klassenkameraden ...«, warf Julia ein.

»... fragen, mit wem du zusammenhängst und wo deine Kumpels zu finden sind. Irgendwer sagt bestimmt was. Nicht alle halten die Klappe wie Rasid Chalid.«

Tobias blies die Lippen auf. »Rasid, der Verstrahlte.«

»Ist jetzt tot.«

Nur der Hund bellte. Die Luft stand. Frau Mensings Keuchen brach die Stille zuerst.

»Das wollen Sie doch wohl nicht meinem Tobias anhängen?«

»Von anhängen kann keine Rede sein. Wir ermitteln. Und wie wir erfahren haben, schlagen die Jungs auch schon mal zu. Stimmt's Tobias? So wie am Sonntag, oder?«

Gleichzeitig schnellten Mutter und Sohn von ihren Plätzen. Im Zimmer wurde es eng.

»Ich war das nicht«, brüllte der Junge, sein Doppelkinn vibrierte vor Zorn.

»Halt die Schnauze, Tobias«, brüllte die Mutter. »Und Sie ...« Sie piekte mit dem Finger ins Leere und hielt ihn zitternd in der Luft. Dann klappte sie den Mund auf und zu und setzte sich wieder. »Er ist ein guter Junge«, sagte sie zum Tisch, auf dem ein voller Aschenbecher stand.

»Kannst du mal den Hund abstellen?«, fragte Tobias. »Ich tu niemandem was. Henrik sagt immer …«

»Henrik, wer?«

»Henrik Reichert.« Die Ungeduld war ihm anzusehen. »Er sagt immer, dass ich sonst draußen bin. Ich will das gar nicht.«

»Ich sag ja, Tobias ist ein guter Junge. Er will das nicht. Heute hat er mir sogar die Flaschen weggebracht«, jammerte die Mensing.

»Wo finden wir Henrik Reichert und wo den dritten im Bunde?«

Tobias krachte wieder auf das Sofa. »Ich bin kein Verräter.«

»Hör mal, Tobias«, sagte Julia mit ihrer Ich-bin-die-liebe-Kindergartentante-Stimme und näherte sich dem Jungen so weit, dass sie seinen Schweiß roch. Zum Hinsetzen konnte sie sich nicht überwinden. »Ich verstehe gut, dass du zu deinen Freunden stehen willst. Aber Rasid ist an den Folgen der Schläge gestorben, die ihr ihm verpasst habt. Wer von euch ist dafür verantwortlich? Oder willst du allein vor Gericht stehen?«

Er hob den Kopf und sah verwirrt aus. »Aber das ist doch schon zwei Wochen her. Wie kann er dann … gestorben sein? Er war danach wieder in der Schule. Wir haben ihn nicht mehr angefasst. Er hat sich doch schon in die Hosen geschissen, wenn er uns nur von Weitem gesehen hat.« Kaum zu unterdrückende Häme erfasste seinen linken Mundwinkel.

»Halt endlich die Fresse, Tobi. Ab jetzt sagst du gar nichts mehr.« Die Mensing hievte sich hoch. »Nicht ohne Anwalt. Die haben uns noch nicht einmal über unsere Rechte aufgeklärt.«

Die hatte zu viel in die Glotze geguckt. »Vor zwei Wochen habt ihr ihn geschlagen?«, fragte Julia.

Tobias nickte.

Die Mensing holte aus und machte große Augen, eine Drohgebärde, die der Junge kannte. Er zuckte nicht einmal. »Du sollst nicht ...«

»Ich sach doch gar nichts.«

Aber als Conrad zwei, drei weitere Fragen stellte, erzählte er, was geschehen war. Die Mensing schimpfte eine Weile vor sich hin, winkte schließlich ab und ging nach draußen. Nun war Julia doch froh, dass sie Conrad begleitet hatte, als Zeugin der Aussage, falls es der Junge sich noch einmal anders überlegte. Henrik sagt, wo's langgeht, erklärte Tobias. Wir haben richtig fun mit ihm. Nur bei Rasid hat er vielleicht ein bisschen übertrieben.

Die drei hatten den Jüngeren über Wochen verfolgt und gedemütigt. Auch mal geschubst oder so, aber nie schlimm, beschwichtigte Tobias. Und dann hätten sie mit den Schläuchen angefangen. Mit welchen Schläuchen?, fragte Conrad. Henrik hatte die Idee, sie mit Sand zu füllen. Er hatte das mal im Fernsehen gesehen. Das tut ganz schön weh, aber man sieht keine blauen Flecken, hat er gesagt. Stimmte aber nicht. Rasid hatte wohl blaue Flecke. Aber ab da hat er uns immer sein Geld gegeben, ohne dass wir was gemacht haben, beteuerte Tobias.

Julia zog sich der Magen zusammen. »Und am Sonntag hattet ihr die Schläuche nicht dabei und habt mal so zugeschlagen?«

»Das brauchten wir doch gar nicht. Das sag ich doch gerade. Er hat sogar geklaut, wenn wir was brauchten. Aber diese Ausländer klauen ja alle.« Der Junge schien nicht über das mindeste Bewusstsein dafür zu verfügen, was sie Rasid Chalid angetan hatten, noch über irgendein anderes Bewusstsein. »Außerdem haben wir ihn am Sonntag gar nicht getroffen. Nie am Wochenende.«

Versteinert sagte Conrad: »Du würdest das, was du jetzt gesagt hast, unterschreiben?«

»Wie jetzt? Was hab ich denn gesagt? Ich bin kein Verräter.« Irritiert sah er von Conrad zu Julia und wieder zurück, bis sein Blick an Julia hängen blieb. Der Typ war blöd wie eine Kiste Schrauben. Er hätte ihr leid getan, wenn er nicht auch noch ein Drecksack gewesen wäre.

»Schon okay«, sagte sie. »Du musst nur das noch einmal erzählen, was du gerade erzählt hast. Deine Mutter will sich ja um einen Anwalt kümmern, der dich unterstützt.«

Vor der Tür schöpfte Julia Atem und war das erste Mal seit Wochen froh über den Regen. Langsam gingen sie die kurze Strecke zum Auto zurück. Sie spürte jeden Tropfen auf der Haut.

»Glaubst du ihm?«, fragte Conrad und sah sie von der Seite an. Die Vorstellung, dass dieser Vollhonk und seine Kumpel auch ihn niedergeschlagen haben könnten, musste ihm zu schaffen machen.

»Ja. Der ist zu dämlich für Lügen. Außerdem: So jung er ist, er ist eine miese Ratte.«

»Wenn das stimmt, sind wir so weit wie zuvor.« Conrad öffnete den Wagen und sie stiegen ein. Als er den Zündschlüssel umdrehte, kam *Lady Gaga* im Radio.

Julia schaltete ab. »Und jetzt?«

Er legte das Gesicht in die Hände.

»Kopfschmerzen?«

»Wird Zeit, dass ich nach Hause komme.« Er sah bleich aus.

»Soll ich fahren?«

»Mit meinem Auto?« Er legte den ersten Gang ein und fuhr los.

Als er Julia zu Hause absetzte, klingelte sein Handy. Sven. Er lauschte, nickte, lauschte, blickte zu Julia und sagte, ja, kann ich machen, aber ich weiß nicht, ob es ihr passt, und legte auf. Wieder rieb er sich die Stirn.

»Von dem Berge.«

»Was ist mit dem?«

»Der muss auch noch befragt werden.«

»Jetzt? Und warum kann Sven das nicht machen?« Der drückte sich wieder, ahnte Julia. Conrad bestätigte das mit einem Blick.

»Von dem Berge geht morgen in Urlaub.«

»Kommt er oder gehen wir hin?«

»Er kommt in die Dienststelle.«

»Und warum kann dann Sven nicht …«

»Ach, Julia. Das wird nichts. Kennst ihn doch. Er soll lieber telefonisch bei der Verwaltung vom Vincenz recherchieren, wer da die Entscheidung trifft, wenn jemand verlegt werden soll, wer denn nun die Kosten trägt, welche Rolle Von dem Berge im Krankenhaus spielt und so weiter. Das ist auch nützlich.« Conrad blinkte und fädelte sich in den Nachmittagsverkehr auf der Dülmener Straße ein.

Julia hatte einen Anfall von extremer Unlust, den sie mit ihrem Gewissen und ihrem Stolz niederkämpfte. Sie würde sich von Fels nichts nachsagen lassen, der sowieso von ihr dachte, sie sei zu meschugge zum Arbeiten. Zwar hatte er in gewisser Weise Recht, nur würde sie ihn das nicht wissen lassen. Fast tat es ihr leid, dass der alte Bayer wegzog. In der Jackentasche tastete sie nach seinem Buch, war neugierig darauf, was der Alte lesenswert für sie fand. Obwohl er sie mit seinen seltsamen Fragen wütend machte, hatte sie sich ein wenig an ihn gewöhnt. Und es hätte noch einiges gegeben, was sie gern mit ihm besprochen hätte. Großmutter zum Beispiel und das lange Schweigen. Und ob er wusste, warum es in Coesfeld keine *Stolpersteine* gab. In Wesel gab es welche und in Borken auch.

Von dem Berge war schon da, als sie im Büro ankamen. Er saß zusammengekrümmt auf einem Stuhl an Julias Schreibtisch und erhob sich, um ihnen einen Händedruck wie Sackleinen zu verabreichen. Er blickte auf Julias Stirn, sodass sie unwillkürlich darüber strich. Da war nichts. Dann entdeckte Julia, dass seine linke Pupille leicht außerhalb der Mitte stand. Sie setzten sich, und Von dem Berge trank einen Schluck Wasser aus dem Glas vor ihm.

»Frau Wiggers hat schwere Anschuldigungen gegen Sie vorgebracht«, begann Conrad.

»Was für Anschuldigungen und welche Frau Wiggers überhaupt?« Von dem Berge hob die Braue, sein Gesicht verzog sich.

»Die Frau Wiggers, die auf der Intensivstation Dienst tat, als Sie den Onkel von Rasid Chalid erpressen wollten.«

Die Braue rutschte noch ein Stück höher und fror knapp unter dem Haaransatz fest, während die Hautfarbe des Arztes einen unpassenden rosa Schimmer annahm. »Schwester Helga«, zischte er, lachte trocken. »Schwester Helga ist eine manipulative Natter.«

»Bei unserem Besuch bei Ihnen war sie noch eine kompetente Kraft«, warf Julia ein und kniff ihrerseits die Augen zusammen. Dieses Schiefe in seinem Gesicht machte sie ganz kribbelig.

»Seit ich im Vincenz arbeite, hat sie gegen mich intrigiert. Immer wieder. Hat sich alles als Nonsens erwiesen.« Er machte eine wegwerfende Handbewegung. »So wird es auch diesmal sein. Womit sollte ich den Verwandten eines Patienten denn erpressen? Das ist völliger Blödsinn. Es tut mir natürlich sehr leid, dass wir Rasid verloren haben. Wissen Sie, sie hat jede Menge Probleme. Sie haben sie ja selbst erlebt. Und so glücklich, dass ich gerade dazukomme, läuft es nicht immer ab.«

»Welcher Art sind ihre Probleme?« Auch wenn das vielleicht nichts zur Sache tat, wollte Julia seine Erklärung hören. Von dem Berge lehnte sich über den Schreibtisch. Julia konnte Haare auf seiner Nase erkennen und verschränkte die Arme vor der Brust.

»Hauptsächlich hat sie welche mit der Verwaltung, weil sich Angehörige über sie beschweren. Man wollte ihr kündigen, aber sie ist an die fünfzehn Jahre da.« Er hob die Schultern wie jemand, der etwas wirklich bedauerlich fand. Julia wusste nicht genau was.

»Man hat ihr also nicht gekündigt«, stellte Conrad fest. »Was hätte sie für einen Grund, einen so schwerwiegenden Vorwurf gegen Sie zu erheben?«

»Ich bin ihr zu geradlinig. Klare Anweisungen, Kontrollen. Das passt ihr nicht. Sie will mich da weg haben. Aber das lass ich mir nicht bieten, und der Chef schätzt meine Arbeit. Im Übrigen hat sie das auch mit anderen versucht.«

Julia fragte sich, wie er es wohl schaffte, seine Mimik so lange in der gleichen Position zu halten. »Und was ist dabei herausgekommen?«

»Im letzten Jahr ist einem Kollegen gekündigt worden, weil sie ihn eines Versäumnisses beschuldigt hat. Die Sache ist ziemlich schlecht ausgegangen.«

Die Sache? Sprach er gerade von einem Patienten?

Von dem Berge wiegte den Kopf. »Ehrlich gesagt, war er auch nicht so gut.«

»Hier stellt sich aber doch die Frage, ob Rasid Chalid überhaupt im richtigen Krankenhaus versorgt worden ist.«

Julia fragte sich, was Conrad denken musste, wenn er dem Arzt gegenübersaß, der ihn ebenfalls behandelt hatte .

»Selbstverständlich. Die Intensivstation ist auf alle Notfälle eingerichtet.«

»Das sollte auch so sein«, gab Conrad zurück. Julia sah, wie seine Hand zuckte, eine kräftige Hand mit der Zeichnung dicker Adern unter der Haut. Aber er legte sie nicht an die Stirn. Kopfschmerzen, wahrscheinlich. »Nur für spezielle Fälle, wie neurologische zum Beispiel, ist sie nicht vorgesehen. Warum haben Sie Rasid Chalid nicht rechtzeitig nach Münster verlegt?«

»Es bestand nicht die Notwendigkeit.«

Alle schwiegen in dem Wissen, wozu die Kopfverletzungen des Jungen geführt hatten.

»Also gut«, räumte er ein. »Vielleicht hätte man ihn sofort nach Münster bringen müssen. Aber später war er nicht mehr transportfähig. Und da wäre es ein Kunstfehler gewesen, ihn zu verlegen. Schon der Transport von der Station zum Hubschrauberlandeplatz wäre zu riskant gewesen.«

Julia dachte an die Ampelkreuzung, auf der notfalls der Hubschrauber landete. Alle Ampeln trugen ein Schild mit der Aufschrift »Bei Dauerrot Flugverkehr«, die sich dem Ortsfremden nicht erschloss. Es war nur ein kurzer Weg vom Krankenhaus bis dorthin, und ihr fiel die Vorstellung schwer, dass es keinen Zeitpunkt für eine Verlegung gegeben haben sollte.

»Das Ergebnis Ihres nicht gemachten Kunstfehlers kennen wir.« Sie konnte nicht mehr an sich halten.

»Wenn ich mich nach Schwester Helga gerichtet hätte, wäre er früher verstorben.« Von dem Berges Stimme schwoll an. An seinem Hals blühten rote Flecken. »Er hätte nicht einmal den nächsten Tag erlebt.«

»Oder er wäre in der Neurochirurgie operiert worden. Genaueres wird die Obduktion ergeben.« Conrad stand auf, holte sich etwas von Svens unsäglichem Kaffee. Er musste ziemlich geladen sein.

Sven hatte die ganze Zeit geschwiegen, nur unentwegt etwas in seinen Rechner getippt.

»Vielleicht sollten Sie sich mehr um die Suche nach dem Mörder kümmern, als mich hier festzuhalten.« Von dem Berge stand auf.

»Wenn jeder seine Arbeit gut gemacht hätte, brauchten wir das nicht«, presste Julia durch die Lippen und fing sich einen strafenden Blick von Conrad ein.

»Was soll das heißen?« Von dem Berge stützte sich auf den Schreibtisch und kam ihrem Gesicht so nah, dass sie die Haare auf der Nase nun hätte zählen können.

»Setzen Sie sich wieder, Herr Von dem Berge«, sagte Conrad.

»Doktor Von dem Berge.«

»Setzen Sie sich wieder, Doktor Von dem Berge.«

Er setzte sich, ohne Julia aus den Augen zu lassen.

»Das heißt«, sagte Sven plötzlich und schwang den Drehstuhl herum,»dass, wie ich soeben einer E-Mail von der Verwaltung entnommen habe, dass Sie die alleinige Verantwortung für die Verlegung von Patienten tragen. Und dass man Ihnen angeraten hat, den Jungen in die Uniklinik nach Münster bringen zu lassen, da die Intensivstation des St.-Vincenz-Hospitals für neurochirurgische Fälle weder ausgerüstet noch vorgesehen ist.«

»Ist das ein Vorwurf?«, fragte Von dem Berge.

»Zunächst ist es eine Information, Herr Doktor.« Sven betonte den »Doktor«.

»Der wir nachgehen und sie im Zusammenhang mit dem Obduktionsergebnis bewerten werden«, fügte Conrad mit der gelassenen Stimme an, die er über das gesamte Gespräch benutzt hatte. Julia ahnte, wie viel Kraft ihn das kosten musste.

Er ging zur Tür und hielt sie auf. »Gehen Sie, Herr Doktor Von dem Berge.«

Schwer irritiert schlich Von dem Berge an Conrad vorbei.

»Und gehen Sie nicht so weit weg«, setzte Conrad nach.

»Ich fahre in Urlaub.«

»Nicht vor dem Obduktionsbefund.«

»Ich werde meinen Anwalt ...«

Conrad knallte die Tür knapp hinter ihm zu und sagte »tun Sie das« in den Raum, dann ließ er sich auf den Stuhl fallen und hielt sich den Kopf. »Hat mal jemand 'ne Tablette?«

In Julias Tasche gab es alles für Notfälle. Sie legte ihm die Packung auf den Tisch.

»Ich bräuchte jetzt eine gegen Brechreiz«, sagte sie.

»Wisst ihr jetzt, warum ihr das machen solltet?« Sven kochte frischen Kaffee und spülte ausnahmsweise die Tassen.

»Weil wir eher kotzen?« Julia wartete auf das Brodeln der Maschine.

»Du hast den Aalglatten doch gesehen.«

»Glatt wie ein Aal, nur im Gesicht eine Flunder.« Julia setzte sich wieder. »Was machen wir weiter mit dem?«

»Werden wir sehen, wenn der Bericht der Rechtsmedizin vorliegt. Wenn er einen Fehler gemacht hat, geht das durch die Gutachtermühle. Was mich noch mehr interessiert ist, was da mit Rasids Onkel war. Können wir den ausfindig machen?« Conrad sah Sven an.

»Schon geschehen.« Er schob Conrad einen Ausdruck hinüber. »Eine Kontenabfrage hab ich auch in die Wege geleitet. Bin gespannt, ob wir einen Blick in die Finanzen von dem Heini tun dürfen. Dauert natürlich.«

Ganz untätig war Sven also nicht gewesen.

»Ich hab noch was für dich, Julia.«

»Was zu essen?« Inzwischen war sie hungrig geworden.

Sven zog seine Schreibtischschublade auf und entnahm ihr einen von seinem unbegrenzten Vorrat an Schokoriegeln. Julia griff zu. Wenigstens etwas.

»Rose Lux ist nicht nur im *Casino* beschäftigt, sondern auch in einer Imbissbude in Münster.«

»Ach.« Davon hatte der Vater nichts gesagt. Vielleicht wusste er es nicht so genau.

Sven gab ihr die Adresse. »Dort ist sie auch seit zwei Wochen nicht gewesen. Aber sie ist überfällig. Hat da 'n Nebenjob. Sie hätte gestern Spätschicht gehabt. Der Laden hat bis Mitternacht auf.«

»Woher weißt du das?« Julia war überrascht.

»Vom Besitzer.«

»Nein. Dass sie einen Nebenjob hat.«

»Von der Minijobzentrale.«

Dass Sven darauf gekommen war, dort nachzufragen! Julia war das nicht eingefallen.

»Und die haben sie nicht vermisst?«

»Der Besitzer war stinksauer. Das war alles. Der hatte keine Ahnung, wo sie stecken könnte.«

»Also warten.« Geduld war nicht Julias Sache.

»Nö.« Sven angelte sich auch einen Schokoriegel aus der Schublade, pellte ihn aus dem Papier und ließ es einfach fallen. »Heute ist der Tag der Überraschungen für dich, Julia.«

Conrad öffnete das Fenster und setzte sich wieder. »Nun mach schon, Sven. Ich muss nach Hause.«

»Während ihr euch in der Landschaft rumtreibt, hab ich hier gearbeitet.«

Julia verdrehte die Augen und steckte sich das letzte Stück Schokolade in den Mund. Es schmolz süß.

»Ich habe ihr Handy überprüft.«

»Und?« Darauf hätte Julia selbst kommen können. So etwas wäre ihr früher nicht passiert.

»Es war ausgeschaltet.«

»Na klasse.«

»Bis heute.« Er grinste.

»Sven?« Julia fand, dass er nervte.

»Ein Abschleppservice ist angerufen worden. In der Nähe von Berlin.«

»Das ist doch schon mal ein gutes Zeichen.« Julia schämte sich ein bisschen für ihre schlimmen Befürchtungen.

»Sicher. Nur komisch ist es schon, dass das Handy kurz nach dem Anruf abgeschaltet worden ist.«

»Batterie leer?«, warf Conrad ein, weiß, wie das Pflaster auf seiner Stirn.

»Ich fahr dich heim.« Julia schnappte ihre Tasche.

»Quatsch.«

»Du hättest schon die ganze Zeit nicht fahren dürfen.« Sie stopfte Svens Ausdrucke hinein.

»Sagt wer?« Er war so ein starrsinniger Idiot.

»Wir können ja mal ein Röhrchen mit deinem Blut füllen lassen.« Darin würde man sicher noch Reste von den Medikamenten finden, die man Conrad im Krankenhaus verabreicht hatte und die seine Fahrtüchtigkeit einschränkten. Schließlich ließ er sich erweichen und wankte hinter Julia her. Sie drehte sich noch einmal um, sagte »danke, Sven« und nahm Conrads Autoschlüssel an sich.

22

Hinter dem Regen glänzte das Autobahnschild verlockend. Ohne nachzudenken bog ich auf die A10 in Richtung Hamburg ein. Hamburg. Wenn ich dieser Autobahn folgte, wäre ich in Kürze bei Thetis. Doch die Karte schickte mich weiter in Richtung A2: Magdeburg. Hannover. Osnabrück. Münster. Ich fuhr langsam, der Wagen lag unsicher auf der Straße. In den letzten Minuten hatte Sturm die Wolken aufgetürmt, zusammengeschoben und zu einer granitfarbenen Wand verdichtet, das in der Ferne in ein bedrohliches Gelbgrau überging. Diese Farbe brachte das Unwetter. Kurz darauf krachten Donner und Blitz. Ich zuckte. Dann sah ich nichts mehr außer den rötlichen Fünkchen der Rücklichter, die den Wagen vor mir markierten. Die Scheibenwischer wedelten wie irre. Am liebsten hätte ich angehalten, aber im Rückspiegel drohte der Kühler eines LKW. Der Scheißkerl fuhr so dicht auf, dass ich nicht wagte, auf den Standstreifen zu fahren. Vor mir wurden die Fünkchen deutlicher, größer, Rücklichter. Ich stieg auf die Bremse. Jetzt ist es vorbei. Aber nichts geschah, als dass der LKW links an mir vorüberbrummte. Ich stand. Ein Stau.

Ich regelte die Lautstärke des Radios hoch gegen das Prasseln auf dem Autodach. Das hatte mir noch gefehlt. Warum war ich Idiot auf die Autobahn gefahren? Ich lehnte mich im Sitz zurück und schloss die Augen. Als ich sie wieder öffnete, war nichts passiert. Ein anderer LKW stand neben mir. Im Radio kamen Verkehrsnachrichten und eine Unwettermeldung. Man solle sich in Acht nehmen vor Windböen, Starkregen und umstürzenden Bäumen. Letztere waren weniger mein Problem. Blitze zuckten über den Himmel. Blaues Wetterleuchten. Nein. Auf dem Seitenstreifen fuhren zwei Streifenwagen mit Blaulicht vorbei. Ein Martinshorn jammerte durch den Trommelwirbel auf dem Dach.

Der Wagen vor mir rollte an, der Verkehr wälzte sich weiter durchs Wasser. Allmählich gewann er an Fluss und ich glaubte schon, der Stau würde sich auflösen, als das Auto meines Vordermanns schlingerte und sich schräg zur Fahrbahn stellte. Ich stoppte. Ein Dicker schnellte aus dem Auto vor mir und rüttelte an der Tür des Wagens, auf den er aufgefahren war. Meine Scheinwerfer beleuchteten ihn und den Alten, den er vom Fahrersitz hochriss, nach draußen zerrte und gegen den Wagen drückte. Dann zwei kurze Schläge, der Kopf des Alten schwang hin und her. Der Dicke ließ von ihm ab, und der Alte sackte in die Knie. Mit den Armen fuchtelnd schrie der Dicke etwas, dass ich durch den Regen nicht verstand. Es interessierte mich auch nicht. Ich wollte hier weg. Nach einer Weile schien sich der Dicke soweit zu beruhigen, dass er einstieg und telefonierte.

Eine Zeit lang geschah nichts, als dass der Regen rauschte. Ich kam mir vor wie in einem Aquarium oder vielmehr wie unter Wasser. Isabell. Die bleiche Haut, die blauen Lippen, Nymphenhaar. Jemand hatte sie erschossen, während sie an einem friedlichen Sommertag ihre Runden im türkisfarbenen Wasser schwamm, hatte mir der Bulle verraten. Ich fragte mich, wer sie gehasst haben musste. Nicht, dass ich besonders gut auf sie zu sprechen gewesen wäre. Ich machte mir Sorgen, man würde mich verdächtigen. Ich war dort gewesen. Aber nichts geschah, niemand fragte mich. Wahrscheinlich hatte sie meine Telefonnummer gelöscht und meine Briefe entsorgt. Sie hatte einen Schnitt gemacht, einen gründlichen. Nach einer langen Zeit, deren Dauer ich heute nicht mehr bemessen konnte, schickte mir der Bulle eine Mail mit einem Link zur Allgemeinen Zeitung. Junge Männer, einundzwanzig und dreiundzwanzig, waren zu zwei bzw. zehn Jahren Haft verurteilt worden. Es war ein Spiel, eine Wette gewesen: Wer den Kopf trifft, hat gewonnen. Der Einsatz hatte bei fünfzig Euro und einer Kiste Bier gelegen. Der Erste hatte gewonnen. Kein Hass, nichts als ein Spiel. Nur ein winziges Loch im Schädel. Das Gefühl zwischen Schmerz und Genugtuung hatte einige Minuten angehalten, danach hatte ich die Mail gelöscht.

Rechts neben mir wieder Blaulicht, langsam kroch es heran. Der Alte sprang aus seinem vermutlich verbeulten Wagen und versperrte mit wedelnden Armen dem Streifenwagen den Weg. Zwei Polizisten in Regenmänteln versuchten, ihn zu beruhigen, der Dicke gesellte sich zu ihnen. Honey interessierte sich nicht für das Geschehen draußen, aber ich beobachtete das Hin und Her zwischen den Streitenden, bis einer der Polizisten auf unser Fahrzeug zukam und an die Scheibe klopfte. Ich kurbelte sie herunter. Der Strahl seiner Taschenlampe traf mein Gesicht, rutschte ab und glitt über ihre Gestalt.

»Haben Sie den Unfall beobachtet?«, fragte der Tropfende.

Ich schüttelte den Kopf.

»Ihr Frau vielleicht?«

»Wir hatten erheblichen Abstand und bei dem Wetter …« Mir schlug das Herz bis zum Hals.

»Wir brauchen Sie trotzdem als Zeugen. Sie werden ja mitbekommen haben, was nach dem Unfall passiert ist.«

»Nein, nichts. Ich habe gar nichts gesehen.«

»Heißt das, dass nichts passiert ist?« Er hatte ein jungenhaftes Gesicht mit einer Stupsnase. Der Schein der Lampe streifte Honey. Sie hielt den Kopf gesenkt. Ihr Haar schimmerte.

»Ich weiß nicht, was passiert sein soll, ich habe nichts gesehen.«

»Kann ich bitte Ihren Führerschein und die Fahrzeugpapiere haben?«

Scheiße. Um Zeit zu gewinnen, kramte ich den Führerschein aus meiner Brieftasche und hoffte inständig, dass die blonde Eigentümerin des Currywurstgolfs leichtsinnig genug gewesen war, nicht auf ihre Eltern zu hören. Während der Polizist meinen Führerschein inspizierte, klappte ich die Sonnenblende herunter und hörte das Rumpeln des Steins, der mir vom Herzen fiel, um sofort einem neuen Platz zu machen. Wenn der Typ nur nicht auf die Idee kam, die Daten in seinem PC abzugleichen. Er kam nicht. Höflich lächelnd gab er sie mir zurück, und das Felsmassiv, das auf meinem Herzen gelastet hatte, polterte zu Tal. Der uniformierte Junge ging zurück zu den drei anderen, die sich sichtlich beruhigt hatten und schlüpfte mit ihnen in den Streifenwagen.

Ich musste eingenickt sein, denn plötzlich war der Streifenwagen verschwunden und ein Fahrzeug vom Abschleppdienst verlud das Auto des Dicken. Als er fertig war und losfuhr, hängte ich mich an ihn dran. Nach etwa zwei Kilometern Fahrt auf dem Seitenstreifen erreichten wir eine Abfahrt. Vier oder fünf Unfallwagen blockierten die Fahrbahn, dazwischen Streifen- und Rettungswagen. Ein Polizist winkte uns ungeduldig vorbei. Ich amtete auf, nachdem ich mich von der Stoßstange des Abschleppwagens gelöst hatte und eine Landstraße entlangfuhr. Kiefern und Regen. Allmählich gewöhnte ich mich daran.

23

Julia ließ den Hefter sinken und las den letzten Satz noch einmal. Diesmal hatte sie es einfach getan. Ohne Mutter, ohne Bayer, in Gedanken an Großmutter, die sich auch über einiges hinweggesetzt hatte. Soweit sie wusste, waren es die letzten Worte, die ihr Großvater je geschrieben hatte.

Es war am Ende eines verregneten Ferientages gewesen, als Johanna ihr von Isaak erzählt hatte. Julia schob die CD in den Player, auf der die Songs waren, die sie damals von einer zerkratzten Vinylplatte gehört hatten, während Mutter ausgegangen war. Johanna wiegte sich zu »I can't give you anything but love«. Oben in ihrer Mansarde roch es nach Sauberkeit und dem letzten Rauch einer heimlichen Zigarette. Julia hatte sich in Johannas Bett gekuschelt, obwohl sie schon viel zu alt dafür war, und lauschte. Der Musik, dem Regen und dem Ungeheuerlichen. Johanna schenkte zwei Gläschen Aprikosenlikör ein und stieß mit Julia an.

»Das letzte Mal habe ich Isaak am 21. August 1943 gesehen. Wenige Stunden später ist Karl verhaftet worden. Dann konnte ich nicht mehr zu Isaak. Mir war klar, dass er nicht mehr dort bleiben würde, so oder so. Entweder erwischten sie ihn, oder er fand zuvor einen anderen Unterschlupf. Ich konnte nichts tun. Gar nichts, zu gefährlich, auch für unser Kind.« Sie schenkte nach und kippte das süße Getränk hinunter.

»Am nächsten Tag hat mir eine Freundin einen neuen Pass in die Tasche geschoben und mich in den Zug genötigt. Sie hatte Verwandtschaft in Weimar. Ich zog direkt an den Frauenplan in eine Mansarde wie hier.« Johanna sah sich um und ihr Blick haftete an einem Tag Jahrzehnte zurück. »Als Maria Steiner bin ich bei ihnen untergekommen. Nette Leute mit einem Kleingarten am Stadtrand, zu dem sie mit dem

Rad fuhren. Die Freundin hatte ihnen gesagt, dass wir ausgebombt seien. Das stimmte. Aber erst im Dezember 1943.«

Das Licht nahm ab, doch Johanna schaltete keine Lampe ein, erzählte als Schattenriss vor dem helleren Fensterviereck.

»Die Ungewissheit, was aus ihm geworden war, das war das Schlimmste, dachte ich damals. Aber ich hatte wenigstens noch Hoffnung. Wenn ich wirklich gewusst hätte ...«, sagte sie. Dann hörte Julia sie leise schluchzen.

Erst Jahre später hatte Johanna Isaaks Spur gefunden. Sie führte nach Theresienstadt und von da in die Gaskammer von Auschwitz. »Als Mama zur Welt kam, war er schon tot. Aber das habe ich da natürlich nicht gewusst.«

Noch ein Aprikosenlikör.

»Grete hat das Tagebuch oder vielmehr die losen Blätter, die Isaak versteckt hatte, gefunden und einer Freundin, Ruth hieß sie übrigens, übergeben können, bevor sie starb.« Wieder verstummte sie, Julia war es unmöglich, nur ein Wort zu sagen. Ruth. Wie Mutter.

»Daran siehst du, Grete war kein schlechter Mensch. Das mit Isaak ... Sie konnte einfach nicht anders. Sie hatten Karl, verstehst du?«

Julia verstand gar nichts, nicht zu diesem Zeitpunkt, noch zu einem späteren. Grete hätte Isaak nicht verraten dürfen.

»Sie wusste doch nicht, dass es ihr und auch Karl nichts nützen würde.«

»Umso mehr hätte sie das nicht tun dürfen, Johanna.«

»Nenn mich nicht immer Johanna. Ich bin deine Großmutter.« Sie stand auf und holte eine Zigarettenschachtel aus dem Buffet, fingerte eine Zigarette heraus, steckte sie umständlich in eine Spitze und zündete sie an.

»Es ging nicht um Gerechtigkeit oder so etwas, Kind. Es ging ums Überleben. Ich weiß nicht, was sie ihr alles angetan haben, bevor sie den Mund aufgemacht hat. Irgendein Dreckskerl hat mich in ihr Haus gehen sehen. Vielleicht. Ich hätte Isaak niemals besuchen dürfen. Aber da war doch … Ach, Julia. Es war einfach eine ganz andere Zeit.« Mit einem Taschentuch tupfte sie sich ihre Augen.

»Nein, Großmutter. Man muss wissen, was richtig und was falsch ist, egal in welcher Zeit«, hatte Julia damals behauptet. Inzwischen war sie nicht mehr sicher.

Sie holte eine halb volle und ziemlich betagte Flasche Aprikosenlikör aus dem Schrank und trank ein Pintchen. Seit sie erwachsen war, hatte sie immer eine Flasche davon auf Lager. Vielleicht sollte sie zu Bayer fahren und ihm die ganze Geschichte erzählen, schließlich war er von Berufs wegen Geschichtenanhörer. Aber er würde sie nur wieder fragen, was sie wollte, und darauf wusste sie keine Antwort.

Mittlerweile spielte Miles Davis »Bitches brew«, ein langes, unruhiges Instrumentalstück. Was richtig und was falsch ist. Mutter hatte erst eine ganze Weile nach Julias Geburt geheiratet. Johanna hatte Ruth immer gedrängt, ihren Namen beizubehalten, wenigstens den Namen, wenn schon alles verloren gegangen war. Das Leben, die Menschen, Dinge … Yad Vashem. Irgendwie hatte Ruth das verstanden und sich in einer Zwickmühle wiedergefunden: Johanna wollte ihre Tochter verheiratet sehen, aber den Namen ihres Mannes bewahren. Irgendwann hatte Vater sich breitschlagen lassen, als gemeinsamen Familiennamen Morgenstern zu wählen, aber er hatte es Mutter übel genommen, und Großmutter, die bei ihnen wohnte. Nach der Hochzeit hatten sie nie wieder darüber geredet. Nur der Name blieb. Ein kleiner Stachel, der ins Schweigen stach. Was richtig und was falsch ist. Eine andere Zeit.

Julia stellte die Flasche weg und fuhr zu Bayer. Der Regen tropfte von den Apfelbäumen, die Dahlien neigten ihre Köpfe. Julia hatte nicht geklingelt, sondern ging den Pfad neben dem Haus entlang in den Garten. Sie traf den alten Mann in eine Decke gehüllt auf seiner hell erleuchteten

Terrasse an, auf seinem Schoß ein aufgeschlagenes Buch und eine Lupe, neben seinem Stuhl ein Bücherstapel.

»Frau Morgenstern.«

»Herr Bayer.«

Er rappelte sich in eine sitzende Position und bot ihr Platz an. Julia versenkte ihr Gesicht in den Händen, fühlte einen Schweißfilm auf der Stirn.

»Ich weiß nicht, was ich machen soll«, sagte sie und redete die Geschichten auf den Tisch, die von Johanna und Isaak, von Mutter und Vater, von Rasid Chalid, von Rose Lux, von der Ausländerbehörden-Piotrowsky, von den Bildern, die ein Eigenleben in ihrem Hirn führten und ihre eigenen, widersinnigen Geschichten erzählten. Dann faltete sie die Blätter auseinander, die sie mitgebracht hatte.

Leipzig, den 24. August 1943

Johannas Geburtstag. Wie gerne würde ich sie in die Arme schließen. Aber es ist gut so, dass sie nicht mehr herkommt. Vor drei Tagen haben sie Karl mitgenommen. Ich hörte Poltern und Stimmen. Er hat nichts gesagt, Grete hat geweint. Heute Morgen kam sie mit geröteten Augen und hat nur den Kopf geschüttelt, als ich sie gefragt habe, ob ich gehen solle. Johanna ist in Sicherheit, hat sie gesagt. Wie und wo wollte sie nicht verraten, um mich nicht zu beunruhigen, wie sie meinte. Wie könnte ich nicht beunruhigt sein? Ich mache mir Sorgen um Karl. Um Johanna. Um mich selbst, wenngleich das undankbar klingen mag.

Sie müssen Karl wieder freilassen, sie haben nichts gegen ihn. Er hat einen Ariernachweis wie Grete. Ich weiß nicht, wie sie auf Karl gekommen sind. Ausgerechnet. Er hat sich nie etwas zu Schulden kommen lassen. Sie können ihm nichts. Vielleicht haben sie Johanna ins Haus gehen sehen. Doch warum haben sie sie dann nicht festgenommen? Oder haben sie? Wenn sie nur hier wäre! Natürlich ginge das nicht, die Lüftung reicht kaum für einen. Und in dieser dunklen Enge mit dem Kind …

Als sie diesen letzten Satz ihres Großvaters vorgelesen hatte, sah sie in Bayers wasserhelle, aufmerksame Augen. »Ich weiß nicht, was ich machen soll, verstehen Sie?«

»Ehrlich gesagt«, er machte eine Pause, »nein.«

Julia fuhr hoch, ging unruhig zwischen den Pflanzkübeln auf und ab. »Ich kann doch nicht in einem System arbeiten, das so herzlos ist, die Mutter dieses toten Jungen in eine fragwürdige Zukunft abzuschieben, und dem es egal ist, was mit den Leuten wird. Oder in dem eine junge Frau verschwindet und niemand, die Arbeitskollegin mal ausgenommen, nimmt Notiz davon. Das kann ich doch nicht. Nach allem.«

Bayer zündete sich einen Zigarillo an. »Und wer sagt, dass Sie das müssen?«

»Aber ich habe doch nicht gewusst ...« Plötzlich Enge in Julias Hals.

»Dass man manchmal etwas tun muss, mit dem man nicht einverstanden ist?«

Das nun wieder auch nicht, so naiv war sie nicht. Nur hatte sie nicht gedacht, dass es so weit gehen würde.

Bayer blies Rauch in die feuchte Luft. »Es zwingt Sie niemand.«

»Aber was soll ich denn sonst machen?« Hatte sie das nicht schon hundert Mal hin und her gewendet?

»Es sagt keiner, dass die Alternativen einfach zu haben wären.«

Na, toll. So weit war sie selbst gekommen.

»Was hindert Sie denn mehr, eine Entscheidung zu finden: Dass manche Aufgaben Ihren moralischen Vorstellungen zuwiderlaufen, oder der Umstand, dass Sie keine Leichen sehen können, ohne von Intrusionen gequält zu werden? Benötigen Sie diese Bilder für irgendetwas?«

Julia überlegte. Meinte er, die Bilder, die ja ganz von selbst auftauchen, blitzartig – Tote, Tatorte, sie wollte keinesfalls daran denken – seien eine Ausrede?

»Sie denken, ich steigere mich da in etwas hinein?«

Bayer hob die Schultern. »Sagen Sie es mir.«

Aber Julia wusste es nicht.

»Was würde denn passieren, wenn Sie die Bilder nicht hätten?«, fragte er weiter.

»Das wäre klasse. Ich würde endlich leben wie vorher.«

Bayer lachte auf. »Kein Mensch lebt wie vorher.«

»Ich würde einfach zur Arbeit gehen, abends mit Freunden zusammen sein, nachts schlafen, ganz normal eben.«

»Und dann hätten Sie kein Problem mehr mit den Aufgaben, die Sie nicht tun wollen, weil sie Ihnen zu schmuddelig sind?«

»Schmuddelig? Es ist ungerecht.«

»Ja.«

»Was ja?« Sie ärgerte sich, dass sie hergekommen war.

»Die Welt ist ungerecht.«

»Und das heißt jetzt, dass ich es gut finden muss, dass eine blöde Tante in einer Behörde darüber entscheidet, was ich zu tun habe, obwohl ich das nicht will und nicht richtig finde und es ganz und gar herzlos ist?« Sie wusste, dass das so nicht stimmte. Es war nicht die Entscheidung der Piotrowsky gewesen, aber sie hätte mehr tun können, als an ihre Mittagspause zu denken.

»Gut müssen Sie das nicht finden und tun brauchen Sie es auch nicht. Sie haben sich ja auch im Wesentlichen aus dem Fall rausgehalten, oder?« Bayer legte Buch und Lupe auf den Tisch, und Julia sah, dass es in einer riesigen Schrift gedruckt war. »Es ist nur eben einfach so.« Er faltete die Decke zusammen. »Wollen Sie ein Glas Wein?«

Julia schüttelte den Kopf. Bayer machte im Wohnzimmer Licht und kam mit einem Glas zurück.

»Ja, ich habe mich rausgehalten. Was hätte ich denn machen sollen?«, sagte Julia, als sich Bayer wieder gesetzt hatte. Rausgehalten. Grete und Karl hatten sich nicht rausgehalten. Die Chalids auch nicht, deswegen hatten sie ihre Heimat verlassen und nach Deutschland kommen müssen.

»Was wollen Sie jetzt machen? Sich von den Intrusionen aus der Situation helfen lassen?« Er trank und stellte das Glas wieder ab.

Nein, das wollte sie nicht. Ohnehin hatte sie immer das Gefühl gehabt, draußen zu sein. In Düsseldorf genauso wie in Coesfeld, in der Schule, in der Ausbildung, ach ... Das Schweigen hatte sie ausgeschlossen, das Anderssein, die Marken auf ihrer Geschichte. Das wollte sie nicht mehr. Ein Wind kam auf und kühlte ihre Stirn. Von irgendwoher Musik und Gelächter.

»Den Job wegen der Piotrowsky an den Nagel hängen?«

Sie biss sich auf die Lippe und sah zu Boden. Den Beruf hatte sie nicht einfach so ergriffen. Er machte ihr doch Spaß. Eigentlich. Julia schüttelte den Kopf. Natürlich war das Unsinn. Auch Conrad hatte nichts weiter dabei gefunden, er hatte den Vater von Rasid sogar zum Flughafen begleitet. Nur hier und da ein bisschen Ignoranz, ein bisschen Wegschauen und Korrektheit ...

»Und dann ist es wie bei den Nazis«, sagte Bayer, als sei er ihren Gedanken gefolgt. »Nein, Frau Morgenstern. So ist es nicht. Und gerecht ist es auch nicht. Wir haben nur nichts Besseres.«

»Und deshalb muss ich das alles so hinnehmen?«

»Sagt wer?«

Sie drehten sich im Kreis. »Kann ich jetzt doch einen Wein haben?«

Bayer holte ein Glas und die Flasche und schenkte ein.

»Morgen werde ich Fels ansprechen, damit er eine Fahndung nach Rose Lux in die Wege leitet.«

»Leicht wird das nicht, ich kenne ihn.«

»Nein.«

»Auf das Unvollkommene.« Bayer hob sein Glas und stieß mit Julia an.

»Conrad werde ich sagen, dass er noch einmal mit dem Anwalt reden soll, ob es nicht doch eine Möglichkeit gibt, die

Mutter von Rasid wenigstens bis zur Beerdigung ihres Sohnes dazulassen.«

»Aha.«

»Was heißt nun wieder *aha*?« Der Alte machte sie wahnsinnig.

»Dann könnten wir ja endlich anfangen zu arbeiten.«

»Ich denke, Sie ziehen weg.« Vielleicht hätte Julia nicht so viel geredet, wenn sie dessen nicht sicher gewesen wäre.

Er lachte und prostete ihr zu. »Ja, tue ich. Aber nur zum Coesfelder Berg.« Julia wusste zwar, was gemeint war, fand aber die Bezeichnung *Berg* immer schon einigermaßen übertrieben in dieser flachen Gegend.

»Zu meinen Freundinnen«, fuhr er fort.

»Aha.«

Dann lachten sie.

»Wenn Sie wollen, können Sie weiterhin kommen. Einmal in der Woche dann. Es gibt Techniken, mit denen man recht Erfolg versprechend an den Intrusionen arbeiten kann.«

Nachdem Julia ihr Glas leer getrunken hatte, gab sie Bayer die Hand. Auf dem Weg durch den Garten kam es ihr vor, als sei es wärmer geworden.

Zu Hause angekommen, empfand Julia eine lang vermisste Gelassenheit, beinahe Heiterkeit, bis Conrad anrief.

»Weißte, was jetzt ist?«

Hoffentlich keine Katastrophen. Doch seine Stimme klang eher belustigt.

»Von dem Berge ist im Krankenhaus.«

»Interessant.« Der Mann verstand es wirklich, sie zu überraschen.

»Doktor Von dem Berge.«

»Nun, der Typ ist Arzt.«

»Auf der Intensivstation, Julia.«

»Aufregende Neuigkeiten.«

»Er ist ganz schief.«

»Und deswegen rufst du mich an?«

»Julia. Der Herr Doktor liegt mit einem Schlaganfall auf der Intensivstation des örtlichen Krankenhauses.«

»Ach.«

Das Handy an Julias Ohr lachte.

»Was findest du so komisch daran?«

»Sven hat seine Konten angesehen.«

»So schnell ging das?« Normalerweise dauerten solche Genehmigungen mindestens eine Woche.

»Er hat nur mal einen Blick reingeworfen, von zu Hause aus, ist klar.«

»Boah, Conrad.« Sven hatte es wieder getan, dabei hatte er deswegen schon beim letzten Mal richtig Stress mit Fels bekommen.

»Spielt doch jetzt keine Rolle mehr. Willst du hören, was er rausgefunden hat?«

Das wollte sie allerdings.

»Von dem Berge hat sechzehn verschiedene Konten bei unterschiedlichen Banken. Alle am Limit der Dispokredite. Da kommt 'ne Menge Holz zusammen.«

»Okay, er hat Schulden. Na und?«

»Er hat nicht nur einfach Schulden. Mit den Hypotheken kommt eine knappe Million zusammen.«

»Wow.«

»Das sag ich dir.«

»Und was bedeutet das für uns?« Julia nahm das Handy ans andere Ohr.

»Na, dass er Geld brauchte, natürlich. Wäre ja ganz interessant, wen er noch so alles angezapft hat außer Rasids Onkel.«

»Ist nur nicht unsere Sache.« Julia überdachte den Verlauf dieses Falls. Von dem Berge wäre jedenfalls raus, niemand würde ihn mehr wegen einer standesrechtlichen Angelegenheit zur Verantwortung ziehen, wie es aussah. Konnte er froh sein.

»Stimmt.«

»Hast du ihn nach seiner finanziellen Situation gefragt?«

Wieder kicherte das Telefon. »Das hätte nicht so viel gebracht. Er spricht nicht.«

»Würde ich an seiner Stelle auch nicht tun.«

»Nur könntest du, wenn du wolltest.«

»Und er nicht?«

»Er hatte einen Schlaganfall, Julia. Einen schweren. Der hat ihm die Sprache verschlagen.«

»Dein Mitgefühl hält sich offenbar in Grenzen.«

»Seins tat es auch.«

Als Conrad aufgelegt hatte, meldete sich Julias schlechtes Gewissen. Sie hatte ihm sagen wollen, dass er bei dem Anwalt von Frau Chalid noch einmal nachhaken sollte. Sie hatte es nicht getan. Morgen. Im Kühlschrank fand sie Tomaten, Gurke, Zwiebeln, Pute und Cornichons und bereitete ein Abendessen daraus, scharf und würzig, dazu Weißwein mit Mineralwasser, weil er irgendwie zu der Leichtigkeit passte, die sich seit dem Besuch bei Bayer eingestellt hatte. Zum ersten Mal seit Monaten aß sie mit Appetit, fand noch eine Banane, aus der sich eine cremige Nachspeise herstellen ließ, und machte es sich auf der Couch bequem. In dieser Nacht schlief sie.

24

Die Nacht lag beinahe hinter mir, wie der Weg und der Regen. Kurz hatte ich auf einer Elbbrücke gehalten und in den tosenden Strom geblickt. Es war wärmer geworden. Die Dunkelheit klebte auf der Haut. Ich trank den Rest aus der Wodkaflasche und warf sie ins Wasser. Dann fuhr ich weiter bis zur A 1 nach Süden. Die Autobahnabfahrt lag im Nebel, der auf der Landstraße nach Nottuln dichter und dichter wurde. Kaum konnte ich die Leitpfosten erkennen. Es dauerte eine Weile, bis ich die Nebelschlussleuchte fand, Nebelscheinwerfer besaß der Wagen nicht. Ich hätte eben einen anderen nehmen sollen. Nur hatte es auf dem Parkplatz keine große Auswahl gegeben.

Unendlich viel Zeit schien mir seitdem vergangen. Zeit, die sich im Weiß des Nebels dehnte. Das Ortseingangsschild von Darup, die Vermutung von Häusern neben der Straße. Ich tastete mich durch die Ungewissheit. Plötzlich huschte neben mir der Schemen eines anderen Wagens vorbei. Ich erschrak. Er hatte fast kein Geräusch gemacht.

Ich schob eine CD, die ich in dem Golf gefunden hatte, in den Player, *Stardust*. Lächerlich. Ohne hinzuschauen klickte ich weiter und fand »While my lady sleeps«. Schönes Saxophon, Melodie und Rhythmus. Die Musik hielt mich in der Welt. Wenn ich aussteigen würde, verschwände sie. Doch irgendwann musste ich aussteigen.

Nach einer Ewigkeit bog ich rechts in eine Straße ein, die ich für die richtige hielt, und kam tatsächlich an Gebäuden vorüber. Ich glaubte, manche zu erkennen, dann links Herrn Yuens Restaurant, wenn ich mich nicht irrte. Ich atmete aus. Irgendwie war ich nach Hause gekommen. Fast. Der Nebel blieb undurchdringlich, erschien aber heller, unvermeidlich drängte sich der Tag hinein. Statt zum Jacobiwall fuhr ich Richtung Billerbeck weiter, hielt in einem Seitenweg, stellte den Motor aus, der leise klickte, und kurbelte das Fenster herunter. Der Nebel traf mich kühl und feucht.

Es wurde Zeit, auszusteigen. Bevor es ganz hell war, bevor die ersten Radfahrer über die Brücke radelten, bevor … Dort, wo ich die Berkel vermutete, schien das Nichts zu lagern. Ich drehte den Verschluss meiner letzten Wodkaflasche auf und nahm einen Schluck. Gut. Irgendwann musste es ja sein. Meinen Hirnzellen befahl ich, jedwede Denktätigkeit einzustellen und auf Autopilot zu gehen. Das gelang nur bedingt. Im Freien verwob sich der Nebel mit dem Morgen am Rhein, mit Florian und dem Eis, mit Isabell und dem Wasser. Mich fröstelte. Ich öffnete die Beifahrertür und hob Honey aus dem Wagen. Sie war leicht. Ich spürte ihre Wirbelsäule auf meiner Brust.

Sie war immer dünner geworden, die Augen glühender, seit sie die Stelle im *Casino* und die in Münster hatte. Sie brachte Rezepte mit nach Hause, Geschichten und Kräuter, die unser Wohnzimmer und unseren Balkon bewucherten. Sie saß nie mehr an meinem Rechner. Sie lag nicht mehr in meinem Bett, aber sie schnippelte und brutzelte in meiner Küche. Sie sah mich nicht.

Behutsam nahm ich sie auf den Arm und tappte den Weg zur Brücke entlang, mich an den Wegwarten orientierend. Dann legte ich sie ins Gras. In diesem Licht sah sie aus wie immer, nur das Honigbraun ihrer Augen verbarg sie unter den halbgeschlossenen Lidern. Ich rutschte die niedrige Böschung hinunter, zog sie zu mir heran und setzte mich neben sie. Lange. Vor uns brodelte die Berkel. Angekommen. Am ersten Tag. Ohne sie. Ich legte ihr meine Hand auf die kühle Wange. Ich konnte mich nicht entschließen, zu gehen. Aber es war Zeit. Längst.

Plötzlich hörte ich Stimmen von irgendwo. Ich duckte mich und zog ihren Körper näher zum Fluss, noch näher, ließ ihn ins Wasser gleiten. Die Stimmen wurden lauter, nicht deutlicher. Ich presste mich auf den Boden und spürte die Feuchtigkeit durchs T-Shirt. Über ihrem Gesicht sprudelte das Wasser. Isabell. Honey. Die Stimmen entfernten sich, und der Nebel wurde weißer. Wie lange blieb ich neben ihr sitzen und sah zu, was der Fluss mit ihrem Haar tat? Irgendwann schien der Nebel lichter zu werden, und für mich wurde es allerhöchste Zeit. Abschiede waren nicht meine Sache, also ging ich, ohne zurückzusehen.

Einen Moment überlegte ich, ob ich den Golf nicht besser stehen ließ und zu Fuß nach Hause marschierte, verwarf die Idee aber. Wie hätte ich das Gepäck den kilometerweiten Weg in die Stadt transportieren sollen? Zwischen den Häusern war die Luft klarer, die Ampeln schimmerten diffus. Ich stellte den Golf in der Garage ab und lud das Gepäck aus. Oben in der Wohnung roch es feucht, ich öffnete die Balkontür und trat in den Urwald aus Stauden und Kräutern hinaus, ein würziger Duft. Ich nahm einen tiefen Zug davon. Hinter den Nebeln erahnte ich die Sonne.

Es klingelte. Mutter. Wer sonst, zu so früher Stunde? Ich fragte die Gegensprechanlage, aber sie schwieg, manchmal führte sie ein störrisches Eigenleben. Also tappte ich die Treppe hinunter und öffnete. Dann brach mir der Schweiß aus. Und ein Jubeln erfüllte meine Brust. Oder Angst. Mein Herz schlug mit derselben Frequenz wie die Flügel eines Kolibris, eines sehr kleinen Kolibris. Langes, dunkles Haar, schmal, rotes Kleid, Honey.

»Erst küssen oder erst reden?«, fragte sie und legte den Kopf schief. Eine Schweißperle rann mir die Schläfe hinab, und ich hatte keine Kraft, sie abzuwischen. Peinliche Minuten oder auch Stunden vergingen. Dann tat mein Gesicht etwas, das vermutlich als Lächeln durchgehen konnte.

»Kaffee?«

»Geht auch.« Sie griff ihre Reisetasche und folgte mir, bis mir einfiel, dass ich sie ihr abnehmen sollte.

Ich verfrachtete sie in einen Sessel und kochte Kaffee, den ich noch in der Küche in zwei Becher goss, nur halb voll, mehr konnte ich nicht sicher tragen. Als ich mich ihr gegenüber niederließ und sie anstarrte, sagte sie: »Du hast es vergessen.«

Ich hatte es vergessen.

»Macht ja nichts, jetzt hat es ja geklappt.« Sie lächelte anders.

»Wie heißt du eigentlich richtig?«, brachte ich hervor. Meine Stimme klang fremd.

»Iris. Und du?«

»Ben. Benjamin Maria, um genau zu sein.«

»Echt? Ich hab gedacht ...«

»Nein.« Immerhin stand mein Nachname an der Haustür.

Thetis oder Iris probierte ihren Kaffee, presste die Lippen aufeinander und tat drei Löffel Zucker und eine halbe Flasche Kaffeesahne hinein. Ich hätte einen Wodka brauchen können.

»Und jetzt?«, fragte sie.

Ich fragte mich das auch.

»Ich könnte dir Coesfeld zeigen.« Die Hamburgerin würde bestimmt beeindruckt sein. »Wir haben hier ganz nette Ecken.«

»Später vielleicht.« Sie stand auf, um sich neben meinen Sessel zu knien und mein Gesicht in beide Hände zu nehmen.

Es klingelte. Aber sie ließ mein Gesicht nicht los. Augen aus dunklem Erz. Das Klingeln blieb hartnäckig. Ich löste ihre Hände von meinem Gesicht und testete die Gegensprechanlage, sie schmollte noch immer. Draußen stand schon wieder eine Frau, drahtig, wilde Locken, ernst. Ich kannte sie nicht, da war ich sicher, ziemlich sicher. Als sie mir ihren Ausweis vor die Nase hielt, war ich ganz sicher, nur stellte sich wieder das Kolibri-Phänomen ein.

»Herr Achenbach?«

Ich bejahte.

»Sie sind ja wohlbehalten aus dem Urlaub zurück, Ihre Mutter hatte sich Sorgen gemacht.«

»Und die Polizei gerufen?« Wenn sie das getan hatte, würde ich sie erwürgen.

Die Morgenstern schüttelte die Locken. »Da kann ich doch sicher Frau Lux sprechen.«

Das ging nun wieder nicht. »Jetzt?«

»Das wäre prima.«

»Sie hat sich etwas hingelegt.« Wenn man so wollte.

»Es würde sicher nicht lange dauern.« Die Frau war wie die Klingel.

»Was möchten Sie denn von ihr?«

»Ihr nur einen guten Tag wünschen, denn eine Arbeitskollegin hat sie bei uns als vermisst gemeldet.« Mit ihrem Lächeln stimmte etwas nicht.

»Das ginge doch sicher auch etwas später.«

»Ehrlich gesagt, habe ich längst zu viel Aufwand getrieben für jemanden, der sich einen Urlaub genehmigt. Wogegen ja nichts einzuwenden ist, nur wenn man damit eine Vermisstenmeldung verursacht, ist das ziemlich lästig.«

Honey hatte also niemandem Bescheid gesagt.

»Dürfte ich jetzt bitte?«

»Ben?« Ich spürte eine Hand auf meiner Schulter und fuhr herum. Erz statt Honigbraun. »Ich wollte nur wissen ...«

»Sie hat sich etwas hingelegt, ja?« Die Morgenstern betrachtete Iris mit unterdrücktem Zorn. »Wenn Sie das nächste Mal einen Trip planen, sagen Sie am besten Ihrem Arbeitgeber Bescheid.« Damit drehte sie sich um und stapfte in den Nebel.

25

»Komm mit.« Conrad schnappte seinen Trenchcoat und wollte durch die Tür des Büros, durch die Julia eben eingetreten war. Die Wut, die sie auf dem Weg ins Präsidium begleitet hatte, machte Überraschung Platz.

»Was ist denn mit dir los?« Conrad wirkte aufgeregt.

»Wir haben ihn.«

»Wen?«

»Den Zeugen?«

»Welchen Zeugen?« Konnte sich einmal jemand verständlich ausdrücken an diesem Morgen?

»Den Zeugen, der die Attacke auf Rasid und mich gesehen hat.«

»Wo kommt der denn plötzlich her.« Sie hatten die umliegenden Häuser abgeklappert, aber niemand außer der Krause hatte ihnen etwas sagen können.

»Aus Gronau.«

»Super Zeuge.«

»Nun komm endlich. Er war ein paar Tage in Gronau, deshalb haben wir ihn nicht angetroffen.«

Julia folgte Conrad auf den Gang und hatte Mühe, mit ihm Schritt zu halten.

»Warte.«

Er fuhr herum. »Was?«

Manchmal hatte er etwas Impulsives, das ihm gar nicht so schlecht stand, nur jetzt schien es wenig angebracht.

»Wie heißt er?«

»Jamal irgendwas. Ich hab es aufgeschrieben. Ist doch egal. Er wohnt bei der Krause im Haus. Nun mach schon.«

»Und die Krause hat hier angerufen, weil er zu laut über ihrem Kopf herumgetrampelt ist oder mit zu viel Lärm seine Zeitung aus dem Postkasten genommen hat?« Julia kannte sie. »Du solltest dir nicht zu viele Hoffnungen machen.«

»Die kann ich immer noch aufgeben, wenn er nichts weiß.« Er strebte dem Ausgang zu.

»Conrad.«

»Was denn nun noch?«

»Fahr mal 'n bisschen runter, ja.«

Julia sah, wie er innehielt und Luft holte. Dann gingen sie zum Wagen. Diesmal nahmen sie Julias Golf.

Jamal irgendwas hieß Jamal Kösters und wohnte in der Wohnung über der Krause. Ein verschlafener Mann, Mitte zwanzig, mit pechschwarzem Haar, in Unterhemd und Jogginghose, ließ sie in eine Wohnung, die der Hand einer pflegenden Kraft bedurft hätte.

»Machen Sie schnell. Ich muss noch 'ne Runde schlafen und dann wieder los.«

Conrad und Julia nahmen auf einem Sofa Platz, gegenüber ein neuer, großer Fernseher, daneben Fenster und Balkontür. Der Balkon selbst war leer bis auf einen Stuhl. Draußen kämpfte die Sonne um die Vorherrschaft.

»Es geht um den Sonntagabend«, begann Conrad. »Da waren Sie zu Hause?«

»Sicher. Warum ist das wichtig?«

»Weil es vor Ihrem Haus eine Schlägerei gegeben hat, die kann Ihnen nicht entgangen sein.«

»Woher wollen Sie das wissen?«

»Haben Sie oder haben Sie nicht?«.

»Was passiert, wenn ich nein sage?«, fragte der Mann, dem die Müdigkeit dunkle Ringe unter die Augen gemalt hatte.

»Dann könnten Sie wegen Falschaussage oder Behinderung der Ermittlungen bei einem Tötungsdelikt belangt werden.«

Julias Kopf zuckte zu Conrad herum. Gleich volle Breitseite. Aber es schien zu nützen. Jamal Kösters riss die Augen auf.

»Wer ist denn gestorben?«

»Der Junge, den man vor Ihrem Haus niedergeschlagen hat.«

»Aber.« Er verstummte und blickte einen Moment vor sich hin. »So schlimm war das doch gar nicht.«

»Immerhin so schlimm, dass zwei Menschen im Krankenhaus gelandet sind und einer von ihnen gestorben ist.«

Kösters knetete seine Hände, die Knöchel knackten. »Ich habe nicht gedacht ...«

»... dass es so schlimm wird. Ja. Ist es aber. Was haben Sie gesehen, Herr Kösters, oder besser wen?«

Es dauerte ziemlich lange, bis er sich entschloss. Schließlich hob er den Kopf und fragte: »Was wollen Sie wissen?«

»Ob Sie die Täter beschreiben können, die für Rasids Tod verantwortlich sind?« Conrad wirkte genervt. Er griff sich an die Stirn. Oder wieder Kopfschmerzen.

»Im Beschreiben bin ich nicht gut.«

»Das macht nichts«, flocht Julia ein. »Versuchen Sie es einfach.«

»Wär wohl besser, wenn ich Ihnen sagen würde, wie die Typen heißen.« Kösters sah Conrad an. Das wäre allerdings viel besser. Conrad nickt nur.

»Pascal kenn ich vom Fußball. Der ist eigentlich okay. Aber seit er mit Robin und Lukas, so heißen die, glaub ich, abhängt, ist der Kleine echt 'n Arsch geworden.«

Julia warf Conrad einen Blick zu. Kösters kannte alle drei.

»Warum haben Sie bisher nichts gesagt?« Conrad hob die Hand, als Kösters antworten wollte. »Pascal, Robin und Lukas also. Wie weiter?«

»Pascal Brunner. Die anderen ...« Er hob die Schultern und knackte wieder mit den Knöcheln. Julia hasste das Geräusch.

»Pascal Brunner. Der hat eine Adresse?«

»Hat er.«

»Die da wäre?«

»Seit ein paar Wochen hat er eine eigene Bude. Wir haben einige Male dort gefeiert.« Er nannte die Adresse und Julia atmete auf. Endlich hatten sie etwas.

»Vielen Dank, Herr Kösters.« Sie standen auf und wollten sich verabschieden.

»Aber …«, sagte Kösters hinter ihnen, der ebenfalls aufgestanden war. Julia drehte sich um, und Conrad, schon fast im Flur, wartete. Der große Mann trat von einem Fuß auf den anderen.

»Sie sagen doch nicht, von wem Sie das haben?« In seinen Augen blitzte etwas, das mehr als Sorge war.

»Momentan ist das nicht nötig«, begann Conrad. Julia war dankbar, dass er es taktvoller anging, als sie bei seiner Stimmung vermutet hätte. »Um eine Zeugenaussage werden Sie aber sicher nicht herumkommen. Sie sind der Einzige, der die Täter erkannt hat.«

»Das geht nicht.«

»Das wird gehen.« Doch nicht so diplomatisch, der Conrad. Tatsächlich war es längst nicht sicher, dass man Kösters nicht wegen unterlassener Hilfeleistung anklagte.

»Warum nicht?«, fragte Julia deshalb.

»Ich habe mit der Sache nichts zu tun. Ich will da nicht in was reingezogen werden. Außerdem habe ich keine Zeit. Sie hatten Glück, mich anzutreffen, meist bin ich auf Montage.«

»Dafür werden Sie sich Zeit …« Julia stupste Conrad von hinten an und er schwieg.

»Ein Junge ist tot, Herr Kösters. Da geht es nicht darum, ob man in etwas hineingezogen wird.«

»Ich wohne noch nicht lange hier. Die Montage. Dauernd unterwegs. Ich hab nicht viele Freunde.«

»Deshalb haben Sie bisher nichts gesagt?«

Darauf antwortete er nicht.

»Es ist nicht schön allein«, sagte er nach einer Weile.

»Nein.« Julia wusste, was er meinte, nur änderte das nichts.

Sie ließen ihn stehen in dieser trostlosen Wohnung und mit nutzlos hängenden Armen.

An diesem Morgen schien alles wie am Schnürchen zu laufen. Sie fanden Pascal Brunner in seiner Wohnung in der Rekener Straße. Ein Mann, der aussah wie Garfields schlankerer und verschlagener Zwilling, öffnete, kniff die Augen zusammen, krachte die Tür ins Schloss, oder fast, wenn nicht Julia ihren Fuß riskiert hätte, und sprintete durch den Flur. Wahrscheinlich hatte er irgendwo ein Fenster offen, das er zu erreichen hoffte. Conrad bekam ihn zu fassen, als die nächste Tür ihn aufhielt, riss ihn herum und donnerte ihm seine Faust ins Gesicht. Langsam rutschte der Rothaarige an der Wand herunter und blieb mit aufgeplatzter Lippe auf dem Boden sitzen. Seine Genugtuung konnte Conrad nur mühsam verbergen.

»Herr Brunner?«

Na, wenigstens fragte Conrad noch, ob er den Richtigen erwischt hatte.

»Ihr kriegt eine Anzeige, Drecksbullen«, knurrte es statt einer Antwort von unten. »Scheißstaat.«

»Sie zuerst. Ziehen Sie sich was an und kommen Sie mit.«

Der Mann auf dem Boden tropfte sein T-Shirt mit Blut voll und machte keine Anstalten, aufzustehen. Conrad zerrte ihn am Arm hoch, stieß eine Tür auf, hinter der sich ein verwahrlostes Wohnzimmer verbarg, drückte gegen die nächste und schleppte Brunner in einen Raum mit einer Matratze, Bergen von Kleidern und Säcken mit Undefinierbarem.

Julia folgte ihnen.

»Raus hier«, brüllte er sie an. »Die Perlen, die in mein Schlafzimmer kommen, suche ich immer noch selber aus.« Brunner warf einen Blick in Richtung Fenster.

Schnell und schweigend war Julia bei ihm und legte, nach kurzem Gerangel und mit Conrads Hilfe, seine Hände in Eisen.

»Hey, Schlampe.«

Dann nahm sie eine Jacke von einem Kleider- und Krimskramsberg und warf sie ihm über die Schultern, außerdem presste sie ihm ein zusammengeknülltes T-Shirt auf den Mund, bis die Lippe aufhörte zu bluten und Brunner aufhörte zu schimpfen.

»Gehen wir«, sagte sie schließlich.

Im Vernehmungsraum sagte Brunner, das muss genäht werden, und zupfte an seiner Lippe herum. Der Mann mit einigen Narben an Stirn und Kinn hatte sicher Erfahrung in diesen Dingen. Es konnte auch gut sein, dass das nötig war, und deshalb hatten sie einen Arzt gerufen, der sich die Wunde ansehen und die Haftfähigkeit Brunners beurteilen sollte.

Der Geruch, der von Brunner ausging, deutete darauf hin, dass er entweder eine lange Nacht hinter sich hatte oder sein Frühstück aus Hochprozentigem bestanden hatte. Danach jedenfalls sagte Brunner nichts mehr. Julia war sogar ganz froh darüber, es gab so keinen Grund, länger in dem kahlen Raum zu bleiben, und sie konnte Brunners unangenehme Gegenwart hinter sich lassen. Außerdem hatten sie die beiden Mitschläger gefunden. Sie hockten kleinlaut auf dem Flur.

Sven hatte ein wenig und wieder nicht ganz legal in Brunners Computer gekramt und Lukas und Robin in einem Account gefunden, den Brunner auf google plus unterhielt, dieser neuen Social-network-Plattform. Strahlend und mit einem Wenn-ihr-mich-nicht-hättet-Grinsen hatte er die Daten präsentiert. Dann war alles ganz schnell gegangen. Lukas Lammers und Robin Holthausen konnten aus ihren Betten gesammelt werden. Lammers hatte keine Arbeit, Holthausen war nicht hingegangen, weil er die Nacht bis in den Morgen mit Brunner und ein paar von Brunners Kumpanen verbracht hatte.

Lukas Lammers war zwar der Bulligste von den dreien, aber sein Blick wich aus, wenn Julia ihn direkt ansah, suchte Halt an Holthausens Profil, wanderte zurück und heftete sich auf den Boden. Julia hatte ihn mit ins Büro genommen und Holthausen warten lassen.

»Warum?«, fragte sie, nachdem sich sein Blick erst vom Flurboden gelöst und dann am Schreibtisch festgesaugt hatte. Lukas Lammers schüttelte die blonde Mähne. Irgendetwas schien bei ihm anzukommen, obwohl er sich Mühe gab, es Julia nicht sehen zu lassen. Sie wäre froh gewesen, wenn Conrad oder wenigstens Sven bei der Vernehmung dabei gewesen wäre. Nur beschäftigte sich Sven mit Brunner, und Conrad holte Pizza. Besser so. Wenn Fels von der aufgeplatzten Lippe erfuhr, war Conrad sowieso raus.

»Warum haben Sie Rasid Chalid geschlagen?«, wiederholte sie ihre Frage.

»Nur so«, sagte Lammers.

»Sie kannten ihn.«

»Nein.«

»Sie kannten ihn nicht. Holthausen und Brunner kannten ihn.«

»Nein.«

»Warum haben Sie ihn dann, verdammt noch mal, verdroschen, dass er daran gestorben ist?« Ihre Stimme war immer lauter geworden, und sie hatte nichts dagegen tun können.

»Ich weiß es nicht.«

Es hatte keinen besonderen Grund gegeben. Sie waren am Sonntagnachmittag ein bisschen durch die Gegend gezogen, hatten eine Weile in einer Spielhalle verbracht, eine ganze Menge an Euros verloren, und das Bier war ausgegangen. Der Kiosk hatte geschlossen und ein Kumpel, den sie besuchen wollten, war nicht da gewesen. Sie waren bei diesem Sauwetter durch die ganze Stadt gelatscht und patschnass geworden. Dann war Rasid vorbeigekommen und hatte einen von ihnen, Lammers wusste nicht mehr wen, versehentlich angerempelt. Ein Wort hatte das andere gegeben.

»Ja, und dann ist es eben passiert.«

So einfach war das.

»Wer hat zuerst zugeschlagen?« Für nichts.

»Brunner.«

»Und zuletzt?«

Lammers hob den Kopf. Seine Augen glänzten feucht. Wenn er jetzt anfinge zu heulen, würde Julia ihm eigenhändig eine reinhauen.

»Sie?«

Er sagte nichts.

»Und wer hat meinem Kollegen den Stein an die Stirn geknallt?« Julia hatte keine Ahnung, ob es so zugegangen war, nur konnte sie sich nicht vorstellen, dass Conrad ansonsten eine Gehirnerschütterung davongetragen hätte.

»Das war kein Stein. Es war eine Bierflasche.«

»Wer?«

»Robin.«

»Und Sie haben dabeigestanden und sich das Ganze angesehen.«

Sein Mund verzog sich störrisch. Der junge Mann war ohnehin keine Schönheit und seine Mimik machte es nicht besser.

»Dazu brauche ich nichts zu sagen.«

So viel war ihm offenbar klar. Julia fragte ihn noch einmal, aber er schüttelte nur den Kopf und hielt seinen Blick wieder an der Tischplatte fest. Also gut. Vielleicht überlegte er es sich anders, nach dem Mittagessen.

Im Büro nebenan roch es nach Oregano und Knoblauch, dennoch verspürte Julia wenig Appetit. Dann ist es eben passiert, so einfach war das, zog Spiralen durch ihr Hirn. Sie setzte sich neben Conrad, der schweigsam an seiner Pizza mampfte, während Sven nebenher sein Lieblingsspielzeug bediente. In ihrem Karton fand sie Pizza vegetaria, schnitt sich ein Stück heraus und biss ab. Sie schmeckte nach Pappe. Von draußen flutete Spätsommerhitze herein, tropisch nach

Nebel und Regen riechend. Julia legte das Pizzastück weg und berichtete, was sie von Lukas Lammers erfahren hatte.

»Das glaub ich nicht«, sagte Conrad, als sie geendet hatte.

»Was daran glaubst du nicht?« Julia fand Lammers' Aussage durchaus plausibel und nur zu verständlich, dass er sich selbst nicht belasten wollte. Aber sie waren ja erst am Anfang.

»Ich will das nicht glauben«, konkretisierte Conrad. »Einfach zur falschen Zeit am falschen Ort.« Er schüttelte den Kopf, langsam nur, aber doch zu heftig, und tastete dann nach dem Verband an der Stirn. Darauf wusste Julia nichts zu sagen und auch Sven schwieg und fragte erst nach einer Weile, ob er Julias Pizza haben dürfe. Eigentlich gab es jede Menge zu tun, die Vernehmungen weiterführen, Berichte schreiben, genetisches Beweismaterial sichern, doch Julia rührte sich nicht von der Stelle und die anderen auch nicht, als habe der Mittag, die Wärme, das Ungeheuerliche des Zufalls sie in eine nicht enden wollende Starre versetzt. Das Motorengeräusch eines LKW drang durchs offene Fenster. Plötzlich klingelte das Telefon. Es klingelte eine ganze Weile und verstummte dann. Dafür stürmte Fels ins Zimmer.

»Geht denn bei euch keiner ran, oder was?« Er blickte von einem zum anderen und hielt bei Julia inne. »Ihr Fall ist erledigt, Frau Morgenstern.«

»Ich weiß. Sie kriegen den Bericht umgehend.« Daran hatte sie gerade überhaupt nicht gedacht, und er wäre ihr sicher erst in der nächsten Woche wieder eingefallen.

»Sie wissen? Woher?« Fels wirkte ehrlich überrascht.

»Ich habe sie gesehen. Steht dann im Bericht.«

»Sie haben Rose Lux ...« Fels setzte sich. Mit offenem Mund.

»Ja. Was ist so verwunderlich daran?«

»Lebend?«

Die Zeit hielt kurz inne.

»Ja«, sagte Julia vorsichtig.

»Das ist unwahrscheinlich. Frau Lux ist mindestens seit drei Tagen tot, sagt der Doc.«

Julia sprang auf und ihr schwindelte sofort. »Was?«

»Zwei städtische Arbeiter haben sie vor gut einer Stunde gefunden, als sie einen Schaden an einer Berkelbrücke reparieren wollten.«

»Wer hat sie identifiziert?« Der Satz zischte durch ihre Zähne.

»Bis jetzt noch niemand. Nur ist die Wahrscheinlichkeit groß, wenn man die Leiche aus dem Fluss mit dem Bild von Frau Lux vergleicht.«

»Nach drei Tagen kann man sich schwer irren, noch dazu bei einer Wasserleiche«, wandte Julia ein, und der Schwindel legte sich etwas. Das konnte einfach nicht sein.

»Solange war sie nicht im Wasser, denn dieselben Arbeiter haben den Schaden gestern aufgenommen. Da war die Stelle ganz sicher leichenfrei.«

»Aber ich habe sie doch …« Julia nahm ihre Tasche und ließ die Jacke hängen. »Ich will sie sehen.«

»Das ist der Grund, warum ich versucht habe, Sie anzurufen.« Fels stand auf: »Nehmen Sie Böse mit«, und verschwand.

Conrad und Sven teilten sich den Rest ihrer Pizza.

»Kommst du, Conrad?«

»Vegetaria mag ich nicht.«

»Dann iss sie nicht und komm endlich. Hast du nicht gehört, was er gesagt hat?«, drängte sie, obwohl sie selbst sich alles andere als gut fühlte. Aber sie wollte aufhören, sich auf ihrem Sofa zu verstecken, vor Bildern, die nur in ihrem Kopf existierten. Wozu brauchen Sie die Bilder?, hatte Bayer gefragt. Julia brauchte sie nicht und sie wollte sie nicht. Nicht mehr. Und es gab nun mal Tote auf der Welt, ob sie sie nun anschaute oder nicht.

»Doch.«

»Und?«

»Leichen nur nach dem Essen.«

Julia wartete, bis er den letzten Bissen hinuntergeschluckt und mit einem kräftigen Schluck Cola nachgespült hatte.

Die Wiesen, die Brücke, die Büsche und Stauden lagen in sonnendurchwirktem Dunst. Die Spurensicherung packte bereits ein. Man hatte die Leiche aus dem Wasser gefischt und zugedeckt auf dem Weg liegen lassen. Gerade hielt der Leichenwagen, der sie in die Rechtsmedizin nach Münster bringen sollte. Julia warf einen schnellen Blick auf ihr Gesicht. Der reichte ihr. Völlig. Wenn sie nicht sicher gewesen wäre, dass sie diesem Gesicht heute Morgen begegnet war, würde sie glauben …

»Sie sieht Rose Lux sehr ähnlich«, sagte sie zu Conrad, der das Foto in der Hand hielt und es mit der Leiche verglich.

»Was ist mit ihr passiert?«, fragte er einen der Spurensicherer.

»Atypische Druckmale am Hals, Einblutungen in den Augen und so weiter, sagt der Rettungsarzt, der zumindest einen Totenschein ausgestellt hat. Wenn Sie ihn sprechen wollen?« Der Mann hielt Conrad ein Papierschnipsel mit der Telefonnummer hin und schleppte seine Koffer zum Wagen. »Wir melden uns«, sagte er noch und brauste mit seinem Kollegen auf dem Beifahrersitz davon.

»Ich würde sagen, sie ist es«, meinte Conrad, nachdem er mit seinen ausführlichen Betrachtungen fertig war.

»Ich würde sagen, sie kann es nicht sein.« Julia öffnete die Fahrertür des Golfs. »Los, ich zeig sie dir.«

26

Die Sonne hatte sich durch den Nebel gebrannt, und Conrad ließ seinen Trenchcoat im Auto. Auf dem Weg hatte Julia ihn über ihre morgendliche Begegnung ins Bild gesetzt.

»Und was wollen wir da jetzt, wenn du dir so sicher bist?«

»Bin ich eben nicht mehr, seit ich die Leiche gesehen habe.« Beim Wort Leiche stellten sich trotz der Hitze die Härchen auf ihren Armen auf. Julia strich sie glatt. Nein, sie wollte das nicht mehr. Wie und wann es aufhörte, wusste sie nicht. Sie würde einen Weg finden. Richtig und falsch. Das jetzt war auf jeden Fall richtig.

Die Gegensprechanlage gab knackende Geräusche von sich, dann sagte eine Stimme: »Ja?«

»Herr Achenbach? Morgenstern. Es gäbe da noch ein paar Fragen, wenn es Ihnen recht ist«, flötete sie, und Conrad zog eine Augenbraue hoch.

»Ich dachte …« Ein Knistern und dann Stille, danach geschah minutenlang nichts. Julia wollte gerade erneut klingeln, als die Tür aufging.

»Die Gegensprechanlage ist kaputt«, erklärte Achenbach und musterte Conrad eindringlich. »Was gibt's denn noch?«

»Wir hätten uns gern noch einmal mit Ihrer …« Julia suchte nach dem passenden Begriff, »Freundin unterhalten.«

»Bitte.« Achenbach wies, diesmal merkwürdigerweise ganz ohne Einwände, in den Flur, und sie folgten ihm nach oben. Am Morgen war Julia nicht aufgefallen, wie klein er war, nicht eigentlich klein, eher nicht sehr groß. Eigentlich war er in allem eher »nicht sehr«.

Die Frau, von der Julia sicher gewesen war, dass sie Rose Lux sein musste, saß auf dem Balkon. Sie trug etwas, das man wahrscheinlich unter Kleid einordnen konnte, wenngleich es sich in erster Linie durch Stofföknomie auszeichnete. Als sie sie entdeckte, trat sie ins Wohnzimmer.

»Rose Marie Lux?«, fragte Julia.

»Sie schon wieder?« Die Dunkelhaarige blickte Achenbach fragend an. »Wer ist das?«

Julia und Conrad stellten sich vor. »Wir hätten gerne Ihren Ausweis gesehen.«

»Oh.« Ihr Mund wurde so rund wie ihre Augen. »Den hab ich nicht dabei.«

»Führerschein, Bahncard, Vereinsausweis, irgendein Dokument, auf dem steht, dass Sie Rose Marie Lux sind.« Julia bemerkte die Reisetasche neben dem Computerschreibtisch, der drei Rechner und einiges an Zubehör zu tragen hatte.

»Weshalb sollte ich so etwas besitzen?«

»Wissen Sie, ich habe keine Lust mehr auf dieses Spiel. Beweisen Sie Ihre Identität oder wir überprüfen sie. Auf dem Präsidium.« Was war los mit der Frau? Was hatte Achenbach ihr erzählt?

»Was wollen Sie von mir? Ich habe nichts getan. Ich wohne nicht einmal hier.« Ihre Augen blitzten dunkel in Richtung Achenbach.

»Sondern?«

»In Hamburg.«

»Umgezogen?«

»Ich wohne schon immer da, bis auf … Das geht Sie wirklich nichts an.«

Achenbach hatte die ganze Zeit dabeigestanden, stumm und ohne sich zu rühren.

»Sie sind nicht Rose Marie Lux«, sagte Julia.

»Nein. Und ich weiß nicht, wieso ich es sein sollte.« Ihr Blick krallte sich in Achenbachs Gesicht.

»Gehen wir, Herr Achenbach. Und Sie dürfen uns begleiten, Frau Wie-auch-immer-Sie-heißen«, sagte Conrad und stellte sich in die Tür, während Julia die Balkontür schloss und nach einem Streifenwagen telefonierte.

27

Etwas fehlte. Vielleicht das Tropfen des Regens, vielleicht die Stimmen, die Geräusche des Tages. Sie hatten mich allein gelassen in diesem Raum mit dem grauen Licht. Stundenlang hatte man Fragen gestellt. Ich konnte nichts sagen, selbst wenn ich gewollt hätte. Die Worte waren fort. Nur die Gedanken nahmen eigene Wege, quälten sich durch mein Hirn, verhakten sich an Erinnerungsleisten, blitzten, funkten, tapezierten meinen Schädel mit Bildern und Filmen aus, um dann in Sackgassen zu enden …

Der Weg zum Strand im Regen. Kurz hatte die Sonne geschienen und war überm Haff gesunken. Schieferfarbene Wolkenschiffe mit blutrotem Rand. Fast den ganzen Tag hatte Honey in der Küche von dieser albernen *Fischerkate* verbracht. Ich hatte sie lachen hören mit dem segelohrigen Koch. Am Abend setzte sie sich zu mir in den Sand. Es roch nach Tang und Feuchtigkeit.

»Ich bleibe«, sagte sie in die schwächliche Brandung.

Ich sagte nichts.

»Ich muss, Ben.«

Ich entschloss mich zu einem Warum.

»Wegen des Fischs.«

»Du verlässt mich wegen Fischen?«

»Ich komme wieder.«

Aber ich hörte, dass das nicht stimmte. Ich wollte nicht, dass sie blieb, hier am Ende des Flusses, in diesem Nichts aus

Sand und Kiefern. Warum waren wir nur an diesen verfluchten Ort gefahren? Tagelang hatte sie sich in der Küche herumgedrückt, Zwiebeln geschnitten und Fische filetiert, deren Namen ich mir nicht merken konnte. Oder sie hatte beim Schlachten zugesehen, hatte aus Herz oder Hirn Gerichte bereitet mit Kräutern, die ich nicht kannte. Das Gemetzel auf den Tellern kam dem in meinem Inneren sehr nahe. Nachts hatten wir gestritten, zischelnd zwischen den dünnen Wänden.

Die Sonne war fast am Ende. Der Brandy auch. Ich bohrte die Flasche in den Sand und klickte einen Stein dagegen.

»Ich lass dich nicht hier.«

»Ich komme nach.« Sie sah mich an, ohne Honigbraun.

»Nein.«

»Wir können über alles reden, wenn ich zurück bin.«

Ich lachte auf. »Aus welchem miesen Drehbuch hast du das denn?«

»Komm Ben, lass gut sein.« Rose wollte aufstehen, ich hielt ihren Arm fest, unter dem Stoff der Jacke fühlte er sich schmal und warm an. Dünn war sie geworden, während sie gekocht und gekocht und gekocht hatte. Vorsichtig versuchte sie sich aus meinem Griff zu winden, es gelang ihr nicht.

»Du kannst nicht einfach hierbleiben, Honey.«

Sie versuchte sich aufzurichten. »Du brauchst mich nicht.«

»Du willst mich nicht.«

»Du bist nie für mich da.«

»Du bist immer weg.«

»Du hörst mir nicht zu.«

»Du sagst ja nichts.«

»Du trinkst zu viel.«

»Du isst zu wenig.«

»Du verspielst alles.«

»Nein. Du.«

Sie sprang auf und riss sich los, ich war rasch bei ihr, nah, ganz nah, und hielt sie fest.

»Du tust mir weh.« Sie stemmte ihre Arme gegen meine Brust.

»Du mir auch.«

Wir stolperten. Ich küsste sie. Ein Schmerz und Salziges auf meiner Lippe. Verdammt, Rose. Sie bekam einen Arm frei und knallte ihren Handrücken in mein Gesicht. Ich erwischte ihre Hand und hielt sie auf ihrem Rücken fest. Sie schwankte im Sand, stürzte, rückwärts. Ich ließ sie nicht los, hörte ihren Atem, spürte ihren Körper unter mir.

»Ich lass dich nicht hier.« Meine Stimme klang flach.

Plötzlich ein Beben in ihrem Körper, Japsen, bis ich begriff, dass sie lachte.

»Hör auf.«

Ihr Mund im schwindenden Licht, aufgerissen, stoßweises Keuchen, das lauter wurde, zu Gelächter wucherte.

»Hör auf, Rose.« Ich hielt ihr den Mund zu. Sie riss den Kopf zur Seite, Speicheltropfen, lachte. Mein Arm drückte auf ihren Hals. Das helle Oval ihres Gesichts, die Augen im Schatten. Ihr Körper zuckte, zappelte, ich spürte ihre Tritte an den Beinen.

»Hör endlich auf, Rose.«

Sie lachte. Mein Arm presste sich fest auf ihren Hals, Zeit verging und schmerzte. Ich musste ihn da wegnehmen, aber sie lachte, versuchte sich zu drehen. Ihre Bewegungen waren kräftig. Ich hielt sie fest. Früher war sie stärker gewesen. Ihr Mund wurde kleiner, die Tritte heftiger. Sie sollte nicht lachen. Es gab nichts zu lachen. Mein Arm blieb, wo er war. Wenn ich sie losließe, würde sie wieder lachen, und dann wäre es vorbei. Zeit verging, in der ich daran denken konnte, wie ich sie geküsst hatte, an ihre Zungenspitze, an ihre Brüste, die ich jetzt nicht fühlte, nur ihren Brustkorb, hart im knappen Heben und Senken, das irgendwann aufhörte …

Drinnen

Der Tag war fast zu Ende, doch seine Hitze hielt. Sie hatten Achenbach ins Untersuchungsgefängnis bringen lassen. Gesagt hatte er nichts. Kein Wort. Nicht einmal seinen Namen. Morgen würden sie die Ermittlungsergebnisse zusammentragen, die ersten forensischen Befunde hinzufügen und Berichte schreiben. Fels wäre zufrieden. Das allerdings war ihr ziemlich gleichgültig.

»Noch Lust auf 'n Bier«, fragte sie Conrad, der Dokumente auf seinem Schreibtisch ordnete. Er nickte.

Draußen auf der Terrasse des *Flussfahrt* plauderten sie, bis es Nacht wurde. Julia fühlte sich wohl in seiner Gegenwart und war erstaunt, dass sie das vermisst hatte. Das Lachen eines Pärchens perlte, eine Frauenstimme sang etwas schrecklich Schnulziges in Italienisch, Lämpchen spiegelten sich in der Berkel, und Julia bestellte noch zwei Weizen. Sie prostete Conrad zu. Es war gut, wieder dabei zu sein.

»Conrad, ich würde gern etwas wissen.«

»Ja?«

»Was hast du eigentlich an dem Abend vor meiner Tür gemacht?« Sie flüsterte es.

Er schwieg. Dann: »Was meinst du?« Er fuhr mit einem Finger über ihren Handrücken.

»Wozu?«

»Wir könnten …« Er sah Julia mit diesem Blick an, dem sie normalerweise nichts abschlagen konnte. Es noch einmal neu versuchen, hing in der Luft.

Sie kicherte.

Er schwieg und wartete. Das hatten sie doch alles schon einmal. Ein Kuss, ein Schritt zu weit. Unsinn war das. Sie legte ihre Wange an seine und flüsterte an sein Ohrläppchen.

»Das müsste neu, ganz neu verhandelt werden.«

Lieben Dank

an meine geduldige, aufmerksame und energiesprühende Lektorin Anette Kleszcz-Wagner, die dem Text half, ein Buch zu werden.

Von derselben Autorin im Prolibris Verlag

Anne Kuhlmeyer, Freitags Tod
253 Seiten, Paperback, 2010
ISBN 978-3-935263-75-7

»Er war kein guter Mensch«, sagte Irina Glück, als sie ihren toten Chef fand. Und jetzt sah er grässlich aus, ohne Augen im Gesicht. Conrad Böse und Julia Morgenstern von der Kripo Coesfeld hören in seinem Umfeld kein gutes Wort über ihn. Nicht von seinen Mitarbeitern im Haus Abendsonne und erst recht nicht von seiner Familie. Es gab wohl mehr als einen Grund, ihn umzubringen. Während Konrad Böse den Spuren eines Verdächtigen folgt, stellen sich kurz hintereinander gleich zwei mutmaßliche Mörder. Julia glaubt keinem der beiden. Aber den einen muss sie verhaften, denn er präsentiert ihr die Tatwaffe. Doch dann wird ein wichtiger Zeuge überfallen und mit einem Messer schwer verletzt. Offensichtlich gibt es noch jemanden, der ein Motiv für den Mord gehabt hat ...

Münsterland Krimi im Prolibris Verlag

Herrbert Beckmann, Leas Plan
232 Seiten, Paperback, Originalausgabe 2007
ISBN 978-3-935263-49-8 / 12,00 EUR

Lea ist spurlos verschwunden. Vergeblich wartet Rike van Punten in ihrer Gronauer Praxis auf ihre junge autistische Patientin. Die Betreuer in Leas Wohnheim schalten die Borkener Kripo ein, doch scheinen sie nicht wirklich beunruhigt. Rike van Punten hingegen ist in großer Sorge. Lebt Lea überhaupt noch? Die Therapeutin wandelt sich unversehens zur heimlichen Ermittlerin. Nach weiteren mysteriösen Vorfällen drängt sich ihr ein unglaublicher Verdacht auf ...
Getrieben von der Suche nach Lea, gerät Rike van Punten im Münsterland und nahen Enschede immer tiefer in ein Netz von Ungereimtheiten, Verdächtigungen und Gewalt.

Münsterland Sagen im Prolibris Verlag

Marion Kortsteger, Die schönsten Sagen aus dem Münsterland
223 Seiten, Paperback, 2007
ISBN 978-3-935263-45-0 / 12,00 EUR

Auf 223 Seiten entführt uns die Münsteraner Literaturmeisterin in eine andere Welt. Die Welt der Raubritter und weißen Damen, der Geistertiere, Nachtmähren und Teufel. Sie hat aus dem Fundus der heimischen Sagen die schönsten ausgewählt und ihnen wieder ihren ursprünglichen Unterhaltungswert zurückgegeben. Damit knüpft sie an die Tradition des Erzählens an, wie sie z. B. in den alten Spinnstuben gepflegt wurde und belebt die dort tradierten alten Sagen neu. Als Journalistin und und Autorin mehrerer Sagenbücher weiß Marion Kortsteger Spannung und »sagenhafte« Atmosphäre zu erzeugen.